NF文庫
ノンフィクション

サクラ サクラ サクラ 玉砕ペリリュー島

生還兵が伝える日本兵の渾身の戦い

岡村 青

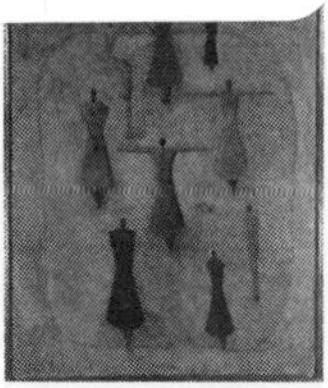

潮書房光人新社

まえがき

米太平洋艦隊司令長官チェスター・W・ニミッツ海軍大将はペリリュー島攻略作戦を『ステイルメイト』（チェス用語で手詰まり状態をあらわす）と名付けた。果たせるかな事態はそのようになった。

遊撃戦に持ち込む日本軍守備隊の執拗な抵抗に米軍は一進一退を余儀なくされたうえ、当初予想した短期決戦さえもくつがえされ、二ヵ月以上もの長期戦に引きずりこまれ、人的物的犠牲はけっして小さくなかったからだ。そのため日米両軍にとってペリリュー島をめぐる攻防戦ほど教訓を与える戦いはなかった。

米軍についていえば、上陸直前の空爆と艦砲射撃などで日本軍の戦意を徹底的に喪失させ、反撃能力を完膚なきまでに破壊し、味方の最小限の損耗と戦闘の短期決戦を見極めたうえでいよいよ上陸部隊を地上に送り込むというのが戦術のいわば要諦であった。そしてじっさいこの戦術はいずれの場合も功を奏し、有利な戦いをすすめた。

一九四三年六月、中部ソロモン諸島の攻防戦で米軍は空と海から猛烈な砲爆撃を加えたのちレンドバ島に上陸し、佐々木登少将率いる約一万余名の守備隊を制圧する。さらにコロンバンガラ島、チョイセル島などを飛石攻略し、しらみつぶしに制圧しながら同年十一月にはブーゲンビル島に上陸する。米軍によるソロモン諸島攻略作戦は、関東軍の満州駐留から太平洋転出の契機になった。

ソロモン諸島の戦いとほぼ同時期に始まったアッツ島上陸作戦でも米軍は制海権、制空権を完全に掌握し、容赦ない爆撃後に第七歩兵師団約一万七〇〇〇名を投入して上陸を開始する。これに対してアッツ島守備隊は山崎保代陸軍大佐が指揮する二五〇〇名が迎え撃った。多勢に無勢。しかも地上部隊の増援を拒否され、決死を要求されるというまさに孤立無援の状態であったため勝敗は当初から決していた。じっさい米軍の上陸から二週間後の五月三十日早暁、山崎大佐は三〇〇名の将兵とともに最後の突撃に踏み切り、玉砕した。「玉砕」という用語が登場するのはこのアッツ島全滅が契機だった。

レイモンド・A・スプルーアンス海軍中将はタラワ・マキン攻略に対して『ガルバニック（電撃）作戦』と名付け、仮借ない猛爆を繰り返したのち海兵師団およそ一万八三〇〇名の上陸部隊を投入。柴崎恵次海軍少将は両島に約五三〇〇名の守備隊を配置し、米軍を迎え撃った。柴崎少将は一〇〇万の大群が押し寄せてきても、一〇〇年かかろうとも占領されることはないと大見栄えを切った。ところが米軍が上陸した一九四三年十一月二十一日、この日のうちに早くも戦死。四日後には守備隊もあっけなく全滅する。

スプルーアンス海軍中将はつづいてマーシャル諸島クェゼリン攻略に矛先を向けた。これを迎撃するクェゼリン守備隊は約五三〇〇名。海岸線に分厚いコンクリートの障碍を築き、米軍の上陸阻止に備えた。米軍は例によって延べ二〇〇〇回を超す空爆で守備隊の抵抗を奪ったのち一九四四年二月一日上陸を開始する。以後、米軍は火炎放射器など新兵器による壕内燻り出し戦法などを展開する。そのため日本軍守備隊は二月四日、玉砕した。

サイパン島も米軍の上陸開始からほぼ一ヵ月後の一九四四年七月七日、玉砕した。米軍にとってサイパン占領は必須。同島のアスリート飛行場を掌握すればB29爆撃機による日本本土空襲も視野に入るからだ。そのためホーランド・M・スミス海軍中将は五日間にわたる空・海両面からの猛爆を加えて日本軍陣地のほとんどを破壊し、航空戦力も無力化したのちサイパン島西海岸に上陸開始を命じるのだった。

サイパン防衛に対して日本軍は完璧な自信をもっていた。サイパン防衛に関する天皇の下問に東条英機首相は「難攻不落である」と答え、ゆるぎない自信を見せたという。けれど東条の認識がいかに底浅いものか、それが露呈するのにさほど多くの時間は必要なかった。日本軍守備隊は四万四〇〇〇名の兵力で対峙した。けれど圧倒的な火力と兵力を誇る米軍の猛攻に斎藤義次師団長や井桁敬司参謀長、南雲忠一海軍中将は相次いで自決。残る将兵も七月七日「星に七夕」を合言葉に最後のバンザイ突撃をおこない、玉砕する。

このようにいずれの攻略作戦においても米軍は上陸直前に空と海の両面から猛爆を浴びせ、日本軍守備隊の反撃能力をことごとく奪った後に上陸部隊を送り込み、同時に重戦車、火炎放射器、あるいはナパーム（焼夷弾）弾など新兵器を駆使するという戦術をとり、「飛石作戦」あるいは「蛙跳び作戦」などと称し、太平洋の島々をしらみつぶしに制圧してゆく。

米軍はそのためペリリュー島攻略に対してもこの戦術に変化はなかった。あえて変化を挙げれば、テニアン作戦で初めて使用したナパーム弾がペリリュー島の空爆にも使われたことだ。ナパーム弾はパーム油脂、ナフサ、金属石鹸などの混合物をゼリー状にし、炸裂と同時にゼリーが八方に飛散し、高熱を発して広範囲に人やものを焼き尽くすというものだ。

ペリリュー島は日本本土から南におよそ三二〇〇キロ。はるか彼方の中部太平洋上にある。島の面積は南北に約九キロ。東西に約三キロたらずの小島であり、燐鉱石を産出する以外産業はなく、経済的価値はけっして高いとはいえない。だいたいなら無視し、やり過ごしてもよさそうなもの。ところがそうではなかった。サイパン、グアム島を制圧した米軍はさらにペリリュー島攻略を次なる目標にしたのだ。それは米軍にとって二つの側面から戦略的価値のきわめて高い島であったからだ。

二つの側面とは、まず一つは、ペリリュー島の飛行場を奪取して味方の航空部隊を進出させ、フィリピンを占領する日本軍に空爆を加えるというもの。二つめは、マッカーサー陸軍大将のフィリピン奪還作戦を支援するというものだ。ニミッツ太平洋艦隊司令長官は米第三艦隊司令長官ウィリアム・ハルゼー海軍大将にパラオ諸島上陸部隊の輸送と護衛を下命する。これを受けてハルゼー海軍大将は地上攻撃を担うウィリアム・リュパータス海軍少将率いる第一海兵師団、ポール・ミュラー陸軍少将が指揮を執る陸軍第八一歩兵師団それぞれの派遣を決定する。

かくして一九四四年九月、米機動部隊はペリリュー島に続々と集結。九月十一日、一斉に艦砲射撃を開始する。十四日までの三日間でおよそ二万発もの砲弾を浴びせるのだった。そのため珊瑚礁の岩は砕けて崩落し、樹木はナパーム弾で焼き尽くされる、あるいは根こそぎ吹っ飛ばされるなどほとんど遮るものはなく、地肌を剥き出しにしたペリリュー島は裸同然と化した。

間断ない砲撃に日本軍守備隊は応射するでもなく、まったく反応を見せなかった。そのため沈黙は陣地を破壊され、陣形は混乱し、もはや守備隊としての機能は喪失したと見なすのも道理があり、記者団に対しリュパータス海兵師団長が、「三日ないし四日で落とす」と楽観的見通しを示したとしてもなんら不用意な言葉ではなかった。これまでのあらゆる攻略作戦において事前攻撃に失敗はなく、上陸部隊の目的完遂を容易にしているからだ。

リュパータス海軍少将の慢心はけれど九月十五日、たちまちくつがえされる。事態は、彼の予測とは裏腹の方向に展開したからだ。ペリリュー島攻略作戦では従来の事前砲撃なども はや効果を持たなくなったことを米軍に教訓として残った。

一方日本軍についていえば従来の水際作戦を封じた。水際作戦とは、上陸してくる敵の艦艇をまず航空機で撃滅する。これを突破してなおも前進する艦艇は上陸直前の水際で迎え撃つというものだ。けれどそれがことごとく失敗し、短期間で玉砕している。したがってペリリュー島守備隊の水際作戦はこれらとは違った。敵を水際まで引き付け、さらに上陸を開始したその直後を狙って集中砲火を浴びせるというものだ。

上陸直後は武器、弾薬、物資などの陸揚げで混乱し、米軍は右往左往して陣形を整えるまでにはわずかな隙がある。ここを徹底的に叩くというのがペリリュー島守備隊の水際作戦であった。じっさいこの戦術は米海兵師団の第一波上陸部隊を撃破したことで見事に成功した。

さらに教訓は、安易なバンザイ突撃を封じたことだ。バンザイ突撃は支那事変以降、日本軍の伝統的な戦法であった。敵の包囲網に万策尽き、ほかに術のない究極の戦法として最後の総攻撃をかけるというものだ。第十四師団歩兵第二連隊長中川州男大佐はペリリュー島守備隊に対しバンザイ突撃を禁じた。かわってじつに多様な戦術が取られた。前述した水際作戦に加え、全島を覆う堅い珊瑚岩礁や洞窟など自然条件を活用して複郭陣地を構築し、全島を天然の要塞と化す。島内に侵入した敵の上陸部隊には夜襲あるいは待ち伏せ攻撃などゲリラ戦に持ち込み、敵を攪乱する。玉砕を封じ、最後の一兵まで敵と斬り結ぶ——などだ。

じじつこれらの戦術は大いなる効果を発揮する。上陸と同時に浴びせた集中砲火で米海兵隊は死傷者が続出し、上陸から一〇日後には損耗率五割にも達していたからだ。この比率は戦闘の長期化にともなってさらに高くなり、十月末には六割を超えていた。ペリリュー島守備隊の戦術は米軍将兵に甚大な損害と疲労を与えただけでなく、長期戦に持ち込んでペリリュー島に釘付けにし、次の進攻作戦の足止めに成功した点でも従来とは大きな違いがある。

ペリリュー島の組織的抵抗は一九四四年十一月二十四日、中川州男陸軍大佐、村井権治郎陸軍少将の自決で事実上終息した。したがって同島の攻防戦はじつに七〇日間にもおよんだことになる。リュパータス少将の、「三日、長くて四日」との予言は見事に覆された。そのため彼は海兵師団の上陸開始から一ヵ月後、師団長を解任され、ペリリュー島から航空機でラッセル諸島のパブブ島に移り、さらに米国に帰って海兵隊学校の校長となるが、実質的には閑職である。ペリリュー島で敗軍の将となったリュパータス少将は失意のうちに一九四五年三月心臓発作で死去。五五歳であった。

ペリリュー島守備隊は陸海軍合わせて一万一〇〇〇名ほどの兵力であった。それにもかかわらず米軍が上陸前に見舞ったおよそ二八〇〇トンの砲撃に耐え、そのうえ延べ四万二〇〇〇名の米軍を迎え撃ち、戦死者約一七〇〇名、戦傷者約七二〇〇名の出血を与え、ついには師団長を解任に追い込むほどの戦果を上げ、二ヵ月以上も頑強に抵抗した。これがペリリュー島玉砕戦の実態だ。

米軍も同様に、七十数日間にわたるペリリュー島攻防戦はさまざまな教訓を与えるものになった。そのため同島攻略作戦の最高指揮官であるニミッツ海軍大将はのちに著した『ニミッツの太平洋海戦史』の第六章でこのように述懐している。ここでの言葉こそ、ペリリュー島上陸作戦に参加したすべての米軍将兵が抱いた教訓を代弁するものにほかならない。

「――米機はペリリューとアンガウルの両飛行場から行動していたし、連合軍の艦船は緊急錨地としてパラオ諸島の北端にあるコッソル水道を利用しつつあった。これらの利便がはたして、ほとんど二、〇〇〇名の戦死者を含む一〇、〇〇〇名の米軍の人員死傷と相殺したかどうかについては疑問の余地があるかもしれない」

ペリリュー島攻略作戦で獲得した勝利はその後の戦局にはたしてどれだけ貢献したか。払った代価の大きさを知ったニミッツ大将は誤算を認めざるを得ず、自ら名付けた作戦コードネーム『ステイルメイト』が単なる予言ではない、現実になったことに少なからず衝撃をおぼえたに違いない。なお、米軍の作戦計画や米兵の行動に関する記述は主としてチェスター・W・ニミッツ/エルマー・B・ポッター著『ニミッツの太平洋海戦史』、ジョージ・P・ハント著『悲劇の珊瑚礁ペリリュー島の戦い』、ジェームス・H・ハラス著『ペリリュー島戦記 珊瑚礁の小島で海兵隊員が見た真実の恐怖』、ユージン・B・スレッジ著『泥と炎の沖縄戦』などの訳書に依拠した。

日本本土から3200キロ南方のペリリュー島。フィリピンへ進行する米軍の拠点に位置し、1944年9月15日、第1海兵師団が上陸を開始した。数日の占領予想は覆され、3ヵ月におよんだ戦いとなった。写真は占領後、整備拡張された飛行場、北にカドブス島が見える。

日本軍守備隊の第14師団第2連隊長中川州男大佐は玉砕戦闘を禁じ、米軍に出血を強いる攪乱戦に徹底した。下は日本軍の陣地にせまる火炎放射器を装備した水陸両用車。上は洞窟陣地に近づく米兵。ペリリューの戦いは、その後の硫黄島・沖縄戦にも影響をあたえた。

サクラサクラサクラ 玉砕ペリリュー島——目次

まえがき 3
第一章 集結 21
第二章 激闘 47
第三章 転進 63
第四章 常在戦場 81
第五章 開戦 97
第六章 死闘 115

第七章　逆襲　137
第八章　血戦　167
第九章　玉砕　205
第十章　潜行　233
第十一章　降伏　269
第十二章　帰順　291
あとがき　327

フィリピン
パラオ諸島
ペリリュー島
アンガウル島
セレベス島
ニューギニア
コルモラン礁
ガラコル島
アイオカコ水道
カラスマオ
西水道
バベルダオブ島
(パラオ本島)
マルキヨタ
ガスパン
アイミリーキ
ガリキアイ
アルルコウク山
アラカベサン島
コロール島
アイライ
コイグル
ゴロル島
パラオ港
マラカル島
マラカル水道
アブラシヨコル島
ウルクターブル島
ヨオ水道
鯨島
マカラカル島
ガラコン島
デンギス水道
ガミリッシュ諸島
ガラカヨ島
ゴルゴッタン島
カドブス島
コンガウル島
ペリリュー島
ガラカシュール島
アンガウル島
パラオ諸島

ペリリュー地区隊配置図

サクラ サクラ サクラ

玉砕ペリリュー島

――生還兵が伝える日本兵の渾身の戦い

第一章　集結

気温が高いパラオ諸島はただでさえ蒸し暑く、寝苦しい。そのうえまだ完全に夜も明けきらないというのに上陸指令艇操舵室に備えられた大型拡声器から甲高い声で命令が飛んだ。一九四四年九月十五日早朝六時三十分であった。

「海兵隊全員、上陸待機せよっ」

拡声器の声で米第一海兵師団第一海兵連隊第三大隊所属のK中隊長ジョージ・ハント大尉は反射的にベッドから上半身を起こし、緩慢なからだの動きを徐々に平常に慣らしていった、来るべきときがついに来たか、と思いながら。

拡声器から第二声が飛んだ。

「海兵隊員、全員上陸部署につけっ」

ハント大尉は二三五名の中隊全員に対し、ただちに主甲板への集合を命じた。K中隊はライフル三個小隊および機関銃一個小隊。このほか六〇ミリ迫撃砲一個小隊の陣容で編成されていた。部下はいずれも二〇歳前後の、すこぶる若い兵隊たちであった。そのせいかまだ軍隊生活になじめず、戦争に懐疑的だったり上官に不審感を隠さないものも少なくなかった。それでもさいわい新兵教育に習熟した優秀な下士官の硬軟両面による訓練で鍛えられるにつれて士気も統制も高まり、戦意は旺盛だった。

じっさい、「弾なんてくそくらえだ。撃つなら撃ってみろってんだ。どうせ当たるなら早いほうがいい」と部下がうそぶけば、ある部下は、「不安になったら十字架に祈る。神の御加護を僕は信じたいね」と神学生のような表情を浮かべる。さらにある部下などは、「どっからでも撃ってこい。黄色いチビ野郎どもを一匹残らずブッ殺してやる」などと、まるでハエかゴキブリでもたたき殺すようにさかんに息巻くいさましさだ。

彼らは一九四二年八月の、日本軍が、米軍と豪州を結ぶ海上輸送路を空から遮断するのを目的に建設中の飛行場占領を狙ったガダルカナル島攻略作戦で上陸し、以来四ヵ月にわたる激戦でもずっとついてきた、じつに頼もしい勇敢な兵士であった。

それだけにハント大尉は今回のペリリュー島攻略作戦でも全員そろって無事帰還し、勝利の感激を分かち合いたいものと願うのだった。すでに部下たちは、前日にはカーキ色の軍服から、鷲と地球をデザインした黒い海兵隊のマークが左胸のポケットの部分に縫い込まれたモスグリーンの戦闘服に着替えたうえさらに背嚢と、銃身に所属中隊を示す「K」と符号したライフル銃、そして布製の弾帯を肩と腰回りに固く食い込ませ、迷彩カバーをかぶせたヘルメット着用で武装し、甲板に整列していた。

甲板上を覆う空は、まだ明け切らないせいもあったが、どんよりとした灰色の雲に遮られていた。けれど九月といえば海洋性熱帯高気圧のペリリュー島はちょうど雨季の最中であり、高温多湿。太陽が昇れば日中の気温は三〇度にも達する。そのうえ湿度八〇パーセントというから蒸し暑くなるはずだ。整列した彼らの多くが半袖だったのはそのせいだ。全員がそろったところで型通りの点呼をとり、異常がないことを確認したハント大尉はいくぶん緊張した表情で、これからの作戦行動について改めて説明した。

「かねて伝えてあるように我々の上陸目標地点はペリリュー島の南西海岸、すなわちホワイト・ビーチ1である。上陸開始時間は午前八時三十分。我々はこの時のために四度にわたって上陸訓練を実施したほか図上訓練も繰り返したが、いよいよその成果が試される時が来た。したがって上陸と同時に敵の海岸防備を完全に叩き潰し、そのまま飛行場を目指して進め。以上、諸君の幸運と健闘を祈る」

ハント大尉の訓辞が終わり次第K中隊は垂直にかかる鉄製の梯子をつたって順次船底に降り、すでにエンジンを響かせ、換気口を回転させても間に合わないほど排気ガスが充満する水陸両用装甲車両に乗り込んだ。簡潔な訓辞で切り上げたのは上陸直前であり、まわりくどい説明をしている時間がなかったことにもよるが、それ以上に、すでに四度もペリリュー上陸を想定した演習を通して部下たちはそれぞれ自分は何をなすべきか、身体と頭脳にたたき込んでいるからだった。演習は、ガダルカナル島攻略後の一九四四年四月にやってきたラッセル諸島バブブ島での休暇期間を利用して行なっていた。演習はこのようなものだった。

K中隊は、第一海兵連隊第三大隊のもっとも左側、すなわちペリリュー島のホワイト・ビーチ1に向かって左に位置する左翼攻撃部隊であった。第一海兵連隊は、オレンジ・ビーチ1に上陸した第五連隊がそのまま内陸部にある飛行場を目指して一気に攻め込むのに続いて上陸し、第五連隊の左側について北方に前進し、ペリリュー島の北部半島を制圧することになっている。北部半島とは、東西約三キロ、南北約九キロたらずの珊瑚礁のペリリュー島の北部に細長く突き出したエビの鋏の大きいほうをいう。米軍は、ペリリュー島には大小二つの半島があることから同島を「ロブスター」などとも称していた。

K中隊は第一海兵連隊第三大隊の最左翼に配置された。そこでハント大尉は、眼前に機関銃もしくは野砲を備えた日本軍の強固なトーチカが構築されていることを想定し、まずライフル銃一個小隊にトーチカを攻撃させ、さらに別のライフル銃一個小隊を後尾につけることにした。余力として残したもうひとつのライフル銃小隊は、前を進む二個小隊の右翼につくことを命じた。機関銃隊は三班に分けた。第一班は側面からライフル小隊を援護させた。残りの班は戦闘の推移を考慮して温存することにした。したがってK中隊は全体的に扇形の陣形をなすことになり、ハント大尉は、上陸を想定したこの演習を繰り返し行なったのだ。

じっさいペリリュー島上陸が現実になったころハント大尉は命令書を受け取っていた。命令書には、まず目標第一を占拠すること、その後次の命令があり次第第二の目標に進撃することになっていた。目標第一とはすなわちK中隊の前方に布陣する日本軍のトーチカを指し、ここを攻め取るということだ。とはいうものの演習はあくまで演習であり仮定にすぎない。

敵の銃弾が飛んでくるおそれのない演習はしたがってなかば〝ごっこ〟であり、遊びと変わらない。戦場となれば演習のようにはならず、むしろ想像もできない局面の連続と知るべきだ。そのためハント大尉の望むのは根拠のない空想や神頼みではなく、一九四四年二月のクェゼリン上陸で展開した空海両面からの空爆と艦砲射撃による、日本軍に対する徹底的な殲滅作戦がペリリュー島でも展開されることだった。

チェスター・ニミッツ米太平洋艦隊司令長官は当初、マーシャル諸島攻略に際してウォッゼ、マロエラップそしてさらにクェゼリンも同時に奪取するというきわめて欲張った戦略を立てた。けれど参謀のホーランド・スミス、レイモンド・スプルーアンス両者はニミッツの戦略に難色を示した。ニミッツ司令長官は日本軍の真珠湾攻撃で大損害を被ったキンメル海軍大将の後を受け、ルーズベルト大統領じきじきの指名で少将から大将に二階級特進したうえに艦隊司令長官に抜擢される気鋭の提督であったが、タラワ攻略の難航が両者の念頭にあったからだ。

スプルーアンス中将は二〇〇隻の艦船と一万八三〇〇名の第二海兵師団を投入してタラワに乗り込み、五日間にわたる戦闘で柴崎恵次海軍少将以下四七〇〇名の日本軍を全滅させたものの味方も一〇〇〇名の犠牲者が出たことを悔やまれるのだった。同時攻略作戦ともなればタラワ以上の犠牲は避けられない。そのため両中将は無謀すぎるとしてニミッツ司令長官に再考を求めるのだった。

二人の忠告を受け入れたうえでニミッツ司令長官が再度示したのはクェゼリンにのみ的を

しぼるという素通り戦法だった。素通り戦略は意表をつくものだった。スミス中将らは今度は猛然と反対した。たとえクェゼリンを占領したとしても素通りした島々からの攻撃にさらされるだけでなく、本来の目的である日本本土との補給路遮断を残すことになり不完全な戦略ではないか、という理由からだった。けれどニミッツ司令長官の決意は固かった。二歳年長の六一歳。そのうえ〝ハウリング・マッド（カミナリ親父）〟との異名をもつ短気なスミス中将の反対でも、今度ばかりは譲歩しなかった。

クェゼリン攻略では鉄筋コンクリートで固めたトーチカであろうと貫通する破壊力を持つ徹甲弾やロケット弾を多用し、空と海から猛攻を加えた。これは、上陸前の艦砲射撃が不徹底であったタラワ上陸の失敗が教訓にあったからだ。圧倒的物量と兵力にまさる米軍に有効な反撃の術を持たない日本軍は追い詰められ、柴崎少将は砲弾の直撃で戦死するなど五日間の抵抗の後タラワは全滅した。もっともこの勝利は必ずしも米軍機動部隊の戦力によるとばかりはいえなかった。というのはタラワを含むギルバート諸島はすでに大本営は見捨てた島だったからだ。

大本営は一九四三年九月三十日の御前会議において、「今後執るべき戦争指導の大綱」を決定し、アリューシャン、小笠原諸島、マリアナ諸島、ニューギニア、ビルマを結ぶ線を絶対国防圏と定め、この圏内に防御の集中をはかった。これは相次ぐ玉砕、撤退、敗北などから戦線の縮小を余儀なくされた措置であった。ギルバート諸島やクェゼリンを含むマーシャル諸島は絶対国防圏の外にあった。見捨てられた島といったのはこのためだが、これら諸島の日本守備隊は増援部隊も物資補給も断たれ、孤立無援のなかで次々と玉砕。クェゼリン守備隊の秋山門造海軍少将も艦砲射撃の直撃で戦死する。

ニミッツ司令長官の素通り戦法は強気が功を奏し、クェゼリン上陸は四〇〇名ほどの犠牲にとどまった。けれど首尾よくいった背景には、見捨てられた島という日本側の事情に助けられた面もあった。それだけにハント大尉は、今度ばかりはこれまでにない危険かつ多くの困難がともなう上陸作戦になること予想できた。

パラオ諸島は絶対国防圏の内側にあり、日本軍は万全の布陣で臨むに違いなく、たやすく上陸を許すはずがないからだ。けれどそれでもなおK中隊は、強固な日本軍の防御を破壊しながら島内深く侵入し、北進を続けなければならない。そうなればますます日本軍の捨て身の戦法に阻まれること覚悟しなければならず、味方の損耗は避けられない。なにしろ日本軍は生きて俘虜になることを最大の恥辱と教え込まれ、敵に捕らえられるより死を選ぶことを潔しとする、他国にはない希有な軍隊だ。当然ペリリュー島の守備隊も命を惜しまず決死の覚悟で襲い掛かってくるに違いない。

日本軍の、犠牲を顧みない戦闘に抱く若い部下たちの不安や焦りを払拭するのにけれど数日来続いた味方の砲爆撃は、スクリーンやアップテンポのミュージックでのなぐさめよりずっと有効的であり、ハント大尉はありがたいと思った。

米軍の空と海による砲爆撃はすでに三月ごろより始まっていたが、ことにペリリュー島上陸が間近にせまった九月十日前後から一段と激しさを増していた。第三艦隊の大型空母から発艦した爆撃機はペリリュー島の海岸線に築かれた日本軍の対空砲陣地にピンポイント爆撃を加えれば戦艦あるいは巡洋艦は観測機による空からの誘導無線を受けてほぼ正確に、四〇センチの大口径砲弾を容赦なくお見舞いしていた。おかげで小さな珊瑚岩礁の島は岩肌を砕かれ、地表を掘り返され、繁茂するマングローブなどの樹木もなぎ倒され、すっ裸の状態になるまで木っ端微塵に粉砕された。

ペリリュー島攻略の兵員および武器、弾薬、物資、食糧などの輸送と護衛はハルゼー海軍大将が指揮する中部太平洋艦隊第三艦隊があたった。じつはペリリュー島上陸作戦について、ニミッツ司令長官はまたしてもハルゼー大将から再検討を迫られていた。またしてもといったのは、クェゼリン攻略に対して唱えたスミス中将の懐疑的な声のことだが、ハルゼー大将は計画の断念を求めたのだ。彼の計画断念の理由はこうだった。

ヤップ島には大型機も発着可能な滑走路二本を備えた飛行場があるものの中継基地程度の利用価値しかない。パラオ本島のアイライにも長さ一四〇〇メートル、幅一〇〇メートルの滑走路一本をもつ飛行場があるが、こちらも攻撃に費やす戦費に見合うだけの効果は期待できない。ミンダナオ攻撃では日本軍機の抵抗は皆無に近かった。フィリピンのビサヤ諸島攻撃ではあらまし二〇〇機の敵機に損害を与え、稼働力は喪失した。これらの点から日本の航空戦力はほとんど壊滅状態にある。したがってパラオ諸島攻略を断念し、一気にフィリピン攻略に打って出るべきではないか、というものだ。

パラオ諸島攻略作戦は一九四四年七月七日に決定した。この決定を受けてニミッツ司令長官は同作戦を「ステイルメイト」と命名した。これはチェス用語で、手詰まり状態を意味する。ハルゼー提督は初期段階からステイルメイト計画に疑問を呈していたが、作戦行動が次第に迫るにつれて疑問の度合いも深まり、ほかの参謀の同意を取り付けたうえで九月十三日正式に、ただちに計画を中止すべきとの意見をニミッツ司令長官に具申した。

ニミッツの決心はけれどいささかも揺るがなかった。海軍少尉候補生時代、戦艦「オハイオ」の乗組員として一九〇五年夏、東京湾に上陸して東郷平八郎提督と親しく歓談し、さらに一九三四年五月、八七歳で死去した東郷の国葬には「オーガスタ」の艦長として再び来日。東郷元帥を尊敬する五八歳の老練な提督は既定方針通り計画を進めるだけであった。

とはいえハルゼー大将の進言を無下にもできない。なにしろ彼は「猛将ブル」あるいは「猛牛」などいくつかのニックネームが冠され、うるさ型の提督として一目も二目も置かれている。ニックネームだけでなく、じっさい彼にはこのようなエピソードもあった。

一九四二年十月のサンタクルーズ島沖海戦（日本軍は南太平洋海戦という）では、トーマス・キンケード少将が指揮を執る米機動部隊に対し、ニューカレドニア島ヌーメアの司令室から、「攻撃せよ。繰り返す、徹底的に攻撃せよ」と檄を飛ばし、さらに「ジャップを殺せ。もっとジャップを殺せ」「俺の目的はあの黄色いクズ野郎どもを地獄の底に叩き落とすことだ」などと、日本軍をまるで蛇蝎のごとく罵倒することでも知られている。

このようなハルゼー提督だけに進言の扱いを誤れば関係もこじれ、作戦遂行上からも好ましくない。ニミッツ司令長官は、そのため、パラオ攻略を断念するにはもはや時期が遅すぎることを理由に続行するが、そのかわりミンダナオ攻略は再検討することを約束し、ハルゼー提督の顔を立てた。このような屈折をたどり、ペリリュー上陸作戦はあわや断念かとも思われた。けれどハルゼー提督もニミッツ司令長官の回答を得たことでステイルメイト作戦を容認し、第三艦隊はパラオ諸島に進路を取り、指揮系統も、自分が直接指揮する援護軍とセオドア・ウィルキンソン中将が指揮する上陸部隊の二つに分割し、行動の迅速化をはかった。ウィルキンソン中将はさらに上陸部隊をヤップ、ウルシー島を攻略する海兵隊を支援する東部攻撃軍、ペリリュー島、アンガウル島を攻略する海兵隊を支援する西部攻撃軍の二つに振り分けた。

ハント大尉には、ペリリュー島攻略作戦をめぐって上層部に幾多の意見対立があったなど詳しく知り得る術もなかったから上陸ポイントであるペリリュー島の南西海岸に殴り込みをかけるタイミングをはかりつつ待機する水陸両用装甲車から、いままた巡洋艦から撃ち放った花火のようなオレンジ色の炎と雷鳴のような爆発音をとどろかせ、灰色の土煙を舞あげる着弾地点に視線を凝らしていた。

「あれじゃーひとたまりもないな……向こう側の人間に生まれなかった両親に、ほんと、感謝するよ」

双眼鏡のピントを小刻みに合わせながら島影の様子を窺っている見張り役の水兵のつぶやきにハント大尉もうなずいた。

「まったくそのとおりだ」

これまでも空と海から反復攻撃を行なっていた。それにもかかわらず日本軍は反撃に出る様子はなかった。だからハント大尉は、攻撃陣地や武器が破壊され、戦意もすっかり喪失したとさえ思った。空爆も艦砲射撃も航空基地、港湾、通信施設、兵員の陣地など特定の目標にしぼり、日本軍の中枢機関を麻痺させるのに徹した。ところが日本軍の抵抗は少なく、航空戦にいたってはほとんどなかった。これで米軍は日本軍の航空戦力が皆無であることを察知した。じっさい日本軍は三月三十日、三十一日の激しい空襲でパラオ地区の艦船、航空機に甚大な被害を受けていた。そのため古賀峯一連合艦隊司令長官はミンダナオ島ダバオに司令本部を移す措置をとり、またもやパラオを脱出するのだった。

またもやといったのは、山本五十六海軍大将の後を受け、一九四三年四月二十一日、連合艦隊司令長官に着任した古賀提督は米軍の空爆を予想し、味方の主力艦隊とともにトラック島からパラオのコロール島に移動。パラオも危うくなったため今度はダバオに、というように移動を繰り返すからだ。

トラック島が陥落し、次はパラオに攻撃が向かうことを予想した古賀提督は司令本部をダバオに移動する。ところが彼が搭乗した二式飛行艇が悪天候にぶつかり、セブ島付近で消息を絶つ。捜索を行なうものの容易に発見されず、墜落機の収容は叶わなかった。そのため古賀提督は戦死とはならず、五月五日殉職と認定された。これで日本海軍は山本、古賀二人の連合艦隊司令長官が相次いで不可解な死を遂げた。山本司令長官は一九四三年四月八日、前線部隊視察のためラバウルからブインに向かう途中、搭乗機の一式陸上攻撃機が敵戦闘機の待ち伏せ攻撃を受けて戦死する。山本司令長官の戦死を「海軍甲事件」と称し、古賀司令長官の殉死を「海軍乙事件」と称した。

日本軍の空軍力が低下したとはいえ、それで安心できるほど上陸はたやすくない。上陸地点に適しているということは、裏返せば、それだけ敵にとっても迎撃に適した、もっとも有利な地点にほかならないからだ。相手有利の攻撃網を突破するだけでも至難の業。そのうえ島内深部に前進せよというのだ。ハント大尉はそのため部下の損耗を最小限にとどめ、なおかつ最短最小の時間と労力で目的を遂行するには、事前に渡された情報はまったく要求に応えておらず、杞憂を解消するには不満が残った。ハント大尉は日本軍の防御陣地や兵員の配置状態もそうだがそれ以上に、うっそうと生い茂るジャングルの下に隠された塹壕や洞窟、そしてこれらを縦横に結んでいるに違いない坑道はどうなのか、この点こそもっと知りたかったのだ。

この疑問点についてハント大尉の手元にある地図は満足なものでなかった。なにしろドイツが植民地時代に作成した資料や時代ものの地図、あるいは風景写真、ペリリュー島攻略が日程にのぼったことで急遽偵察機を飛ばし空撮で捕らえた情報、さらに八月二日の深夜、ペリリュー島に接近した潜水艦からゴムボートに乗り移った五名の特殊偵察隊員が島の南東部に上陸し、海岸周辺のトーチカや有刺鉄線、土塁などを確認したわずか一回だけの情報を参考に分析官が作成した地図が唯一だった。地図の専門家が作ったのではない。そのため精度は低く、粗雑だ。過信すればかえって相手の思う壺、と思わせるほどお粗末な地図だった。

頼りない地図ではあれ上陸部隊を虎視眈々と待ち構える敵の防御線を突破し、さらにペリリュー島の中央部を南北に、牛の背のようになだらかに連なる標高一〇〇メートルばかりの尾根を越えて北進を続け、その日のうちに島の大部分を制圧するというのがK中隊に課せられた作戦任務だったから命令には従うが、はたして計画通りゆくか、ハント大尉は地図を見つめ、肩で息をつくしかなかった。

出撃に備えて待機中の水陸両用装甲車が吐き出す排気ガスが鼻孔を刺激し、はげしく咳き込むもの、涙目になるもの、嘔吐するもの、小さな患者が続出した。それでもじきに治まるはずだ。揚陸艦の艦首の扉が開けば、なめるように海面を吹き渡る南太平洋の心地よい空気がたっぷり吸い込めるからだ。

うす暗がりの船底に放射状のひかりが射し込んだ。開きっぱなしの瞳孔が正常に戻るまでいくぶん時間が必要だった。けれどそれにもまさる高揚感で乗員たちの気分は上々だった。艦首の扉が大きく開いたのだ。いよいよ上陸開始のタイムリミットだ。時計は午前七時ちょっとすぎ。ほぼ定刻どおりとハント大尉は思った。目視だが、上陸地点のホワイト・ビーチ1まではあらまし二キロはあったろうか。水陸両用装甲車で何分かかるか。陸上だと時速二五キロで走るというが、海上ではそうはいくまい。よくて半分の速度だろう。ハント大尉は、だとすると上陸地点まで十数分はかかる、そう踏んだ。むろんこれは相手の反撃を受けず、順調にいった場合のはなしだ。

まず先陣を切って水陸両用装甲車がエンジン音を目一杯たてながら海面に突入した。これを皮切りにほかの揚陸艦の艦首からも水陸両用装甲車が次々と吐き出され、海面に車体を浮かべてゆく。各連隊の上陸要員輸送は、懸念された日本軍の反撃もなく手順よくこなしていた。

上陸に備える海兵隊要員は、録音テープではあったが、進撃開始を直前にしてダグラス・マッカーサー極東陸軍総司令官のメッセージが全艦に伝えられたため、それを聞いている。

「――海兵隊諸君が攻撃する島々はフィリピン攻略に重要な最後の拠点である。そのため諸君たちの勝利はフィリピン上陸作戦をより確固たるものにするであろう。私は諸君たちの作戦に全幅の信頼を置いている」

ニミッツ司令長官のペリリュー島攻略はコロール島やペリリュー飛行場を奪い、そこからフィリピンに爆撃機を発進させて日本軍をたたき、マッカーサー将軍のフィリピン奪還を側面から支援するのが狙いだった。フィリピン総司令官であったマッカーサー将軍は開戦直後の一九四二年三月、フィリピンのミンダナオ島から豪州のダーウィンに空路逃避した。フィリピンは日本軍に占領され、バターン半島攻略では八万人もの米軍が捕虜になるなど惨敗を喫した。したがってマッカーサー将軍にとってフィリピン奪還は悲願であった。

ハント大尉はマッカーサー将軍の感動的なメッセージに身震いをおぼえた。けれど数日前の九月十一日、祖国米国ではルーズベルト大統領とチャーチル英首相が米英両国による原子力爆弾の共同開発と独占および双方に対して使用しないこと、双方とも秘匿せず、情報を共有すること、さらに対日使用などをめぐる重要会議をカナダ東部のケベックにあるハイド・

パークで行なっていたことまでは、ハント大尉に伝えられていない。

日本とペリリュー島に日付けの違いはない。ゆえに一九四四年九月十五日は日本とおなじくペリリュー島も金曜日であった。ペリリュー島南西海上には紺碧の珊瑚海とはおよそ不釣り合いな黒い帯がいく筋も連なっていた。戦艦、空母、巡洋艦をはじめ掃海艇、哨戒艇補給艦などあらゆる艦艇が海上を埋めつくし、そのあいだを小船艇がミズスマシのようにせわしなく水しぶきをあげているからだ。

第一海兵師団は総勢約二万八四〇〇名であった。ただしこのうち一万一〇〇〇名は増援部隊であったから実際上の上陸要員は一万七〇〇〇名ほどであった。そのためリュパータス第一海兵師団長はさまざまな角度から有効策をさぐり、最終的に三個連隊を同時並行的に上陸させる作戦を選択した。つまり第一海兵連隊の二個大隊はホワイト・ビーチ1および2に上陸させる、第五海兵連隊の二個大隊は上陸ポイントの中央部に当たるオレンジ・ビーチ・1および2に上陸させる、第七海兵連隊の一個大隊はオレンジ・ビーチ3に上陸させる、というものだ。このほかポール・ミュラー少将が指揮をする一万九六〇〇名の第八歩兵師団が艦内に待機している。同師団はアンガウル島守備隊の制圧が本来の仕事だが、ペリリュー島上陸の苦戦が予想される時には海兵隊支援にまわる手筈になっている。

第一海兵連隊第三大隊K中隊長のハント大尉が乗る、分厚い鋼板を鋲打ちした水陸両用装甲車もじきに車体をきしませた。一旦、鼻先を海中に沈めたもののすぐに水平にもどり、うなりを上げて猛然と波頭を立て、ホワイト・ビーチ1に進路を取った。艦艇のあいだをはい回る小船艇からこぶしを振り上げながら、「しっかり頼むぜぇー海兵隊」との声援に、すかさずハント大尉も「おぉっー」と応え、こぶしを突き上げた。

部下のなかにはライフル銃の弾倉をたしかめ、不足分の補填にかかるものもいた。弾帯やズボンのベルトを締め直すものもいた。上陸時間までもどかしさやいらだちがあったからかも知れない。じっさいジョークを飛ばすものもなく、一様に黙りこくった。弾薬には不足がないはずだった。今度のペリリュー島上陸作戦では、ライフル部隊には五射撃分が充当されているはずだからだ。一射撃分は一〇〇発だから一人当たり平均五〇〇発は行き渡っている勘定だ。

十分といったら限がない。だから当面の射撃に見合うだけの武器と弾薬がそろえばよい。あとは部下ひとりひとりの士気の高さと的確で敏捷な行動に期待するだけだ。この点もハント大尉は太鼓判を押してよいぐらい満足している。それだけにやはり情報不足が気掛かりだった。そのためハント大尉はリュパータス少将が上陸作戦についてきわめて楽観的なコメントを従軍記者たちに寄せている真意が理解できなかった。

第一海兵師団副師団長としてガダルカナル島攻略作戦に参加し、続くニューブリテン島上陸作戦でも勝利に貢献した自負心からリュパータス少将はペリリュー島上陸作戦の見通しなどに関する従軍記者の質問に、自信に満ちた口調でこのように断言するのだった。

「今度の作戦では若干の犠牲をともなうだろう。だが、短期間で終わる。大変な戦いにはなるが素早く終わる。そう、作戦完遂まで三日、いや四日ですむかも知れない」

そのためリュパータス少将は艦内から指揮を執るとして、あたかも高みの見物を決めこむようなコメントを付け加えることも忘れなかった。この予測はいかに甘く、根拠のない、杜撰なものであるか、この時点ではむろんまだリュパータス少将もハント大尉も知るはずもなかった。したがって第一海兵師団の上陸部隊が予測とはまったく裏腹な、血とてつもなく残酷な現実に直面するにはまだいくぶんかの時間があった。

早朝といっても午前六時に達していた。けれどこの時期のペリリュー島の日の出は遅いのか、太陽が海面から顔をのぞかせたのはようやくこの時間だった。上昇するにつれ、次第に島影の輪郭が浮き彫りになってゆく。それを待っていたように一斉に始まった艦砲射撃の雷鳴のような発射音や鼻孔をつく硝煙がなければペリリュー島はそのまま風景画にして額縁におさめ、リビングルームの壁に飾るにふさわしいゆるやかな島のシルエット、そして白く長い珊瑚の渚をもつ南の島であった。

けれど太陽の上昇に比例して甘美な空想は差し引かれ、上陸を前にして最後のとどめをお見舞いする猛爆ですっかり荒れ果て、醜い裸をあらわにしたペリリュー島が徐々に拡大して見えてくる。そのため米第一海兵師団第一海兵連隊所属の海兵隊員たちの表情はけわしく、いやがうえにも緊張感が増してゆく。数時間後にはペリリュー島の白い渚には手足を吹っ飛ばされた、あるいは腸わたをえぐられたおびただしい屍体の山に自分も放り込まれているかも知れず、青い海は血みどろでオレンジ色に変わり果て、暖炉のあるリビングルームに掛けるにはあまりに不釣り合いな地獄絵に変貌しているかも知れないからだ。海兵隊員のなかには、だからあからさまに苛立ちと憎悪をこめ、「次はおまえらの番だ」と復讐にも似た声を日本軍に向けるものも少なくなかった。海兵隊員たちには折しも米英仏連合軍がナチス・ドイツ軍をフランスから完全に駆逐するとともにベルギーからも追い出し、ドイツ国境まで追い詰めてなおまだ追撃の手をゆるめない欧州の西部戦線が念頭にあった。

彼らが太平洋からはるか離れた大西洋のドーバー海峡に展開する欧州戦線に思いを走らせのは偶然でも妄想でもない、れっきとした脈絡があった。目下作戦中のペリリュー島攻略は米陸軍極東部隊総司令官ダグラス・マッカーサー陸軍大将のフィリピン奪還を側面から支援する戦いであり、そのマッカーサー総司令官を思い出せば、彼とは犬猿の仲であるドワイト・D・アイゼンハワー連合国遠征軍最高司令官を思わないわけにはいかず、アイゼンハワー総司令官を思えば、ちょうど三ヵ月前に開始したノルマンディー上陸作戦を連想するからだ。

米英を中心とする連合軍はノルマンディー上陸作戦を『オーバーロード（大君主）作戦』と名付け、一九四四年六月六日午前零時三十分、米軍第一〇一、第八空挺師団のパラシュート部隊がフランスのサント・メール・エグリスに、そして英軍第六空挺師団および第三、第五空挺旅団がフランスのカーンにそれぞれ降下したことで火ぶたを切った。米国民にとって、もちろん米軍にとってもノルマンディー上陸作戦は欧州戦線の雌雄を決する戦いであっただけでなく、ドイツ軍の占領下にあったパリを解放し、ファシズムに対する自由と民主主義の勝利であることも記憶されなければならない歴史的戦いであることを銘記すべきものだ。ノルマンディー上陸作戦はドイツ軍のポーランド進攻ではじまった第二次世界大戦の延長上にあった。ドイツ労働者党、いわゆるナチス党を率いるアドルフ・ヒトラー総統はドイツ第三帝国を宣言し、一九三九年九月一日、ポーランドに侵攻。これに対してポーランドと援助協力条約を締結していた仏英両国は三日、ドイツに宣戦布告する。第二次世界大戦が勃発した。

当初米軍はこの戦争に中立的立場を取っていた。第一次大戦後の経済不況や国民のあいだに広まっていた厭戦的世論から中立法を制定していたからだ。けれどルーズベルト大統領は一九四一年三月に成立した武器貸与法によって仏英連合軍に武器弾薬、戦略物資の輸送を可能にしたのを契機に自国商船の安全航行を名目に米艦隊の行動範囲を西部太平洋にまで拡大し、続く七月にはアイスランドに駐留する英軍にかわって米軍が防衛につくなど徐々に参戦の地ならしを始めるのだった。

さらにかねてブランセンシア湾に停泊する英戦艦プリンス・オブ・ウエールズの艦内で行っていた英首相チャーチルとルーズベルト大統領の会談で、チャーチル首相がもっとも欲していた米軍の参戦については同意を得られなかったもののドイツ軍の壊滅とその後の戦後世界の指導原則に関する、「領土の不拡大」「関係国民の自由意志によらない領土変更の否認」「民族の政体を自由に選ぶ権利ならびに強奪された主権および自治の返還」「世界の通商および原料の均等条件による利用享有」など八項目にわたる『大西洋憲章』が合意に達し、一九四一年八月十四日公表されたことは実質的に米国参戦に道を開くものになった。じっさいこの共同宣言から四ヵ月後、日本の宣戦布告に続いて三日後の十二月十一日、ヒトラー総統も「日独伊三国同盟」に基づいて宣戦布告したことで米軍はアジアと欧州の両面で戦端を開くことになる。米軍の参戦は、ほとんど一方的に押されていた仏英連合軍の劣勢を一気に逆転させるものになった。

ポーランド侵攻を開始したドイツ軍は機動力を駆使したいわゆる「電撃戦」が功を奏して九月下旬にはポーランドを占領。翌年四月にはデンマーク、ノルウェーも掌中に収め、いよいよ仏進撃の機会を待った。五月には仏東部を流れるミューズ川に達し、仏軍がドイツ侵攻に有効打が打てないことを知ったエルヴィン・ロンメル陸軍大将が指揮する第七機甲師団が先陣を切って強硬渡河を始めるのだった。ロンメル大将といえば北アフリカ戦線で英軍を撃破した猛将といわれ、「砂漠の狐」との異名がついた。このようなロンメル機甲師団の強襲に仏守備隊は大混乱。反撃もできないままミューズ河突破を許すのだった。

ロンメル大将はなおも進撃をゆるめず、ドーバー海峡に接近をはかった。そこには英軍が布陣する軍港ダンケルクがある。ただしヒトラー総統はダンケルクの英軍は空爆で十分阻止できる、次の仏攻略に備え、機甲師団の温存をはかるとの二つの理由から機甲師団の地上攻撃を留保した。じっさい仏駐留の英軍はダンケルク軍港から英国本土に撤退し、事実上敗北を喫していた。そのためドイツ軍は次なる目標のパリ攻略に進撃し、六月十四日パリに入城する。ヒトラー総統はほとんど無傷でパリ陥落を成し遂げ、凱旋パレードを挙行。一九四〇年六月二十三日、ついに仏軍はドイツ軍に全面降伏した。

一九四四年六月英米加連合軍が仏コタンタン半島セーヌ湾に上陸した。ノルマンディー上陸作戦開始だ。ドイツ軍に敗北した英軍がダンケルクから本国に撤退した屈辱の日からちょうど四年後であった。けれどドーバー海峡横断作戦は一九四二年一月には早くも計画されていた。だが米国の国内事情から進展せずにいた。とはいえ米国は何もしなかったわけではない。一九四〇年十一月ルーズベルトが大統領選挙で三選をはたしたことで軍部と参戦にむけた『レインボー作戦』計画に着手した。同作戦は日独伊などを念頭においたもの。ルーズベルト大統領はこの作戦を共有するため一九四一年三月、カナダで開かれた三ヵ国首脳会議に出席し、米英加同盟に合意する。米国の三ヵ国同盟は事実上対日、対独宣戦布告を現実にするものだった。

コタンタン半島のノルマンディーには港湾施設がないため、上陸後の補給や増援部隊の揚陸に支障が出ることが予想された。けれどこの点を除けばドイツ軍の防御は手薄。コタンタン半島にはシェルブール港があるなど望ましい条件がそろっている。このような判断から連合軍は最終的にノルマンディーを上陸ポイントと決定する。

迎え撃つドイツ軍ももちろん漫然としているわけではない。コタンタン半島の兵力増強をはかるとともにロンメル大将はドーバー海峡のカーンからコタンタン半島、さらにはブルターニュ半島にいたるまでの長い海岸線の要所々々に無数の機雷を敷設した。しかもこの機雷は水圧複合感応機雷、通称『牡蛎』機雷といわれる、艦艇が立てる波で水圧を感応し、爆発するドイツ軍の新兵器であった。

連合軍は作戦のコードネームも『オーバーロード作戦』と名付けた。そしてオーバーロード作戦は一九四四年五月一日開始で三ヵ国は一致した。つづいて連合軍総司令部は空軍総司令官には米軍のトラフォード・マロリー大将、海軍総司令官はチャーチル首相の推薦を受けたバートラム・ラムゼー海軍大将を任命した。ただしまだ陸軍総司令官は空席だった。陸軍総司令官はオーバーロード作戦全般を統括し、指導する最高指揮官だ。これには米軍を充てることで連合軍参謀本部は了承していた。そのためルーズベルト大統領はジョージ・マーシャル大将を推薦した。彼もその気十分だった。ところがアーネスト・キング海軍大将やヘンリー・アーノルド陸軍航空大将が、今後の戦略遂行に支障を出すとの理由から難色を示し、かわってドワイト・アイゼンハワー陸軍大将を推薦した。

連合軍総司令官となったアイゼンハワー大将は海峡横断作戦を遅滞なく実施するには兵員、武器弾薬、物資などを円滑に輸送する水陸両用艦艇の有無が鍵になるため米国政府に大増産を進言。これでふたたび上陸日時を五月末に変更する。航空戦力も増強した。ドイツ軍の輸送路を遮断するため空挺部隊を投入し、鉄道、港湾、通信施設などの破壊工作を命じた。

連合軍の、上陸作戦にともなう困難除去に仏国内のレジスタンス活動も大いなる助けになった。ドイツ軍は「地と灰作戦」と称してレジスタンス掃討を実施し、拷問や絞首刑にかけて徹底的に弾圧した。けれどレジスタンスはかえって執拗に抵抗し、工場や鉄道、軍施設などの爆破、あるいは暗号解読などのゲリラ工作を展開した。

懸案の水陸両用艦艇の増産も米国ですすめられていた。シェルブール港以外ない悩みも、一日五〇〇〇トンの荷揚げが可能な浮揚式人工港の完成であらかた解消した。このほかにも連合軍将兵にとってじつに嬉しいいくつかの情報がもたらされた。たとえば水陸両用戦車、火炎放射戦車、クラブ戦車などが開発され、実戦配備されたことだ。

一九四五年五月十五日、アイゼンハワー総司令官はラムゼー海軍総司令官、マロリー空軍総司令官らをロンドンに集め最終的な作戦計画のすり合わせをおこなった。ここにはチャーチル首相、英国国王ジョージ六世も臨席し、チャーチル首相などは戦艦に同乗し、艦砲射撃の威力を自分の目で確かめたいなどとやんちゃな一面をのぞかせるほど気分をよくしていた。

ただしこの会議でも上陸の日程は定まらなかった。ただこれは気象条件がそろわないだけのことだった。空軍は、空挺部隊やグライダーが正確な地点に降下するには風がない深夜が望ましかった。海軍は波の穏やかな夜陰に乗じ、未明には海峡を横断することを願った。陸軍は干潮時に上陸し、一刻も早く橋頭堡の設営を望んだ。このような条件を勘案すると満足できるのは六月上旬ないし下旬のいずれかになる。そこでアイゼンハワー総司令官は各司令官に対し、Dデー、すなわち上陸開始は六月五日と伝えた。けれどこれは六月六日と変更された。悪天候のためだ。アイゼンハワー総司令官は陸空海それぞれの気象観測班からの情報で六月六日から三六時間、この間だけ風雨はおさまり、天候は回復するとの予報を受けた。ここでついにアイゼンハワー総司令官は決断した、Dデーは六月六日と。

六月五日夕刻、ドイツ軍の裏をかくように一〇〇〇機の英空軍が海峡を越えて沿岸防御のドイツ軍砲台に五〇〇〇トンの爆弾を投下した。さらにブローニュ近郊には降下兵に似せた人形をパラシュートで投下する。あるいはレーダー妨害用のアルミ箔をばら撒き、あたかも大規模輸送船団がドーバー海峡を横断してカレーに接近しているかのように思わせる、ドイツ軍に対する偽装工作も行なっていた。海上では米、英、加、蘭など連合軍の艦隊が第一陣の兵員約一三万人を乗せてノルマンディー海岸に接近していた。すでに上陸地点も決定していた。ユタ、オマハ、ゴールド、ジュノー、ソードの五ヵ所だった。

Dデー上陸作戦は午前一時三十分、まず先陣を切ってマックスウェル・テイラー少将率いる米軍降下部隊がユタ海岸の後方地点に降下することで開始した。地上部隊も午前六時三十分を期して上陸を開始する。地上でも米軍が先鞭をつけた。約一時間遅れて英軍の第一陣がゴールドおよびソードに、ジュノーには加軍がそれぞれ上陸を始めた。いずれの地点もおおむね首尾よく上陸できた。ただオマハとジュノーの上陸部隊は苦戦した。制海権、制空権を失っていたドイツ軍は英加軍が内陸の障害物に到達したところを狙い撃ちし、上陸部隊に損害を与えたのだ。

オマハ海岸の苦戦に駆逐艦と爆撃機がドイツ軍の砲台に無数の砲弾を撃ち込んだ。この援護で上陸部隊の秩序もようやく回復し、日没までには橋頭堡も構築できた。Dデーのこの日、ノルマンディーに上陸した連合軍の兵員数は必ずしも正確には把握されておらず、一三万三〇〇〇人とも一七万五〇〇〇人ともいわれ、戦死傷者も約四九〇〇人と伝えられている。連合軍はこの後も続々と後続部隊をノルマンディーに送り込んだ。それにもかかわらずヒトラーはなおも本格的な攻勢はノルマンディーではなくベルギーに違いないとの確信に疑問を抱かず、したがってノルマンディー地域への増援にも消極的だった。

Dデーのとき、ロンメル大将も休暇中でドイツに戻っており、司令部には不在だった。そのため彼の狙いであった水際作戦は不発に帰した。このようなことがドイツ軍守備隊の孤立化を招き、多数の戦死者と捕虜を出したうえにセーヌ河の渡河を許し、八月二十五日連合軍にパリを明け渡すのだった。この日の午後三時すぎ、仏亡命政府の自由フランスを率いるド・ゴール大将がパリ市内に到着し、群衆の歓呼の声が沸くなかを市役所まで行進した。

パリ解放でフランスでのドイツ軍掃討作戦はほぼ達成した。けれど連合軍の攻撃はこれで終わったわけでなく、新たな進撃を始めた。アイゼンハワー総司令官は八月二十一日、ノルマンディーの前線司令部で会議を開き、ドイツ軍を追撃するためベルギー進攻を決定し、九月三日、首都ブリュッセルを解放する。

けれど連合軍にも不安がなかったわけではない。九月七日にV二号ロケット弾二発がロンドンに撃ち込まれたからだ。V二号はいわば地対空ミサイルであった。これまでも時速六二〇キロの高速で飛来するV一号飛行爆弾に脅えていたロンドン市民は、マッハ三という超高速で飛来するドイツ軍の新兵器に、以前にもまさる新たな脅威に襲われる。それにもかかわらず新兵器に対抗する手段が連合軍にはなかった。

ドイツ軍のV二号攻撃に連合軍は神経をとがらせながらもさらに前進を続け、いささかも躊躇することはなかった。連合軍の前線部隊は九月十五日にはベルギー全土を解放し、崩壊寸前のドイツ軍をドイツ国内まで追い詰めてゆくのだった。

ドイツ軍は戦闘による敗北だけでなく、別の危機にも直面していた。七月二十日、ヒトラー暗殺未遂事件が発生したのだ。ラステンブルグの本営内にあった木造小屋で前線情勢の説明を受けていたヒトラーの爆殺をねらったフォン・シュタウフェンベルク大佐の暗殺は未遂におわり、ヒトラーはきわどいところで命拾いする。この未遂事件でフォン・シュタウフェンベルク大佐は銃殺され、事件の関与を疑われたロンメル元帥も事件から一ヵ月後の八月中旬、一切の弁明もせず服毒自決する。ヒトラーはノルマンディー敗北をしぶしぶ認め、八月十七日にはフランスからのドイツ軍撤退を命じるのだった。

ナチス・ドイツ軍を降伏に導くにはなおまだ遠かったが、六月六日に始まったオーバーロード作戦はベルギー解放でひとつの転機を迎えた。

オーバーロード作戦は『史上最大の作戦』ともいわれる。一度に上陸した兵員の規模なら五〇万名の兵員が上陸した一九四三年七月のシシリー島上陸作戦が大きく上回る。けれどフランス、オランダ、ベルギーなどの各戦線からドイツ軍を撃退し、ヨーロッパ解放に貢献した意義の深さを考えれば史上最大の作戦と称するのにためらいはない。それはヨーロッパ戦線から遠く離れた中部太平洋の海上を航行中の水陸両用装甲車に同乗する米海兵隊員たちにしても異論はない。だから、目前のペリリュー島に立ちはだかる日本軍守備隊に向け威嚇するのだった、「次はおまえの番だ」、と。

第二章　激闘

　転戦を命じられ、一九四四年六月半ばにマリアナ諸島のテニアンから輸送機でペリリュー飛行場に着陸して以来、見張り兵としてほとんど休む間もなく、中山という名の標高七〇メートルほどの中腹からずっと空と海の監視にあたっていた土田喜代一海軍二等兵曹は何度もまばたきを繰り返し、わが目を疑った。だから思わず故郷の九州弁でつぶやきもするのだった。

〈ほんまじゃろか……〉

　中山の見張り台からペリリュー島の南西海岸までおよそ八〇〇メートル。北西方面には天山や富山という名の山稜が邪魔をして海岸は見えにくいが南西方面には山がない。しかも米軍の連日にわたる猛烈な爆撃で樹木はすっかりなぎ倒され、遮るものはなかった。中腹からなら肉眼でも海岸の様子がわかる。それを七〇倍も拡大可能な望遠鏡でのぞいているのだからなおさら渚の白い砂粒も、浅瀬を泳ぐヤシガニでさえくっきり見える。

土田二曹は望遠鏡のさきにうごめく無数の船団がどす黒いうねりとなってこっちに向かってくるのを発見したのだ。船団は米軍の上陸部隊を乗せた水陸両用装甲車であることがようやくわかった。それがこのまま島に向かって来れば確実に米軍は西海岸に上陸することになる。上陸用船艇がいるなら母艦もいるはず。土田二曹は望遠鏡の焦点を沖合に向けた。またもや目を凝らした。今度は敵艦の群れだった。まるで針鼠のように砲塔をこちらに向けた敵艦の群れは一つの島のようにも見えた。土田二曹は敵艦を数えた。戦艦四隻、巡洋艦三隻、そのほか駆逐艦、補給艦……ざっと五十数隻。これだけおびただしい数の敵艦を発見するのは初めてだった。

現役しか採用しない海軍もついに、戦況の悪化から補充兵を採用するようになったことで二三歳の土田も一九四三年一月、福岡県八女工業学校機械科を卒業後に入社した三井系の機械製造会社を退職し、佐世保海兵団に入団。二ヵ月間の新兵教育を受けたのち横須賀海軍見張学校に入学し、艦艇や航空機の種別、特徴、距離、高度などを徹底的に教育され、見張兵として実施部隊に配属されてあらまし一年半。この間には鹿屋海軍航空隊、マリアナ諸島のサイパン、テニアン、そして今度はペリリュー島に転戦し、ずっと見張兵を通してきた。

〈こりゃー模型なんかじゃなかと。正真正銘の敵艦じゃが〉

あっけにとられている場合でもない。山頂の壕内には海軍通信隊が待機し、見張りの伝令を待っている。伝令しだいで次なる行動を決定するのだ。土田二曹は部下の伝令に向かって声を張り上げ、敵艦の数量、艦種、そして予想される上陸地点を告げた。部下もこれを受けてすぐさま山頂に走った。午前七時三十分だった。

米海兵隊第一陣が続々と上陸を開始したのはこれからほどなくしてだった。上陸地点も土田二曹が予測した通り西海岸だった。米海兵隊の上陸に合わせ、敵艦の砲撃目標は海岸線のトーチカから島内中央の丘陵に移してきた。これは海岸に上陸した海兵隊の危害を避けるためだ。敵艦は相変わらずありったけの砲弾と発煙弾を打ちまくっている。そのため炸裂するたび砕け散った岩石が頭上からザザーと降りそそぎ、地上からは灰色の土煙が舞い上がる。立ち込める煙幕や砂塵で視界は完全に遮られ、見張りどころではなかった。土田二曹は見張り台からいそぎ山頂の通信隊壕に退却した。これで何度目の退却かと土田二曹は思った。

ペリリュー島に到着するとすぐに一四〇〇メートルの滑走路脇に建つ戦闘指揮所の屋上に立ち、三人一組で二四時間態勢で見張りを続けた。ペリリュー島到着当時は零戦や夜間戦闘機月光などが駐機していた。けれど敵の艦砲射撃を避けるためフィリピン方面に避難し、ペリリュー飛行場はがら空きになっていた。飛行機がなければ見張りも必要ない。飛行場を守備する兵隊だけ残してあとは島内中央の中山に退却したが、数えてみれば三度、いやもっとかも知れないと土田二曹は思った。

中山の通信隊壕は高さ十数メートル。奥行き七〇メートルもあった。しかも入り口はセメントのあき樽、あるいはからっぽのドラム缶に石を詰めて厳重に塞いでいる。さらに稜線の斜面を利用して砲台も構築している。これだけ守りの堅い壕はない。土田二曹はサイパンもテニアンも日本軍守備隊はことごとく玉砕している経験からペリリュー島に転戦を命じられた時点で命はないものと覚悟し、玉砕もいとわない準備はできている。とはいえ無駄死にはしたくなかった。上官からも、「バンザイ突撃はするな」「最後の一兵になるまで戦え」といわれていたから、おなじ死ぬなら最後まで戦い抜き、敵の進撃を少しでも遅らせるつもりでいる。そのためにも土田二曹は見張り台を引き上げ、通信隊壕に戻ることにした。

歩兵第二連隊第二大隊第六中隊の小隊長として三〇名ほどの部下を指揮し、ペリリュー島西海岸の「モミ」地区の守備についていた山口永陸軍少尉の方角からすると、西浜地区の「イワマツ」や「クロマツ」の守備隊は海岸線から沖合に出っ張った西岬よりさらに向こう側にあったから、直線距離なら三キロほどでも、弓なりに大きく湾曲する海岸線に沿ってゆけば五キロもさきの南の方向に見ることになる。しかも山口少尉は第六中隊のなかでもとくに北寄りの、つまり米軍がロブスターと名付けた、えびの鋏の形をしたペリリュー島北部の半島の付け根近くに陣取っていたので、イワマツ周辺を守備する第二連隊第四中隊、第五中隊の動向を把握するのはほとんど困難だった。

けれど視線を海上に向ければ、ペリリュー島全体をぐるっと取り囲むように連なる帯状のリーフ（珊瑚岩礁）が海面に隆起するもののそれは渚から五、六〇〇メートルも離れており、視界を遮るほどのものではなく、はるか沖合の南西海上に艦橋をならべる敵艦の動きは見渡せた。そのうえ満州からペリリュー島に上陸してかれこれ五ヵ月も過ぎているので敵機の来襲にも艦砲射撃の発射音にも次第に慣れ、着弾方向も見当がつくようになった。発射音は、初めはコーンともカーンとも聞こえる。ヒューっとうなりを挙げて飛来し、着弾するとダダーンと炸裂する。これが機関銃だとシュッシュッシュッっと、ものをこするような音になる。もちろんなかには不発弾もある。山口少尉は不発弾を発見していた。不発弾は直径一〇センチ、長さ五〇センチほどだった。これだけならとくに驚かない。しかし砲弾のまわりには鉄製のコイルが螺旋状に巻きつけてあったから息を呑んだのだ。

〈こんなものに当たったらひとたまりもねぇなー〉

炸裂と同時にコイルが四方に飛散し、トタン板ぐらいは難無く貫通する。コイルを巻くのは殺傷力を高めるためだ。

陸上からの眺望がいいということは相手側にとってもいいことになる。そのため山口少尉は日中はトーチカや敵の砲弾でえぐられた窪地、あるいは燐鉱石の採掘跡にじっとうずくまり、宵闇が迫るのをまった。反撃を手控える理由は、一発撃てば米軍は数倍にして撃ち返すということもあったが、撃つことで自分たちの位置を教え、砲撃の目標になるのを避ける意味もあった。それに米軍は夜に入ると攻撃を停止して休息に入る。したがって日本軍の行動はもっぱら夜間だった。なにしろ空も海も米軍に制圧され、友軍機の援護はない。そのため夜間の限られた時間を利用して陣地構築や部隊配置、通信機設置などを素早くおこない、防御体制を整えるしかない。

満州からペリリュー島に転進した当初はさほど緊迫した雰囲気はなかった、と山口少尉は時折思うことがあった。ペリリュー飛行場には大型機の発着も可能だったから重爆撃機の呑龍や一式陸攻あるいは戦闘機など陸海軍機が翼を並べ、島民や民間人もいた。ペリリュー島には埋蔵量一五万トンともいわれる豊富な燐鉱石が採れるため本土から進出した民間企業の社員や家族も暮らしていたので比較的おだやかだった。けれどこれはつかの間の平穏だった。マリアナ諸島攻略でホーランド・スミス海軍中将が指揮する米海兵師団はサイパン、テニアンに兵力を傾けていたのでパラオ諸島にまで手が回らなかったにすぎない。そのためマリアナ諸島が一段落すれば次はパラオ諸島が攻略の俎上に乗るのは時間の問題だった。

じっさい一九四四年七月、中部太平洋方面艦隊司令長官南雲忠一海軍中将を最高指揮官とし、第三十四師団の斎藤義次陸軍中将とともに守備するサイパン島を制圧し、さらに八月にはテニアン、グアムも制圧。八月十一日、第三十一軍司令官の小畑英良陸軍中将の自決によって組織的抵抗が終息すると米軍はパラオ攻略に照準を合わせ、空と海から仮借ない砲弾を連日浴びせるのだった。

山口少尉がのんびりしていられたのもわずかな期間だった。日中は洞窟の中で息をひそめ、食事も用便もままならず、ほとんど釘付け状態だった。これは山口少尉にかぎったものではない。ペリリュー島守備隊全員がそうだった。日中はさまざまな物陰に潜伏し、反撃もせず、来るべき時期をじっと待つのだった。そしてそれは一九四四年九月十五日早朝であった。ついにこの日、それまで耐えに耐えていたペリリュー島守備隊およそ九〇〇〇余名の陸海軍将兵の憤怒は一気に炎上するのだった。

「モミ」地区の守備についていた山口少尉は、早くも明け方から始まった飛行場や「イワマツ」「クロマツ」を狙った米軍の激しい空爆と艦砲射撃がピタッとやんだのを機に珊瑚岩礁の洞窟から顔を出し、前方の海上を見た。海面は激しく波立っていた。その波以上に山口少尉は興奮し、感情が高ぶった。横広がりの隊形を組んだ米軍の水陸両用装甲車など艦艇の大集団が現われ、波しぶきをあげながら海岸に迫ってくるからだ。

数日前には、大胆にも、米軍の偵察要員がフリゲート艦や潜水艦を利用してペリリュー島の海岸に上陸し、上陸ポイントを示す赤と白の旗と星条旗を立てる姿が目撃されていたからいよいよ上陸が近いこと予想はしていたが、まさかこの日になるとまでは思っていなかったので山口少尉は浮足立ち、艦艇を数える冷静さも失っていた。敵船団は水平線上に突如出現した、まるで黒い半島のように山口少尉には見えた。

歩兵第二連隊第二大隊第五中隊長中島正陸軍中尉とともに西浜地区の「イシマツ」陣地を守備していた歩兵第二連隊工兵中隊第三小隊長藤井裕一郎陸軍少尉は敵の上陸部隊を真っ正面から迎え撃つことになった。九月十五日午前八時三十分、上陸を開始した米海兵隊およそ一〇〇〇名が水陸両用装甲車を楯がわりにして前進してくるのを、日本軍があらかじめ掘削した戦車壕に身を隠して見届けたところで後方の連隊本部に索敵状況を伝えるためシェパード二頭を放った。パラオ諸島の陸軍部隊には乗用車六八台、軍用トラック三三六台、戦車九両、牽引車一九両のほか軍馬八九頭、軍用犬五頭を保有していた。

天山には砲兵第二中隊長の天童隆陸軍中尉が砲台陣地を構築し、西浜地区に上陸する米海兵隊に砲口を向けている。そのため藤井少尉は軍用犬の首輪に海兵部隊上陸を伝える文書をくくりつけ、伝令に走らせたのだ。軍用犬は伝令用に訓練され、通信部隊が飼育管理していた。けれどいかに訓練しているとはいえ人間のようにはいかない。敵の砲撃におびえ、炸裂音で体を丸めて伏せたり壕内に逃げ込んでしまう。そのため途中まで首輪を持って誘導し、藤井少尉は尻をたたいて放った。おかげで軍用犬は伝令の役割をみごとに果たした。けれどこの軍用犬もやがて始まった米軍上陸部隊と迎え撃つ日本軍守備隊との壮絶な激戦のなかで敵の砲弾を浴びて胴体がちぎれ飛び、〝戦死〟するのだった。

千明武久陸軍大尉が指揮する歩兵第十五連隊第三大隊砲兵第三中隊の速射砲兵であった閑野茂木陸軍上等兵は、砲兵中隊長の岩佐直三郎陸軍大尉から一の字半島の陣地構築を命じられたことで五味田武蔵准尉率いる小隊二四名のなかにいた。

一の字半島はペリリュー島の東部に位置し、離島のネンピソレエレウ島やギャリース島に向かって細長く伸び、道路もなかった。そのため千明大隊長の第三本部基幹が守備する南浜地区の「アヤメ」「レンゲ」までは三キロメートルほど離れ、ずっと後方に構えていた。そのうえ半島と南地区とは高崎湾で分断されていたのでなおさら米海兵隊の第一波上陸のことも、「アヤメ」守備隊などで激戦が始まったことも、そして上陸部隊を撃退したことも知らず、砲兵第二中隊の兵士が丘陵の斜面を転げるようにして壕内に駆け込み、息を切らしながら激戦の模様をつぶさに報告するのを聞いてようやく知るありさまだった。

ただし閑野上等兵は米軍の上陸が間近いことは察知していた。日毎に激しさを加える敵の砲撃で守備隊の犠牲者がしだいに増し、堅牢な壕も崩壊していた。閑野上等兵は一九四四年五月二十四日、第三大隊が、集団司令本部が所在するコロール島からペリリュー島に移動してからずっと、ツルハシも歯がたたない岩礁をダイナマイトやカーソットで爆破しながら南地区の大隊本部壕などの陣地構築に従事していた。

中川州男第二歩兵連隊長がペリリュー島北部のガルコル波止場に上陸した四月二十六日時点ではまだ同島の守備態勢は整っておらず、無防備に等しかった。同島には村田少佐が指揮を執る海上機動第一旅団海上輸送隊一万三二〇〇名のほか酒巻海軍中将が指揮する第二十六航空戦隊など二千数百名が守備していたが陣地構築にはいたっておらず、第二連隊の初仕事はそのため陣地構築や防空壕、これらを縦横に結ぶ坑道などの建設から始まった。

閑野上等兵らは銃砲からハンマー、ノミに持ち替え、にわか石工にかわるのだが、これにはほとほと難儀する。なにしろ燐鉱石と珊瑚岩礁で形成された島。強固な岩盤に阻まれて思うように掘り進まない。もっとも爆撃に耐える防空壕にはこれぐらいでちょうどいいのだが。

資材不足のなかでの作業だった。ダイナマイトも要求通りには届かない。貴重な弾薬でありやむを得ないが、資材不足は肉体で補うしかない。このうえ兵士に応えたのは三〇度を超す猛烈な暑さが毎日続くことだ。なにしろマイナス数十度になることも珍しくない酷寒の満州からいきなり酷暑の南洋諸島にやってきたのだ。掘削作業より体調維持に苦しめられるもの少なくなかった。

陣地構築は将兵一丸となり、五、六、七の三ヵ月にわたって行なわれ、ほとんど突貫工事であった。その分夜は疲労と緊張から解放され、兵士たちは泥のように眠った。閑野上等兵らが守りにつく第三大隊本部壕は入り口を分厚い鋼鉄の板で塞ぎ、カマボコ型の天井は鉄筋コンクリートで固めた。側面は岩礁を石垣のように積み上げて補強した。本部壕がいかに頑丈であったか、それは、八月に入ると一段と激しさを増した米軍の砲撃にびくともしなかったことで証明された。けれど、本部壕からだと西北に見えるペリリュー飛行場はそうでなかった。艦砲射撃の標的にさらされ、無数のナパーム弾でたちまち火の海と化しもうもうたる黒煙が立ち込めている。ナパーム弾攻撃にも有効な反撃がとれず、手をこまねいている海軍守備隊の姿を見ていたから閑野上等兵は、これだけでも敵の上陸は遠くないことを察し、身も心も引き締まるのだった。

緊迫感をいっそう現実のものにしたのは、九月十三日夜半におこなわれたささやかな宴だった。五味田准尉から小隊全員南地区の砲兵中隊本部に集合せよとの伝令があり、閑野上等兵ら小隊二五名は三時間もかけて高崎湾を徒歩で渡り、南地区の岩佐中隊長のもとに一旦集合し、さらに第三大隊本部壕に向かった。

壕内にはすでに千明大隊長をはじめ第三大隊の各中隊長、小隊長がそれぞれ部下を率いて合流していた。やがて全員に食器が配られ、日本酒が振る舞われた。伝令は、壕内で酒宴を催す知らせであった。内地であればちょうど十五夜の季節。月見団子や赤飯をそなえて中秋の名月を愛でるのが日本人の風習だ。戦場ではそういかない。せめて日頃の労をねぎらい、つかの間の鋭気をやしなうぐらいだった。将兵ともども胡座をかき、酒宴は無礼講だ。千明大隊長が顔を紅潮させていたのは決戦を前にした緊張感というより同じ群馬県出身、上州のカラッ風にもまれて育った兄弟のような部下たちのなかに溶け込み、家族のような雰囲気が酒のまわりを速めたからだ。

酒宴はつまり決戦を目前にした最後の晩餐であった。そのため酒のほか煙草、饅頭もめいめいに配られた。じっさい翌十四日になると早朝から熾烈な砲撃が終日続き、閑野上等兵らは速射砲陣地に立て籠もったまま一歩も外に出られなかった。五味田准尉はそのため、豊富な物量にまかせて撃ちまくる米軍になかばあきれながらもこう叱咤するのだった。

「支那事変でも国民党軍の執拗な砲撃で相当苦戦したが、それでもこんな無茶苦茶な攻撃にあうのは初めてだ。いいかみんな、決して外に出たらだめだぞー。いのちは大事にしろー。まだまだ死に時じゃねーぞ」

五味田准尉は保定会戦や徐州会戦などに従軍し、中国の蔣介石軍との激戦を体験していた。両会戦は一九三七年七月七日、夜間演習を終えて集結中の一個中隊に目がけて北平の西南郊外を流れる蘆溝橋の堤防から蔣介石軍の銃撃を受けたのに端を発した。この支那事変に際して土肥原賢二陸軍中将率いる第四師団は隷下の歩兵十五連隊を両会戦に送り込み、五味田准尉も十五連隊のひとりとして従軍するのだった。

生え抜きの現役兵から叩き上げ、砲弾が容赦なく炸裂するなかを切り抜けてきた歴戦のつわものといってよい五味田准尉だけに、「いのちは大事にしろ」という言葉には切実なものがあり、閑野上等兵は心に深く響いた。その五味田准尉が小隊に向けて声を張り上げた。

「全員陣地につけぇー、砲を据えろー」

中隊本部から砲兵が壕内に転げ込んで間もないころだったから九月十五日午前十一時ごろ

だ。関野上等兵はかねての手筈通り、ただちに速射砲の脚を開き、さらに両頭槌で脚の爪をたたいて砲がぶれないようにしっかり固定した。一瞬の早業に、射撃の準備はできていた。

ちょうど三ヵ月前の六月十五日、第十四師団長の井上貞衛中将の突然の命令で大里義信大尉はペリリュー島からバベルダオブ島に転任になったが、このころのペリリュー島はまだ比較的穏やかであった。それは米機動部隊がサイパン島攻略に集中していたからだ。スミス海軍中将がサイパン島に上陸した六月二十五日、奇しくも同じこの日、大里大尉はペリリュー島北部、カドブス島と桟橋でつながるガルコル波止場から大型発動機に乗り、バベルダオブ島に向かっていた。むろん米軍のサイパン上陸を知るのは到着後であった。

大里大尉の転任は独立歩兵第三五一大隊長に就くためであった。井上集団司令は五月三日の大本営指示に従って独立混成旅団の編成作業に取り掛かる。パラオ諸島には第四十一師団や第五十一師団の残留兵が混在し、編成組織や指揮系統が繁雑になっていた。そこで大本営はこれを再編統合することを井上集団司令に命じた。旅団は山口武夫少将を司令とする約六〇〇〇名で編成し、この下に新たな大隊が設けられ、指揮官も新たに就いた。第三四六大隊には引野通広少佐が大隊長に就いた。第三四八大隊は由良四方吉中佐が大隊長となる。そして第三五一大隊は歩兵第二連隊から転任した大里大尉が大隊長に就いた。

独立歩兵第三五一大隊を率いる大里大尉は大隊長着任と同時にバベルダオブ島のアイライ地区守備に就いた。この地区には長さ一四〇〇メートル、幅一〇〇メートルの滑走路を整備したアイライ飛行場があるため基地防衛上きわめて重要な地点であった。そのため大里大尉は作戦用道路、飛行場の整備、さらに耐弾飛行機壕の増強などを昼夜兼行で進めるとともに、次第に頻度を高めてきた敵機来襲に備えて対空防備も厳重にした。サイパン陥落によって米軍が次に向かうさきはパラオ諸島に違いないこと、予測できたからだ。じっさい井上集団司令もサイパン陥落後の米軍が指向するさきはパラオにあること疑問の余地はないとして隷下全軍に陣地、訓練、防御、施設などの強化を訓辞するのだった。

それにしてもあのサイパンまでがついに、と大里大尉は思わずにおれなかった。東条英機首相は「サイパンは難攻不落である」と豪語し、絶対的自信をもって臨んだ戦いであった。けれど米軍上陸からわずか二〇日間ほどで全滅したのだ。あっけないサイパン陥落で東条内閣に対する重臣や軍部の風当たりが一気に強まり、一九四四年七月十八日、東条内閣は総辞職する。同じこの日大本営はサイパン守備兵全員戦死と発表する。これを受けて大日本興業協会は夜間興業を自粛するよう各劇場に通達した。

鉄壁の守りで固めたサイパン陥落で絶対国防圏の一角が崩壊した。それだけに大里大尉が受けた衝撃は小さくなかった。けれど感傷に浸っている時ではない。予想通り米機動部隊はパラオ諸島の空爆を開始したからだ。わけても七月末からは大編隊で襲いかかり、コロール島の市街地はたちまち焼け野原と化した。米軍機はアイライ飛行場にも空爆を加えたがさいわい軽微だった。

大里大尉はペリリュー島に思いを馳せた。バベルダオブ島転出まで、ペリリュー島を守備する歩兵第二連隊の面々とともに陣地構築に汗みどろになっていた。それが突然の転任命令だったから任務途中で去らなければならず、心残りだったのだ。それでも中川連隊長のほか富田保二歩兵第二大隊長の配慮で第四中隊長の岡田和雄中尉、第五中隊長の中島正中尉、第六中隊長の大場孝夫中尉をはじめ大隊副官の関口正中尉など、満州の神武駐屯以来苦楽をともにした若手将校が姿を見せてくれた。このうえさらに烏丸洋一中尉のはからいで特に連隊旗の奉拝が許されたので感謝の念を深くし、心置きなく去ることができた。

連隊旗は一八七四年十二月、日比谷錬兵場において親授された。歩兵第二連隊はこれよりさき、同三月に創設され、阿武素行陸軍中佐が初代連隊長に就任した。以来連隊旗は歩兵第二連隊とともにあり、西南の役をはじめ日清戦争、日露戦争、シベリア出兵、上海事変、支那事変、徐州会戦、さらに第二次世界大戦と幾多の戦役に参戦した。この間には、第一〇代連隊長恒吉忠道大佐時代の一九〇五年二月、歩兵第二連隊水戸誘致運動がはじまり、茨城県議会、水戸市議会を挙げて請願を採択。これが功を奏し、一九〇九年三月二十六日、水戸市堀原に念願の新兵営が移転するなどの展開があった。これを契機に歩兵第二連隊は水戸に駐屯し、衛戍地とした。

烏丸中尉のはからいで覆いから現われた連隊旗をあらためて奉拝した大里大尉は、千段巻きの竿、頭部の菊御紋章は変わらず黄金色の輝きを放っているものの一六条の、真紅の光線を放つ肝心の旭日はすでになく、わずかに紫房の縁取りだけが残る連隊旗にしばし歴戦跡を偲ぶのだった。

これは三ヵ月前のことであった。この後ペリリュー島を取り巻く情勢は日に日に緊迫し、昼間は空と海から猛烈な砲撃、夜間は照明弾を放ち、一万余名の日本軍守備隊を身体面、心理面の両方から揺さぶりをかけ、決戦の場に引き出そうとしている。

米海兵隊のペリリュー島上陸の報に接した大里大尉はただちにアイライ飛行場の防御態勢を強化した。けれどバベルダオブ島にまで上陸する気配はなかった。そのためバベルダオブ島に対する砲撃はどうやら米軍のペリリュー島上陸を容易にするための牽制であり、陽動作戦では、と大里大尉は推測した。それだけになおさら大里大尉は、南方に四〇キロ、援軍に駆けつけようと思えばすぐにもできる距離にありながらそれができず、ペリリュー島を死守する歩兵第二連隊の武運を祈ることしかできないことに切歯扼腕するのだった。

第三章　転進

第十四師団長の井上貞衛中将は隷下の歩兵第二、第十五、第五十九各連隊長に対し、島嶼作戦に適応した部隊の編成替えを指示した。各連隊はただちに特科部隊を歩兵部隊に組み入れる、連隊に野砲大隊、工兵中隊などを編入、大隊に歩兵砲中隊、歩兵中隊に機関銃小隊などをそれぞれ編入し、大隊、中隊単位でも独立して戦闘が可能な兵器と兵員の陣容立て直しをおこなうのだった。

これらの編成替えが完了したのを受け、井上師団長は一万八〇〇〇名の将兵を率いて一九四四年三月十日、満州斉斉哈爾《チチハル》の師団駐屯地を出発。有蓋貨物列車で旅順に向かった。兵員移動は極秘であり、ソ連側に漏れるなどあってはならない。そのため「イ号演習」と称し、事実を秘匿した。兵員は途中下車はおろか窓を開けることさえ禁じられたのはこのせいだ。そのため兵員は車内に醤油のあき樽を置いて用便をすましていた。出発から四日後、遼東半島の旅順に到着した。

この転進は絶対国防圏を確保するため満州駐留の関東軍から二個師団を選抜し、西部ニューギニアおよびマリアナ諸島に転用するとの大本営の措置による。大本営は一九四三年九月三十日、天皇陛下ご臨席のもと政府閣僚、軍首脳が出席して開かれた第一一回御前会議で、『今後採ルヘキ戦争指導ノ大綱』を全会一致で決定し、「帝国戦争遂行上太平洋及印度洋方面ニ於テ絶対確保スヘキ要域ヲ千島・小笠原・内南洋（中西部）・及西部（「ニューギニア」「スンダ」「ビルマ」）ヲ含ム圏域トス」、とした。すなわちこれが『絶対国防圏』といわれるものだ。これらの地域を結ぶ楕円形の域内は本土防衛上絶対に確保しなければならず、一歩たりとも園内に敵の侵入を許さないということだ。

絶対国防圏設定の背景には、半年にもおよぶ死闘を繰り返し、二万三〇〇〇名以上の将兵と大量の火砲を喪失したガダルカナル島惨敗やアッツ島守備隊の玉砕などで劣勢に立つ日本軍の戦局挽回をはかるには勝算の薄い地域から兵員を撤退させて円形の線内に転用し、防御態勢を強化して反転攻勢に打って出るという戦略構想があった。ただし絶対国防圏を確保し、実効あるものとするには地上軍や航空兵力をいかに有効に運用するかという、越えなければならない現実問題があった。

日本軍は従来、陸軍は東南アジアおよび朝鮮半島、中国など大陸を守備範囲とする、海軍は日本海および太平洋を守備範囲とするなど棲み分けていた。つまり陸軍は大陸を戦場とし、海軍は洋上を戦場としていたということだ。したがって両者とも戦場に適応した戦略戦術が構築された。このため太平洋島嶼部の陸軍部隊はきわめて限定的で、地上防衛は海軍警備隊や陸戦隊があたり、脆弱さはいなめなかった。そこで大本営は絶対国防圏の決定で満州や華北に駐留する関東軍および日本国内の陸軍部隊を抽出し、中部太平洋方面に配備するとの方針をとった。この方針にもとづき十月十四日には早くも第五十二、第三、第十三、第三十六各師団に対し中部太平洋ならびに西部ニューギニア、スンダ地域への先遣隊派遣を下命する。

ところが十二月、第三師団、第十三師団の転進が急遽取りやめとなった。これは、陸軍統帥部においてかねて検討されていた「一号作戦」の主力師団として大陸残留が決定したからだ。一号作戦とは国民党軍の継戦能力を粉砕し、中国大陸を南北に貫く陸上交通路を獲得するというものだ。これを『打通作戦』とも称した。両師団の残留にかわって第十四師団と第二十九師団の派遣が翌一九四四年一月末に決定した。この決定を携えて渡満した大本営陸軍部長の真田穣一郎少将は派遣先についても第十四師団は西部ニューギニア方面、第二十九師団はマリアナ諸島であることを伝えた。

関東軍の直轄部隊として満州に永久駐留し、満州の治安維持やソ連との国境警備にあたっていた両師団はかくして絶対国防圏確保のため第一陣として中国大陸から中部太平洋に転進することになった。

〈まだまだ寒くて震えてるっつぅのに夏服でもあんめが……変だな、なんだっぺや〉

館敬司軍曹が怪訝に思うのは当然だった。三月下旬といっても満州では冬の真っ最中。防寒服を脱ぐには早すぎるのに半袖の夏服が兵員に支給されたからだ。男四人、女二人の三男として茨城県西北部の農家に生まれた館は、軍曹であった叔父が日露戦争の旅順攻略作戦で戦死したこと、従兄弟が第二連隊の少尉であったことなどに加え、いずれ徴兵されるなら早くに志願して出世したい、軍人の出世は男子の名誉という思いもあり一九四〇年一月、一八歳で歩兵第二連隊に志願。同年九月第十四師団の満州永久駐留により、衛戍地の宇都宮から隷下の第二、第十五、第五十九各連隊をともなって渡満するため館も満州に向かった。以来各連隊は黒河省嫩江《ノンコー》に駐屯し、ソ連との国境警備にあたっていた。

ソ連やモンゴルと国境を接する満州は同国の安全のみならず日本本土を守る北辺の最前線でもあった。そのため館は三年半満州に駐留した。それにもかかわらず突然転進が命じられ、おまけに行き先も伝えられなかったから当惑するのだった。もっとも連隊の中部太平洋転進を知るのは師団長や各連隊長などひとにぎりの上層部ぐらいであった。

突然の転進は対ソ戦略上のカモフラージュでもあった。満州の兵員削減や大移動をソ連軍に察知されることは避けなければならず、行動は小規模、そして隠密に行なわれた。そのため移動は東部国境の陣地構築が目的などと称し、事実を口外することを禁じる箝口令が上層部にも敷かれた。じっさい歩兵第二連隊長の中川州男大佐は、約二〇〇〇名の将兵を従えて中部太平洋に転進するにあたって別れ際に、妻のミツエから、「今度はどちらに……」と問われたがはっきりとは答えず、「えいごう演習」とはぐらかした。不審におもったミツエは、「英語の演習……ですか」、と聞き返すのだったが、「えいごう」を「永劫」と理解するのは夫の自決後であった。

坂本徳次郎大尉の妻芳枝もそうだった。いつものように軍馬の手綱を引いて連隊本部に出勤したまま夕刻になっても官舎にもどらないことに不安を覚えた。一九四三年十一月、故郷の茨城県潮来で、満州から迎えにきた坂本と祝言を挙げ、新婚間もないうえに慣れない満州生活だった。

坂本大尉も、たとえ新妻であっても軍事上の機密はいっさい口外せず、そのまま黙って新たな戦地に向かった。このように妻帯して満州に赴任した将校たちは行き先を伝えることなく、家族の見送りもなく南方戦場に向かった。その後家族たちは留守部隊の保護を受けて内地に帰還するのだった。旅順に移動した第十四師団は内地に向かう船舶の手配がつかない関係で二週間ほど旅順郊外の拍嵐子に、関東軍から支給された二四人張りのテントを張り、野営を余儀なくされた。けれどこの待機期間を利用し、装備をつけた状態で縄ばしごの上り下り、あるいは大発動艇による上陸訓練、気候環境に適応するための体力作りなどにつとめた。訓練は半袖の夏服で行なわれた。山口永少尉はこれでようやく気づいた、自分たちは南方に送られるということを。とはいえ南方のどこかまではわからない。夏服が支給されたので山口少尉は冬用の将校軍服は必要なく、小包にして故郷の生家に送るのだった。

二週間の待機中にはこのほかさまざまな出来事があった。旅順に到着したところで除隊となり、内地帰還に喜びを隠さない古参兵、旅順の二〇三高地など日露戦争の跡地を訪ねるもの、関東州産のかたいりんごを齧りながら満州もこれで見納めか、と感慨にふけるもの、遺言とともに爪、頭髪などを封書に収めるものなど……。

梅沢政一軍曹もはるか故郷を思いながら、筑波山のふもとで水田を耕す両親に宛て、「生

まれ来て 戦の庭に散りてなお 君に捧げる誠なりけり」で始まる遺言をしたため、封書には「照七七四六部隊関根隊」と書き、横須賀郵便局気付けとした。七人兄弟姉妹の長男に生まれた梅沢は地元の農学校を卒業後、両親のもとで農業に就いたが、歩兵第二連隊に召集された。その後農学校卒業だったので乙種幹部候補生として仙台市の陸軍予備士官学校に入学。一三ヵ月間ほど下士官教育を受け、原隊復帰後軍曹に進級した。

第十四師団にも、一九四四年三月三十日、第三十一軍の戦闘序列に編入するなどの動きがあった。けれど転進先はなおまだ流動的で正式決定にはいたってなかった。第三十一軍は一九四四年二月二十五日の発足だったからまだ新設されたばかりの戦歴も浅い軍管であった。そのため軍司令官も航空畑出身の小畑英良中将が就いた。

第三十一軍は中部太平洋地域に展開するマーシャル諸島、小笠原諸島、トラック諸島、マリアナ諸島、パラオ諸島などの防衛にあたる各地区集団の陸軍全体を統括していた。大本営は小畑軍司令官が着任したことで第十四師団を戦闘序列に編入するとともに当初の西部ニューギニア派遣に変わってマリアナ諸島派遣を下命する。この変更は西部ニューギニアに接するアドミラルチー諸島を攻略した米機動部隊はトラック諸島にも猛爆を加え、さらにマリアナ諸島の早期進攻を可能にする態勢に入ったため絶対国防圏確保を危惧したものだった。

じっさい一九四三年八月の作戦会議で米英陸海軍統合参謀本部が作成した『一九四三／四四年の太平洋極東作戦スケジュール』案では、一九四四年一月にマーシャル、六月にポナペ、九月にトラックの各諸島を攻略、としていた。そしてスケジュールどおり一月末にマーシャル諸島のクェゼリン、ルオット両島に上陸し、わずか一週間ほどで日本軍守備隊を殲滅する。マーシャル諸島を奪った米軍は続いて三月中旬にはトラック諸島に空爆を加え、飛行場や港湾施設、艦艇などに大打撃を与えている。しかも二月下旬にはマリアナ諸島にも空爆をしかけ、絶対国防圏の要衝にいよいよ迫ろうとしていた。このようにスケジュールの早期達成は米軍も予想外であったが、日本軍の驚きはそれ以上だった。嬉しいほうでの誤算であった米軍に対して日本軍は負の誤算だったからだ。

日本海軍は、アドミラルチー島を占領した米軍はパラオ諸島かニューギニアに向かうものと思い込んでいた。アドミラルチー島付近にいた戦艦「大和」や「武蔵」をビアク島に差し向けたのもそのためだった。ところがこの裏をかくように米軍はパラオ諸島を飛び越えてマリアナ諸島のサイパン島に上陸するのだった。意表を突かれただけでなく、日本軍は、六月十五日のサイパン上陸まで米軍の動きをまったく把握できなかったという情報網の不備も露呈した。動きが急速な米機動部隊の進撃に即応するため小畑軍司令官は井上貞衛師団長を北部マリアナ地区集団長、高品彪第二十九師団長を南部マリアナ地区集団長とした。

三月二十六日、大連港に三隻の輸送船が接岸した。ただちに資器材、装備品が積み込まれた。この中には長い竹竿や空っぽの酒樽がまじっていたから、なんでこんなものまでと不審に思う兵員もいた。けれど、航行途中で輸送船が撃沈されたときの浮輪のかわりだと先任下士官から説明され、なるほどと納得するのだった。将兵の乗船に先立って井上集団司令は隷下全部隊に向けて出陣の訓辞を述べ、将兵の士気を鼓舞する。

輸送船の阿曽丸には集団司令部、師団直轄部隊、歩兵第十五連隊が乗船した。能登丸には歩兵第二連隊、東山丸には歩兵第五十九連隊がそれぞれ乗り込んだ。輸送船はいずれも一万トン級。一六ノット（時速約三〇キロ）の速度であった。正午ごろ大連港をはなれた船団は敵潜水艦を警戒しながら朝鮮半島の鎮海に向かった。ここで第三十五師団と合流した。同師団も関東軍から第三十一軍に編入され、欠けていた砲兵部隊を加え、満州からマリアナ諸島派遣が下命された。輸送船三池丸に池田浚吉師団長以下師団司令部、歩兵第二十九連隊、師団通信隊などが乗船し、第十四師団と合流する。

船団は途中門司港に寄港し、小倉兵器廠から装備の補給を受け、瀬戸内海を通過して四月三日、横浜港に到着した。翌日、井上・池田両集団司令は市ケ谷台の大本営陸軍部に出向き、東条英機参謀総長と面談する。ここで第十四師団はマリアナ諸島にかわってパラオ諸島転進、第三五師団は第三十一軍から第二軍に再編入し、セントアンデレウ諸島に転進が発令された。ここにおいて第十四師団のパラオ諸島転進が正式決定する。

派遣先がマリアナ諸島からパラオ諸島に変更したのは二つの理由からだった。まず一つは、すでにマリアナ諸島のサイパンには陸海軍合わせて四万三〇〇〇名の守備隊が配置され、強固な陣を敷いていたこと。二つめは、パラオ諸島は、米艦載機の空襲激化に対して有効な反撃がとれない守備隊の弱点に対応するというものだ。

マーシャル諸島からカロリン・マリアナ諸島に進撃中の米機動部隊は三月三十日と三十一日の両日、パラオ諸島のコロール島に十数回にわたる波状攻撃を仕掛けた。米軍にすればこの空爆はマリアナに向かう途中のいわば行き掛けの駄賃のようなものだった。けれどそれでも日本側が被った損害はけっして小さくなかった。バベルダオブ島のマラカル波止場には戦艦「武蔵」のほか駆逐艦、輸送船などが停泊していた。空爆はこれら艦船のほか港湾施設や長さ一〇〇〇メートルの滑走路を備えたカドブス飛行場を狙い、航空機一五〇機、三隻の船舶が破壊されたうえに一一五〇名の負傷者を出している。

これだけでも損害は少なくない。このうえさらに日本軍は古賀峯一連合艦隊司令長官を失うという失態も招く。二月のトラック島空襲で同島を撤退した古賀司令長官はパラオに連合艦隊司令部を移転させた。けれどパラオ諸島も安全ではなかった。味方の索敵機から、敵空母二隻を基幹とする米機動部隊がパラオ諸島に進撃中との報告を受けていたため米軍のパラオ上陸は近いと判断し、古賀司令長官はパラオ諸島からミンダナオ島のダバオ移転を検討、四月一日移動と決定した。ところが空襲は予想より早かっただけでなく古賀司令長官は七名の司令部要員とともに難波正忠中尉の二式大艇一番機に乗り込み、三月三十一日ダバオに向かったが途中低気圧に遭遇し、暴風雨に巻き込まれて海中に墜落、行方不明となるといった事態に見舞われた。

艦船や航空機に加えて古賀司令長官の遭難など甚大な損失をだしながら有効な反撃がとれなかったのは一二〇〇名たらずの陸軍とわずかな海軍兵力という貧弱な防備にあった。したがって第十四師団の転進はパラオ諸島の守備態勢の強化措置であった。

横浜港に着岸とともに輸送船には新たに高射砲隊、戦車隊、速射砲隊などの兵員、兵器、港出発時点で輸送船はほとんど満載状態だったからだ。これにもじつは事情があった。すでに大連の兵器倉庫から大量の武器弾薬提供をひそかに受けていたのだ。

第十四師団の大連到着直前、補給処が焼失していた。スパイによる放火説もあったが真相は不明。そこでかつて第十四師団に在籍していたある将校から井上集団司令は、南方転進となれば大量の物資が必要。ならば武器はすべて焼失、使用不能との口実をもうけるのでぜひ積載を、との嬉しい申し出を受けるのだった。むろんこれは重大な軍規違反だ。けれど井上集団司令はこの善意にしたがった。兵器や物資にありすぎはないからだ。旧式の三八式小銃にかわって新式の九九式小銃が兵員にあたえられたのはこのためだ。けれどその分物資満載で兵員は横臥する場所もなく、装備品の隙間や吊りボートのなか、あるいは畳一畳分ほどのところに四人が背中合わせに座るなど、まさに鮨詰め状態だった。

わずか三日間の停泊という慌ただしさのなか、四月六日午前八時横浜港を出港した第十四、三十五両師団はひとまず千葉県館山沖に仮泊し、護衛艦隊司令官から船団の隊形図が示される。船団は縁起のよい松竹梅にあやかり、「東松第五号船団」とするなどが確認された。とはいえ護衛は旧式の駆逐艦「皐月」一隻と「帆風」など三隻の海防艦だけであり、兵員の不安は拭えなかった。けれど四月七日午前五時三十分、新たにタンカーの「清揚丸」を加え、上空には木更津海軍航空隊の零戦六機が見送りに旋回する。東松五号船団は館山沖を離れ、パラオ諸島に向けて太平洋を南下した。これまでは上層部しか知らなかった転進先がここでようやく下士官・兵たちにもパラオ諸島であることが知らされる。東松五号船団は四月二十四日午前十一時三十分、バベルダオブ島のマラカル波止場に無事到着した。館山沖を出てから一七日目、大連出港からほぼ一ヵ月後であった。

無事とはいえ順調だったわけではない。まず船酔いが続出した。陸上の訓練は受けたが、海軍ではないので船上訓練はしておらず、将校も兵隊も嘔吐に苦しめられ、吐き出すものもなく、胃液も涸れるほどだった。吐瀉物の異臭に加えてシラミにも閉口した。船内はシラミの巣窟だった。なかにはシラミをマッチ箱に採取し、いったい何日生きるのか、シラミの生態観察をしながら退屈な船内生活をまぎらわすものもいたが、潜水艦による敵襲のない日は甲板に衣服を広げ、あたかもローラーをかけるように竹ベラで押し潰してゆく。指でやろうものなら血で指先が真っ赤になるからだ。

暑さもこたえた。温暖な気候に気分も緩んだが、それは初めのうち。南下するにつれて太陽が鉄製の船体を焼きつけ、船内の温度や湿度が上昇する。兵員はまるでフライパンの中にいるようなものだった。だからといって武装を解いて裸になるわけにはいかない。いつ敵機や潜水艦の魚雷攻撃を受けるか知れず、武器はもちろん浮袋も手放せなかった。満州の酷寒も言語を絶するが、酷暑も生半可ではない。さしもの関東軍の最強部隊といわれた第十四師団の将兵も自然の猛威には抗えなかった。

船団は昼間は速度を落とし、進路を真東にとった。まるでハワイの真珠湾を再攻撃する、そのような錯覚を兵員たちに抱かせたものだ。けれど夜には舵を南に切り、昼間の遅れを取り戻すため速度を上げた。このような蛇行に加えて小笠原諸島の父島で一週間ほど足止めされたことも到着を遅らせた要因だった。硫黄島沖を航行中、パラオ海軍警備隊から東松五号船団に対し、三月末のパラオ空襲で麻痺した港湾機能の修復や敵が湾内に投下した磁気機雷の除去が完了するまで父島で待機せよとの無電が入ったからだ。

突然のことであり、師団は兵員の士気にもかかわるため一様に当惑した。じっさい兵員たちは緊張の連続で疲労が蓄積している。潜水艦の接近を伝える駆逐艦「皐月」の赤色ランプの点滅信号に全身を強ばらせる、あるいは濃霧に視界を遮られ、僚船とあわや衝突という場面もあった。一日遅れれば物資の浪費にもつながる。警備隊の意見を無視しこのまま南下を、との強硬意見もあった。

井上集団長は護衛隊側とも協議し、慎重を期してひとまず父島の二見港まで引き返し、待機することにした。ただし二見港は駆逐艦や輸送船を係留するには狭すぎ、敵の潜水艦の好餌になる。そのため駆逐艦は沖合に停泊し、昼夜兼行で海上警備にあたり、輸送船側も警備班を編成し、甲板に高射砲や重機関銃を設置して昼夜船上に立った。勤務下番の兵員には上陸が許可された。横浜港を出て以来久しぶりの土の感触を味わう。山に登ってはパパイヤの実を採ったり、野生のサトウキビをかじったりするものもいた。

停泊中、小畑三十一軍司令官から第十四師団作戦参謀中川廉中佐あてに、十四師団はパラオ到着後すみやかにアンガウル、パラオ、ペリリューの各島に要塞を確保し、遅くても一ヵ月以内に飛行場および野戦陣地を完成せよとの電報が発信された。小畑軍司令官の早期陣地構築要請は井上・池田両集団長を焦慮させた。マラカル港の機雷除去の報告を待たず四月十八日午後五時、二見港を離れたのはこのような焦りからだった。小畑軍司令官の要請に応えるにはもはや一刻の猶予も許されなかった。

グアム島西方海域を航行中、大本営海軍部から米機動部隊が北進中との電報が入り、じっさい敵索敵機の飛来を受けたことからまたも船団は襲撃を回避するためサイパン方面に迂回するなどの場面もあった。このように船団は足止め、迂回、敵潜水艦の魚雷攻撃などさまざまな事態にあい、そのたびに兵員は肝を冷やし、これまでかと覚悟もしただけに、一人の犠牲者も物的損害もなく、まったく無傷でマラカル波止場に到着したのはほとんど奇跡的ともいえた。これもひとえに、一九四三年十一月海軍少将に進級した気鋭の鶴岡司令官の適切な指揮と海軍兵員の確実な操船技術のたまものであった。

「島ぁー見ぇーたどぉー」

警備に立つ甲板の兵の茨城弁が船倉に向かって響いた。船倉の兵員は一斉に上甲板に駆け上がり、前方に見える島影にようやく目的地にたどりついたことを実感する。マラカル波止場に接岸と同時に兵員の下船と物資の陸揚げ作業が始まった。これは先遣隊として先にパラオに派遣された第十四師団参謀の伊藤清中佐が、井上集団長が乗船する阿曽丸にやってきて、目下米軍は西部ニューギニアのホーランジア上陸作戦を実施中であり、パラオ波及のおそれもあるので五〇時間以内に作業が完了するようにとの指示を受けたからだ。

悠長に構えてなどいられない。将校も兵も上半身裸になって運搬作業を急いだ。照りつける太陽と肩にくいこむ荷物の重さで上半身はたちまち赤く日焼けした。大発動艇に積み込んだ食糧や兵器はひとまずコロール島に運び、さらにバベルダオブ島のジャングルに再運搬して秘匿した。

島民がおしゃべりしながら日本兵の陸揚げ作業を眺めている。聞き耳を立てると話しているのは日本語だったから兵員は驚いた。同時に、日本の教育が島民にも浸透していることに感激し、親近感も覚えた。聞けば、「白い肌の兵隊さんがたくさんやってきた」といっているというのだ。なるほど、と兵員はうなずいた。男女ともに上半身はほとんど裸。黒い肌の島民に比べれば、いかに日焼けしているとはいえ日本兵のほうがはるかに白い肌をしている。

敵機の来襲がなかったのもさいわいし、二十六日夕刻には揚陸作業は完了した。作業が終わったため第三十五師団は漸次パラオを離れ、五月二十日までには配置先であるセントアンデレウ諸島に転進した。陸揚げ作業終了後、井上集団司令は照作戦命令甲第三六号を発令した。

「照」とは第十四師団の通称号であった。陸軍省は師団、旅団などの大規模兵団に対して漢字の通称号をつけることにした。これは、戦局の拡大にともなって兵団や部隊の改編が頻繁に実施されたため通称名で一貫性をはかる、敵に対して兵力や規模を秘匿するなどの意味があった。池田集団司令率いる第三十五師団の通称号は「東」であった。

照作戦命令書はパラオ諸島における隷下部隊の配置に関するものであり、主旨はおおむねこのようなものであった。一、来襲する敵を殲滅する。パラオ、ヤップの要域を絶対確保する。二、アンガウル、ペリリュー両地区隊はすみやかに両島に進出し、来襲する敵を殲滅するとともに同島の航空基地を確保する。三、アンガウルの築城促進のため五十九連隊の一個大隊を当面アンガウル地区隊長の指揮下に入れる。

作戦命令書にもとづき、物資の揚陸作業終了後、アラカベサンで休息をとった第二、第五九の両連隊はそれぞれの配置先に異動する。四月二十六日の夕刻、中川大佐が指揮する第二連隊のほか師団通信隊、師団輜重隊の各一分隊がまずひと足さきにペリリュー島に向かった。大発動艇に三〇人ないし四〇人の将兵が分乗し、連隊旗を先頭に日没後の海峡を慎重に進んだ。二日後の四月二十八日、江口八郎大佐が率いる五十九連隊および師団通信隊一分隊の将兵が同じく大発動艇に分乗し、連隊旗を先頭にアンガウル島に渡った。アンガウル島はペリリュー島よりさらに南方にあるためマラカル波止場から大発動艇で五、六時間もかかる。けれど兵員にとっては好都合だったかも知れない。荷揚げ作業でへとへとの兵員たちは心地よい波まくらにいつしか眠りこくった。

のちに、たとえば第五十九連隊の主力はバベルダオブ島の守備配置により集団司令部に移動し、アンガウル島の守備は後藤丑雄少佐が指揮する第一大隊のみとなる、ペリリュー島も、北地区守備隊長が当初の市岡英衛大尉から引野通弘少佐に入れ替わるなど若干の移動はあったものの作戦命令書どおり、各地区守備隊の骨格はほぼ定まった。そのためパラオ島民にとっても陸軍部隊の配備定着はひとしお心強いものだった。米軍機による三月末の空襲は足腰が立たないほどに島民を恐怖させたからだ。

当時パラオ諸島には陸軍部隊約一万一〇〇〇名のほか半個師団規模の武器と資材が残留していた。けれど輸送船が撃沈され、丸腰状態で命からがら島にたどりついた兵員あるいは船便を失って原隊に行きつけず、取り残された補充兵などであり、いわば寄せ集めの居候部隊であった。このような頼りない兵員ばかり見ていたから島民の不安はつのりこそすれ緩和されないのは当然だった。そのため大本営は三月十五日、陸軍士官学校付であった山口武夫少将をパラオに急派し、雑多な残留部隊の再編および島嶼防衛を命じるのだった。

山口少将は参謀の伊藤常男少佐をともなって横須賀から二式大艇でパラオに向かい、三月二十三日パラオに到着した。到着早々山口少将は現地の陸海軍参謀らを召集し、残留部隊の再編と戦力化に取り組む。けれどどこの出端をくじくように米艦載機がパラオに猛爆を仕掛けてくるのだった。山口少将は、ペリリュー島を発進した索敵機から米機動部隊がマーシャル諸島からパラオ方面に西進中との報告を受け、敵の目標はマラカル波止場周辺に停泊中の艦船破壊であることを察知した。マラカル波止場には連合艦隊の旗艦「武蔵」のほか駆逐艦、輸送船など十数隻が錨を降ろしていた。索敵機が発見したのはマーシャル諸島のマジュロ島を発進したウィリアム・スプルーアンス大将が指揮する空母バンカーヒル、ワスプなどを基幹とする第五艦隊であった。

空襲に備え、古賀峯一連合艦隊司令長官は「武蔵」など全艦を港外に退避させるとともに司令部の陸上移動を決断し、福留繁参謀長など司令部要員をともなってコロール島の陸上司令部に移動した。一八七二年二月、海軍省が創設して以来連合艦隊司令部は旗艦にあり、これが海軍の伝統であった。そのため司令部の陸上移転は伝統を覆すだけでなく、旗艦を象徴する大将旗が降ろされるため戦艦「武蔵」の終焉を暗示するものとなった。じっさい水兵のあいだでは、「連合艦隊もこれで終わりか」「艦隊司令部を降ろして特攻作戦に出るそうだ」などと囁かれていた。

マラカル波止場を退避した戦艦「武蔵」はそのまま北上し、日本本土に向かった。途中三本の魚雷攻撃を受け、二本はかろうじてかわしたものの一本が艦首左舷に命中し、直径五メートルほどの爆裂を負った。戦艦「大和」の兄弟艦としてともに不沈戦艦とたとえられた「武蔵」であった。これぐらいの被害はほんのかすり傷のようなもの。操艦に支障が出るものではなかった。けれど兵員に犠牲が出た。戦死七名、負傷者九名。一九三八年三月二十九日長崎港で進水式を挙行して以来初めての犠牲者だった。

艦隊の退避後、古賀司令長官はペリリュー島基地司令の酒巻中将に薄暮攻撃を命じる。続いて古賀司令長官は三十日の未明攻撃も企図したが、一歩早く空母を発進した艦載機の先制攻撃にあい、痛打を受けた。敵機は三月三十、三十一日の二日間に延べ六二〇機が出撃し、コロール島などに猛爆を加えた。ペリリュー島飛行場には西カロリン第二十六航空戦隊が配備され、零戦など六十数機が駐機していたから迎撃に発進し、地上からも援護砲火を加えた。けれど被害をくい止める手立てにはならなかった。地獄猫の異名をもつ新鋭戦闘機のグラマンF6Fヘルキャットは旋回能力や反転宙返りなどでは劣るものの最大速度時速六〇〇キロのスピードで勝り、防弾能力も向上し、旧式化した零戦はもはや敵ではなかった。

コロール島の市街地は炎上し、戦死者七〇名、負傷者一六〇名を出したほか航空機一五〇機、艦船一八隻が破壊されるなど惨憺たるものだった。空襲の被害がまだナマナマしく残るところに第十四師団は上陸した。島民はこれで安堵した。けれど島民の安心とは裏腹に、上陸と同時に将兵は損害のひどさにびっくりし、さらにほとんど無防備状態であることを知って二度びっくりするのだった。

コロール島には邦人、島民合わせて約一万三七〇〇人が暮らしており、南洋庁など行政機関や学校、郵便局、病院などが整っている。ところが肝心の防衛面は脆弱だった。バベルダオブ島北西のガラマドオ湾には海軍の砲台があり、三門の砲塔が海上に向いているが、なにしろ日露戦争に使用したものを取り付けたというから兵隊たちは唖然とするのだった。一事が万事こうであったから防衛態勢の不備はペリリュー島もまったく同じ。そのため山口永少尉が上陸してまず抱いたのは、〈こんなんじゃー、まるで戦争になんめぇー〉、これであった。

第四章　常在戦場

中川州男歩兵第二連隊長は、まだ揚陸作業は完全に終わっていなかったが、あとは富田保二少佐にまかせ、パラオ到着二日後の四月二十六日、連隊旗を奉載する旗手の烏丸洋一中尉や大里信義大尉らをともなって暗夜の海上をペリリュー島に向かい、午前五時三十分、同島北部のガルコル波止場に大発動艇を接岸し、上陸第一歩をしるした。

中川連隊長のペリリュー島進出は、パラオ上陸直後、井上集団司令が隷下の各連隊長に配置と進出を示した「照作戦命令」によるものだった。すなわち第二連隊はペリリュー島、第十五連隊はアンガウル島、第五十九連隊は集団司令本部およびバベルダオブ、マラカル両島に待機、山口武夫少将が指揮を執る独立混成第五十三旅団はマラカル、アラカベリン、パラオ本島の守備につくというものだ。このとき井上集団司令が十五連隊の待機や五十三旅団の分散化をはかったのは、バベルダオブ島ないしコロール島に米軍が上陸した場合逆上陸し、背後から敵を撃つという機動防衛に基づく措置だった。

まだ夜明け前の早朝、艦艇の接岸が唯一可能なペリリュー島のガルコル波止場に無事到着した大発動艇から下船した中川連隊長は連隊副官の根本甲子郎大尉をともなって海軍の第二十六航空戦隊司令部に向かった。そこには司令官の酒巻少将や海上機動第一旅団輸送隊を率いて三月以降同島を守備する村田光慶少佐がいたからだ。

着任の挨拶を交わすと早々に中川連隊長は酒巻少将や村田少佐、さらに海軍の参謀も加え、今後のペリリュー島防衛に関する陸海両軍の連携を協議するとともに以後、海軍は陸軍の指揮下に入ることを確認した。歩兵部隊の進出を待ち望んでいた酒巻少将は中川守備隊長の着任を歓迎するとともにペリリュー島の守備一切を委譲することにも同意し、協力を惜しまなかった。連絡用として運転手つきで乗用車一台を中川守備隊長に提供したのも酒巻少将の信頼の現われだった。

ペリリュー島地区隊長となった中川守備隊長は島中央部の向島にある木造平屋建てのペリリュー島公学校に守備隊本部を置いた。向島には島民の集落や燐鉱石の採掘会社に勤める邦人の社宅があり、公学校のほか国民学校、駐在所、海軍の短波方位測定所などがあった。公学校の近くには島では数少ない井戸があり、ほとんどは一日に二度やってくるスコールの雨水を利用するなかで貴重な飲料水に具していた。

提供を受けた乗用車に乗り、中川守備隊長は島内巡視に出た。道路は、ペリリュー飛行場を起点に向島方面に通じる東海道、北方のガルコル波止場を経て桟橋で繋がるカドブス島に通じる浜街道、中央の山麓を抜けて浜街道に交差する裏街道などがあった。路面も珊瑚質の石を砕いて打ち固め、幅も四ないし五メートルほどだったから車両の通行に支障はなく整備されていた。

このほかいくつかのことが中川守備隊長はわかった。飛行場の北西にある西岬と南島半島を結ぶ西浜は、海岸から七〇〇メートル沖合まで珊瑚礁のリーフが断続的に連なる。南島付近には高さ三メートルほどの断崖がある。西岬からカドブス島にのびる北浜は断崖、リーフ、湿地帯が点在し、船艇の侵入は困難に思えた。一の字半島に面した東浜も断崖が点在するほか満潮時でも水深五〇センチたらずのため小船艇の通行も困難とわかった。ペリリュー島南端の南島半島の海岸は高さ五、六メートルの断崖をなしている。

一方巡視の結果、上陸に適した要所も明らかになった。西浜は長い砂浜が続く。北浜も断崖や湿地帯があるもののカドブスとペリリュー島のあいだにあるガルコル水道は船艇の通行が十分可能であるうえ砂浜も少ないので上陸には適地であった。東浜も、いくつかの断崖があるが向島周辺は砂浜が広がり、上陸は容易に思えた。

島内巡視で全島的に敵の上陸は可能であることがわかった。ただし防御面についてはまだ把握していなかった。そこで中川守備隊長は上空からの偵察も行なった。酒巻少将のはからいで一式陸攻に富田保二少佐、原田良男大尉、市岡英衛大尉、大里信義大尉などの大隊長をともなって搭乗し、島内および海上沿岸の地形、マングローブ地帯、水路、珊瑚岩礁等々を高低をつけながら旋回し、さまざまな角度から視察した。ペリリュー島は堅牢な石灰質の珊瑚岩礁で形成されていること、海水の侵食でできた洞窟あるいは燐鉱石の採掘跡などがあることもわかった中川守備隊長は自然条件を存分に活用すれば全島の要塞化は可能であり、長期持久戦に耐え得る感触を得るのだった。

中川守備隊長は巡視結果を報告するため作戦主任の大里大尉を集団司令本部に向かわせた。ペリリュー島は全島的に敵の上陸は可能。中央山岳に複郭陣地および水際陣地を構築すれば持久戦に有利。したがって第二連隊の現有兵力で防御は可能と大里大尉は告げ、さらに強固な陣地構築に必要な資材の補給を井上集団司令に要請する。後日井上集団司令が福井義介連隊長をパラオ本島からペリリュー島増援に向かわせたのはこの要請に基づくものだった。なにしろペリリュー島には退避壕も陣地壕もなく、武器も守備隊も地上に露出状態というまったくの無防備状態だった。これは他の島々にもいえた。

じっさい第十四師団の上陸を待っていたように四月三十日、またしても米艦載機がパラオ諸島一体に空爆をかけてきたのに対して有効な反撃ができなかっただけでなく、集団司令部をコロール島の中心街にあった熱帯産業研究所からバベルダオブ島中央部のアルルコウクのジャングルに退避させるありさまだった。杜撰な無防備状態に山口少尉は立ちつくし、言葉を失った。けれど山口少尉の嘆息は上陸部隊全員が抱いたものでもあった。

「なんだこりゃ。まるで裸同然でねぇーが。これじゃ、とてもだねーが戦になんねぇーよ」

だれに向けるわけではなかったが、山口少尉は悪態をついた。上陸部隊の初仕事はそのため陣地構築だった。ペリリュー島を「動かない航空母艦」あるいは「沈まない航空母艦」などと兵員はたとえたが、なるほどその通りだとも思った。沖合から眺めると確かにそのように見えた。牛の背のように、島の中央部に連なる山が艦橋とすれば、長く平坦で遮蔽物のない砂浜はさしずめ甲板といったところだ。そして、とてつもなく堅い珊瑚岩礁は母艦の船体を想起させる。

堅牢な船体に上半身裸の将兵が一丸となってツルハシを振り上げ、ハンマーでたたき割る。けれど岩盤は容易に崩れず、小さな円匙などたちまち先端がへし折れ役立たずとなる。砂や土なら円匙でもいいが、岩石では歯が立たない。そのため山口少尉は陸軍の面子を捨て、海軍に二拝三拝してダイナマイトの提供を懇願するのだった。本土を出るとき輸送船には築城資材までは積んでおらず、海軍のほうが豊富にそろっていた。とはいえダイナマイトも貴重な武器。提供にも限度があった。結局は掘削も運搬も人力に頼る。陣地壕は各中隊ごとに掘った。このほか蛸壺も掘った。作業中だからといって敵は見逃してくれない。いつ敵機が襲ってくるかわからない。自分がもぐる蛸壺は自分で掘るのが基本だから夜間は自分専用の蛸壺掘りに費やす。かくして将兵ともども昼夜兼行の突貫工事に汗を流す。

難工事に苦慮するペリリュー島守備隊を慮った井上集団司令は六月五日、第十五連隊を増援に送り、第二大隊長の飯田義栄少佐も同行した。茨城県黒子村出身の飯田少佐は下妻中学校を卒業後陸軍士官学校第四六期生となる。卒業後、歩兵第二連隊を皮切りに第五十九連隊、第十五連隊と転勤した。そのため第二連隊はいわば古巣であり、同じ茨城県人ということで知己も少なくない。

陣地構築に苦慮するのはアンガウル守備隊も同じだった。江口八郎守備隊長はアラカベサン島に露営する第五十九連隊の将兵とともに二〇隻の大発動艇に分乗し、旗手の加藤史郎少尉が奉載する連隊旗を先頭にアンガウル島に向かった。四月二十八日であった。ペリリュー島守備隊より二日遅い上陸だが、江口守備隊長は燐鉱石会社の社宅である「南星寮」に守備隊本部を置くと先任の海軍警備隊にかわって全島の指揮を引き継ぎ、ただちに陣地構築に取り掛かった。

南北四キロ、東西三キロ。小島ながらアンガウル島には一三〇〇人もの邦人が居住していた。それは埋蔵量およそ一七〇万トン、年間産出量七万トンという豊富な燐鉱石が採れるからだ。燐鉱石は肥料のほか歯磨き粉の原料にもなった。島には搬出用の軽便鉄道や簡易な港湾施設もあった。採掘跡や鍾乳洞は洞窟陣地にもってこいであった。江口守備隊長はさらに北西部の、ノコギリの刃のように鋭く切り立つ珊瑚岩礁の絶壁を活用した複郭陣地の構築を命じた。

マラカル波止場から大発動艇で毎日運ばれる食糧、武器弾薬、資材などの運搬作業に加えて陣地構築が重なるので将兵は交替でこれにあたった。横浜港を出るとき輸送船には野砲や戦車のほか九四式トラックも積み込まれたはずだから、そのトラックを使えば物資運搬に使う労力をほかに向けられる。なのにトラックの配備がないからあのトラックはどこに行ったんだ、と兵員はたちは不審がるのだった。大発動艇を使えば、兵員なら七〇名、荷物なら約一二トン、戦車なら一両の積載が可能であり、実際ペリリュー島にはトラックも戦車も陸揚げされているのを知っている。ところがアンガウル島にはトラックも戦車も運ばれてこなかった。だからアンガウル島の兵員たちはろくな機材もなく、越中ふんどし一本、そして帽垂れのついた略帽で熱射を避けるほか身にまとわず、手に血豆をつくりながらもなお堅い岩石を掘削し、丸太や土嚢を積み上げるのだった。

敵の上陸を妨害するため海岸に棒杭を打ち込んでバリケードを築くためジャングルから木材を切り出した。日本の裏白の木によく似ており、しかも真っすぐにのびているので杭棒にはもってこいだ。切断した丸太を肩にかついで海岸まで運ぶ。ところが数日後、肩から背中にかけて真っ赤に膨れ上がり、うず痒くてたまらない。なかには発熱からまるでブドウの房のようにまぶたが腫れあがり、目がふさがれるものさえ現われた。木材は、じつはウルシの木だった。それを知らないからたまらない。裸で担いでいた兵員たちはたちまちウルシにかせてしまったのだ。このような笑えない喜劇があった半面、燐鉱石会社の邦人社員の奥さんたちから親切にされるという予期しない恩恵もあった。

「兵隊さん、そんなに働いちゃ敵と戦うまえに倒れちゃうよ。これでも飲んですこしは休みなさいよ」

午前十時と午後三時に振る舞われるコップのジュースは、久しく忘れていた日本女性のやさしさとあいまって格別に甘く、ひととき心安らぐものがあった。ジュースは椰子の実から作ったもの。アンガウル島にもヤシ、バナナ、パパイヤの樹が自生していた。果実は食用に具していた。とくに椰子の実はビタミン豊富な果汁のほか実の核である「コプラ」は脂肪分が多く、主食の代用にもなる。乾燥させれば燃料、精製すれば食用油、石鹸にもなった。若芽を塩もみすれば浅漬けの味がして麦飯にはほどよく合った。このように工夫しだいで多様に使えるので椰子の実は貴重だった。

上官の「休め」の言葉もないままジュースを飲んでいるなど規律違反もの。普通なら頬がみみず腫れになるほどの制裁を受ける。けれどそれもなく大目に見てくれたのは、ここは最前線、生きても長くないことを上官も知っていたからに違いない。ともあれアンガウル守備隊も上陸阻止の障害物設置、戦車壕や野砲陣地構築、蛸壺の掘削など昼夜通しの突貫工事に奮起する。

容易でないながらも、けれど着実に整備されてゆく陣地構築と並行して中川守備隊長は大里作戦主任や各大隊長らとともにペリリュー島の守備配置について計画の見直しを協議した。当初ペリリュー島の守備配置は東南北の三地区であった。けれど第十五連隊第三大隊長千明武久大尉が七五〇名の増援部隊を率いて中川守備隊長の指揮下に入ったため兵力が強化されたので計画変更が必要となったのだ。

協議では、新に西地区を設け、富田保二少佐を南地区から西地区に配置替えし、代わって千明大尉を南地区に配置することになった。自分を上陸する側に置き換えて判断すればわざわざ困難な場所を選ぶはずがない。となれば南西方面がもっとも適している。長く、平坦な砂浜が広がるからだ。なかでもとくに西地区は重要だ。そのため中川守備隊長は富田少佐をここに移し、第二大隊指揮下の将兵六〇〇余名を配備した。そしてさらに各地区の任務についても地区隊長の確認を得るのだった。

千明大隊長が指揮する南地区の主な任務はペリリュー飛行場防衛であった。したがって飛行場の南側に強固な陣地壕を築き、敵の来襲を撃滅する。かりに敵の侵入を許した場合には西地区隊と連携して撃退することとしている。富田大隊が指揮を執る西地区はペリリュー飛行場の直接防衛が主任務だった。飛行場の西側と北側に陣地壕を築き、上陸部隊を水際撃滅することとした。

原田大隊長が指揮する東地区は一の字半島及びガルトロロコ波止場、北部島嶼部の防衛を任務とし、水際撃滅に期するとした。北地区は引野大隊長が率いる独立歩兵部隊五五〇余名をもってカドブス飛行場のほかコンガウル、ガミリッシュ両島を確保し、一個小隊をもって同島周辺の欺瞞陽動を展開、敵の注意をそらすこととした。

歩兵部隊のほか戦車、砲兵、工兵、輜重、通信、衛生など各隊の任務も明確にした。これら各部隊の主要な任務は、ペリリュー飛行場を奪取し、フィリピン攻略作戦に具する米軍を粉砕することにあった。だから歩兵部隊は水際に構築した第一線防御陣地に配置し、砲兵部隊は山肌を刳り貫いて砲座を固定し、砲身だけを外に向けた。海岸線には五メートルほどの戦車壕を掘削し、速射砲を構えた。ひとたび深みにはまり、抜け出そうとしてもがけばもがくほど戦車は深みに陥る蟻地獄、これが戦車壕だ。速射砲は蟻地獄にはまった敵の戦車に徹甲弾を浴びせるという寸法だ。

一線部隊の陣地は縦深複郭方式で築かれた。これを第一陣地とすれば、武器弾薬、食糧その他の軍用物資の分散配置場所は第二陣地となる。中川守備隊長は各地区隊に指示する場合の混乱を避けるため配置場所にそれぞれ名称をつけることも申し合わせた。ガルコル波止場がある北部から南島半島まで順に述べると、ナラ、ケヤキ、ツツジ、モミ、イシマツ、イワマツ、クロマツ、アヤメ、レンゲ……となる

屈強な歩兵部隊が陣取る前線基地に可憐な花の名をつけるとはいかにも不釣り合いだが、もっとも中川守備隊長はペリリュー島上陸と同時にペリリュー島を「平島」と和名に改めている。島が平穏で安泰であれとの願いから名付けたものだ。中川守備隊長はすでに自分たちの運命を悟っているため敢えてこのように名付けたのかも知れない。島の名だけでなく、島内の丘陵地帯にも名をつけていた。情報主任であった深谷貞興中尉は島内巡視で得た地形の特徴から山岳にそれぞれ名をつけた。北部から南部へ順に水戸山、水府山、東山、南征山、大山、観測山、中山、天山、富山……というように。いずれも第二連隊の衛戍地である茨城県水戸にちなんだものだ。

ペリリュー島が「平島」と改められたのにならってアンガウル島も上陸すると同時に江口守備隊長は「安島」と改めている。ペリリュー島と合わせれば「平安」になるとの理由からだ。地名についても同じだった。情報主任の安田元二少尉の考案で、第五十九連隊の衛戍地が栃木県宇都宮であるのにちなみ、二荒山、野州ケ浜、那須岬、鬼怒岬、興安岬などと名付けた。さらに江口守備隊長は守備隊本部に標柱を設置するため小代徳二郎曹長に標語の考案を命じた。小代曹長は毛筆が達者なことから江口守備隊長の書記役についていた。小代曹長は毛筆の穂先を細くつぶし、いく度も墨汁を塗り重ねながら仕上げるのであった。標柱の正

面には「常在戦場」、左側面には「安島戦場」――これが標語であった。

おおむね二ヵ月以内に陣地構築を完了するとの中川守備隊長の防御計画に従い、上陸と同時に全将兵が一丸となってペリリュー島の要塞化に取り組んだ。ところが珊瑚岩礁の堅さに加えて器材の不足、さらに小畑英良三十一軍司令官の横槍なども重なり、遅々として進まなかった。

小畑司令官は三月十日に三十一軍司令官に就任して以来隷下の各師団を巡視し、五月二十八日、サイパンから空路ペリリュー飛行場に来島。このとき井上集団司令も同行し、中川守備隊長から陣地構築の進捗度などの報告を受けた。このときであった、小畑軍司令官は中川守備隊長の複郭陣地構想に対して水際陣地に転換するよう指示したのは。複郭陣地は玉砕戦の教訓から持久戦に耐え得ることを想定したものだった。けれど小畑軍司令官は従来の水際決戦に固執した。

だがこれに井上集団司令は猛然と反駁した。複郭陣地こそ最善との確信があったからだ。確信には、第十八軍参謀の小幡一喜中佐との見解の一致があった。小幡中佐は隷下の師団視察をおえてニューギニアに帰る途中バベルダオブ島に立ち寄り、知己であった多田督知第十四師団参謀長からニューギニアの戦訓を問われたのでつぎのような文書をしたためて回答した。

『火力重視の敵に対しては奇襲、欺瞞の奇策を要する』

戦例として小幡中佐はこう記している。海岸防御での水際攻撃はほとんど不成功。海岸線などは上陸前の砲爆撃で徹底的に破壊される。ホーランジア、アイタペの上陸はいずれもそうだった。したがって主力は後方に配備して戦力を温存し、一部は海岸付近に強固な拠点を設け、敵の上陸態勢が整わないのに乗じて攻勢にでるのがもっとも効果的。

このほか『防空』『小銃の群射は功を奏する』などにも触れ、前者では、待ち受けるには必中あるものの追撃は効果がない。超低空は絶好の好餌と述べている。後者では、敵機の低空爆撃に恐怖感を抱くが、これに敢然と迎え撃てば機関砲や重機関銃はもちろん小銃による群射でも効果を発揮すると述べている。

実体験に裏打ちされた小幡中佐の見解は井上集団司令にとってまさに我が意を得るものであった。そのためさっそく小幡文書を印刷して各連隊に配布し、陣地構築の参考に具するのだった。それにもかかわらず小畑軍司令官は水際陣地に変更せよと計画を覆したから水際か複郭かの論争になったのだ。

論争の背後には認識の相違だけでなく先輩後輩といった感情的な面もあった。井上集団司令は陸士二〇期、小畑軍司令官は陸士二三期。井上集団司令は第八師団隷下の歩兵第五連隊長を皮切りに部隊と行動をともにし、実戦経験も豊富だった。小畑軍司令官は航空兵科出身であった。明野陸軍飛行学校長、第五飛行師団長などを歴任する。そのため歩兵部隊の戦術的経験は皆無であった。そのくせ陣地構築に嘴をはさんだから井上集団司令は猛然と反論したのだ。

「何を言うか。飛行機屋の貴官に地上戦闘がいったいどのようなものかわかってたまるか」

いまにも軍刀を抜かんばかりの見幕であった。参謀たちのとりなしで事態はこれ以上悪化しなかったが、いかに後輩でも軍司令官は直属の上官であり命令には背けない。そのため井上集団司令は後方に展開させた野砲部隊を前面に移動させるなどの変更を余儀なくされた。けれどほどなくしてまたも計画は縦深配備にもどされる。理由はサイパン島の早期陥落は小畑軍司令官が指導した水際作戦の失敗、というものだ。

数日来の激しい空襲と艦砲射撃で日本軍守備隊の主要な防御陣地や市街地を破壊したのち一九四四年六月十五日早朝、約二万名の米海兵隊がサイパン島に上陸した。ギルバート諸島のマキン・タラワ、マーシャル諸島のクェゼリン・ルオット島などを次々と攻略し、連合艦隊の泊地、航空基地などを奪い取った米軍は、重要拠点以外は上陸しないかわりに孤立化させるいわゆる〝飛び石作戦〟をとりながらマリアナ諸島に迫った。サイパン島を奪い、B29重爆撃機による日本本土空襲の拠点を確保するためだ。

サイパン島には小畑英良第三一軍司令部が置かれ、隷下の第四十三師団および海軍の将兵およそ四万三〇〇〇名が守備していた。けれど米軍の上陸と同時に早くも守備隊は三分の一の兵力を失い、一週間後には六割を失っている。守備隊は島の北方に追い詰められ、ついに七月七日、最後のバンザイ突撃で玉砕する。斎藤義次集団司令、南雲忠一中部太平洋方面艦隊司令長官、そして井桁敬治第三十一軍参謀長は玉砕の前日、司令部を置いた地獄谷の洞窟で自決している。自決に際し、斎藤集団司令らは、「ワレラ玉砕ヲモッテ太平洋ノ防波堤タラントス」との決別の電報を大本営に発していた。

米軍のサイパン島上陸当時、小畑軍司令官はバベルダオブ島を巡視中であった。そのため急ぎサイパン島復帰をこころみたが米軍に制海権、制空権を抑えられているためグアム島まで戻ったところで断念。しかもグアム島も安全でなかった。サイパン島を占領した米軍は七月二十一日テニアン、グアム島に上陸し、八月十一日、小畑軍司令官の自決でマリアナ諸島の組織的な抗戦は終息した。米軍上陸から二〇日間ほどでサイパン島は陥落し、絶対国防圏の一角が崩れた。これは敵軍を上陸直前に撃滅阻止する水際作戦の失敗に主な敗因があった。これを教訓に大本営は、六月二十五日の元帥会議で諮問された島嶼守備および上陸防御に関する従来の水際撃滅を改めるとの答申を受け、方針転換をはかるのだった。

陣地構築の遅れを取り戻すためアンガウル守備隊は島民の男子を軍属として動員し、作業の促進をはかった。守備隊のなかには、アンガウル巡視に訪れた小畑軍司令官から作業の遅れを咎められ、「時間に余裕はないのだ。もっと着意を活かせ」と叱咤されるものもいた。ただでさえ難工事に苦慮しているところに激励ではなく叱責だったから兵員たちは発奮どころではなくなった。けれどももとの縦深陣地に復することで七月末にはあらかた計画に見通しがついたため江口守備隊長は後藤丑雄少佐に同島守備を託し、バベルダオブ島に移動した。これ以後アンガウル島は後藤少佐が指揮を執り、一個大隊および海軍警備隊合わせて約一四〇〇名が守備についた。

ペリリュー島でも六月以来陣地構築に来援していた福井連隊長が七月二日、支援部隊とともにバベルダオブ島の集団司令本部に戻った。南地区の陣地が完成したので後事は千明大尉が指揮する第十五連隊第三大隊約七五〇名に託したのだ。

中川守備隊長は、福井連隊長と入れ替わるように今度は集団司令本部から派遣された村井権治郎少将を迎え、助言を得るのだった。村井少将は陣地構築や陣地戦に精通していた。そのため中川守備隊長は村井少将の助言をもとに海岸近くを第一線陣地、後方の内陸部を第二線陣地として築城する。第一線陣地については敵の上陸部隊の前進および橋頭堡構築を阻止するとともに長期持久戦に持ち込む前哨戦になるためとくに密度の高い防御態勢を設けるのだった。海岸線に沿って鉄条網と三叉にした丸太を組み上げ、三段構えで臨んだ。そして後方、つまり海岸線から二〇〇メートルほど内陸に戦車壕を掘削した。壕の深さは五メートルほど。守備隊の兵員は海岸線から三〇〇メートルほど後方で敵軍を待ち構えていた。

陣地構築に目安がついたことで実戦配備の段階に達したため井上集団司令は守備隊長および各級の部隊長を集団司令本部に集め、必殺必勝の戦法、戦技の訓練、さらに全将兵の精神鍛練などに関する『決勝訓練の指示』を発するのだった。これにはサイパン島などマリアナ諸島攻略後、連合軍の進攻はパラオ諸島に向かう公算が大であるとの判断があった。

じっさい戦局は井上集団司令の予測通りに進んでいた。指示を下命した約二週間後の七月二十五日から四日間、マリアナ攻略作戦に出動した米機動部隊の艦載機が連日飛来し、パラオ本島のアイライ、ペリリュー、カドブスの各飛行場をはじめ港湾施設、海軍砲台などに空爆を加えた。これに各島の守備隊は猛然と地上砲火を浴びせ、小火器の効果を実証してみせた。小幡中佐が井上集団司令に述べた低空の敵機に対し機関銃や小銃の群射は絶好の好餌であるとの助言を四十数機の撃墜で実証したからだ。けれど守備隊も五十数名の犠牲者を出し、ここが常在戦場であることを兵員たちはいやがうえにも思い知るのだった。

第五章　開戦

ペリリュー、アンガウル両島とも複郭陣地構築はあらかた完了し、開戦の準備はできていた。水際か複郭深縦かの論争で陣地構築が二転三転したり、防蚊帽をかぶっていても蚊に刺されてデング熱にやられ、高熱で寝込む兵員が相次いだりで作業に遅れが出たが集団司令本部から援軍などを受け、米軍の来攻が予想される八月までには整った。

すでに七月中旬、井上集団司令より決戦訓練の指示が出されたのをもとに中川守備隊長は敵の上陸部隊に対して五段構えで撃滅する戦闘計画を策定した。五段構えとはこうだ。まず水際で上陸部隊を撃退する。上陸を開始したときには海上遊撃、水中撃滅などの隠密行動に出る。上陸後は船艦艇攻撃を打ち切り、水際火力を用いて至近攻撃に転換する。海岸に地歩を固めた時には斬り込み、肉薄攻撃、海上戦闘をもって反撃。上陸当夜中に粉砕する。敵の前進が強行された時には後方陣地を堅牢にして持久戦に誘導し、航空基地占拠の妨害、遊撃戦を策動する、というものだ。

戦闘計画を具体的に展開するため中川守備隊長は、想定される敵の上陸地点に対する反撃計画にも取り掛かっている。ペリリュー島を東西南北の四地区に分け、それぞれに大隊規模の将兵を配置した中川守備隊長は西、南地区に敵が上陸した時は西地区隊はイワマツ、イシマツを拠点に逆襲。南地区隊は西地区隊と連携し敵を挟撃。南東地区に上陸したとき南地区隊はアヤメ・レンゲを絶対死守。東地区隊はウメを絶対確保することとした。北地区に上陸したとき、北地区隊はツツジを拠点に敵軍を逆襲しさらにモミジ北端を守備。状況悪化にいたった場合でも北方の水戸山およびカドブス飛行場を絶対確保することとした。

ペリリュー島各地区守備隊の配置と反撃要綱が示されたことで将兵の決戦の備えはいっそう強化された。とはいえB24爆撃機の爆音に土田喜代一海軍二等兵曹は脅えないわけにはいかなかった。寝込みを襲うように深夜十時ごろに飛来するだけではなく、投下する爆弾の脅威がどれほどのものか、テニアン飛行場の見張りについていたときすでに体験していたからだ。土田二曹は、米軍のサイパン上陸でテニアンも砲撃を受けたことから六月半ば、テニアンからペリリュー島に移ったが、ペリリュー島でもやはりB24爆撃機の脅威は避けられなかった。

土田二曹がテニアンに配属されたころマーシャル諸島のクェゼリン・ルオット両島争奪をめぐって三万余名の米海兵隊が八〇〇〇余名の日本軍守備隊を急襲し、わずか四日ほどで制圧。この余勢でレイモンド・スプルーアンス海軍大将は第五艦隊を率いてさらに西進し、マリアナ諸島のサイパン、テニアン攻略を狙いすましていた時期だった。サイパン島の艦隊泊地や飛行場を占領したスプルーアンス提督はトラック諸島やパラオ諸島を頻繁に空襲し、連合艦隊司令部をトラック島からパラオのコロール島、さらにフィリピン・ミンダナオ島のダバオに移動させるほどに追い詰めていた。

テニアン飛行場の戦闘指揮所屋上で見張りをつづける土田二曹はB24爆撃機の編隊を望遠鏡越しに発見すると、「四発発見。サイパン上空」と、待機中の零戦搭乗員に告げ、戦闘開始のサイレンを鳴らすのだった。四発とは四基のエンジンを搭載するB24爆撃機のことだ。大型爆撃機だけに爆弾を投下して飛び去ったあとの惨状はすさまじく、土田二曹は息を飲むのだった。B24爆撃機が投下する長さ五〇センチ、直径一〇センチの爆弾は悪魔の爆弾ともいわれた。弾丸には太さ一センチほどのスプリングが螺旋状に巻き付けてあり、炸裂と同時にスプリングが八方に飛散する仕掛けになっている。そのため被弾すれば人体も物体も蜂の巣状態となり、ちりぢりに吹っ飛ばされる。

これだけではない。B24爆撃機はナパーム弾も投下した。ナパーム弾とは焼夷弾のことだ。着弾と同時にゼリー状態の炎が八方に飛び散って火災を起こし、周囲を焼き尽くすというものだ。米軍はテニアン攻略でナパーム弾を初めて使用した。恐るべき新兵器を開発しては上空から雨あられのように大量にばらまく。あたりはたちまち焦土と化し、かたちあるものは木っ端微塵に粉砕される。この脅威がどれほどのものかペリリュー島守備隊はまだ知らない。

土田二曹にしてみれば、だから関東軍屈指の最強部隊といわれても、いざ決戦となったときはたしてどれだけ持ちこたえられるかという不安もあり、玉砕もひとごとではない、現実であることを知るのだった。

じっさい中川守備隊長が各地区の大隊長に反撃計画を示していたころ、緒方敬司大佐が指揮するテニアン島守備隊一〇〇〇名が最後の突撃をかけて敵陣に突入し、八月二日全員玉砕。角田第一航空艦隊司令長官も自決した。同航空艦隊隷下に配属された土田二曹にもテニアン玉砕は伝わっていた。サイパン、テニアンが陥落したとなれば次の矛先はパラオ諸島に向けられること、土田二曹にも想像できた。

マリアナ諸島を攻略したニミッツ米太平洋艦隊司令長官は中部太平洋の指揮官をスプルーアンス大将からハルゼー大将に交替し、パラオ諸島に前進させた。この措置は米統合参謀本部が一九四四年三月に示した太平洋における対日戦略構想に沿う既定方針であった。戦略構想とは、六月中旬にマリアナ諸島を占領し、九月中旬にはパラオ諸島に前進基地を設置。さらに十一月にはフィリピンのミンダナオ島に進攻し、マッカーサー極東総司令官のフィリピン奪還を支援するというものだ。戦略構想どおりマリアナ諸島を攻め取ったニミッツ司令長官は、ミッドウェー海戦後加療中であったが回復したハルゼー大将率いる第三艦隊にパラオ攻略の指揮を執らせ、スプルーアンス大将の第五艦隊に休暇を与えるのだった。ハルゼー第三艦隊指揮下の各部隊はパラオ諸島およびウルシー環礁とヤップを占領し、新たな前進基地を構築することだった。そのためハルゼー艦隊のウィリアム・H・リュパータス第一師団長は八月、隷下の各連隊に対し、ソロモン諸島パブブ島での休養を切り上げパラオ諸島出撃準備を命じた。奪われた休養に不平をもらしながらも海兵隊たちは背嚢とライフル銃を肩に食い込ませ、ジャングルの夜道を波止場に接岸中の上陸用艦艇に乗り込むため二列縦隊で進んだ。

マリアナ諸島攻略後の敵情からパラオ諸島来攻は八月上旬以降の公算が大きいと予測した中川守備隊長は反撃計画の策定につづいて各地区の将兵に対して上陸部隊を想定した戦闘訓練を指示し、臨戦態勢の強化をはかるのだった。中川守備隊長の反撃計画は七方面からの敵上陸を想定したが、なかでもとくに三号反撃を周到にした。三号反撃は西地区および東地区からの上陸を想定している。東地区には原田良男大尉が指揮を執り、第二連隊第三大隊と第十五連隊歩兵砲などが守備していた。敵の上陸に際して西地区隊の一部が東地区の増援にまわり、続いて南地区隊も機関銃隊を含む一個小隊を急派し、上陸部隊を背後から逆襲するというものだ。

指示に基づき、実戦さながらの猛訓練が数日間全軍的に実施された。将兵のなかには関特演を思い出すものもいた。関特演とは「関東軍特種演習」の略。演習は一九四一年七月七日から二十四日までの第一次、七月十六日から八月八日までの第二次に分けて実施された。ソ連との対戦を睨んで関東軍を平時編成から戦時編制に改編するのが目的だった。そのため在満将兵七〇万人が動員される大規模演習となり、実戦同様の訓練が行なわれた。

日数も動員規模も比較にならないが、実戦同様の訓練であったことから守備隊は関特演の猛訓練を蘇らせるのだが、訓練によって新たにいくつかの不備がわかった。敵の地上部隊が上陸地点に到達するまでのあいだに予想される砲爆撃に対し、七、八メートル置きにタコツポを増設すれば守備隊の損害は軽減される。雨天下での戦闘ではマッチが湿るので防湿を講じる必要がある。小銃弾と手榴弾が付着し、誘爆の危険性がある。粉味噌や粉醤油などがあるが、生味噌の携行用缶詰があれば酷暑地帯での体力増加に効果的——など、いくつか改善すべき点が明らかになった。

中川守備隊長は訓練の成果に頷いた。かつての幹部候補生がいまでは小隊長や分隊長として各部隊の中核となり、陣頭に立って兵員を統率しているからだ。中川守備隊長には、精鋭な兵員は日頃の訓練によって成し遂げられ、戦闘も訓練によって決するとの信念があった。

この信念は一九四三年八月初旬から十月初旬にかけて実施された第十四師団隷下の各連隊の幹部候補生に対する教育訓練などに現われている。歩兵第二連隊はソ連と国境を接する満州再北端の黒河省嫩江に駐留し、国境警備についていた。南方戦線の戦局拡大にともなって中堅幹部が頻繁に転出し、新たな幹部養成が求められていた。そのため中川連隊長は二ヵ月前の六月十日、前任地の第六十二独立歩兵団参謀から歩兵第二連隊長に着任してまだ間もなかったが、幹部候補生に部隊の将来をになうための教育と訓練を、実際の野外演習を通して体得させた。

仙台の予備士官学校を卒業し、原隊に復帰した見習士官約二〇〇名が各連隊から集められ、フラルギでは嫩江の敵前突破大渡河訓練、ジャラントン西方では第五十九連隊との対抗遭遇戦、さらに大興安嶺では、久留米を衛戍地とする第二十三師団との対抗戦を展開し、数百キロにおよぶ山岳地帯を踏破。この間に小隊長あるいは分隊長の役を交互に分担しながら実戦同様の経験を積むのだった。まだひ弱さが残る見習士官たちだったが、さすが猛訓練を受けただけに三ヵ月後には心身共に充実した幹部に鍛え上がっている。そしていま彼らは中堅幹部として諸隊を牽引しているから信頼を寄せるのだった。

中川守備隊長はけっして能弁家ではなかった。むしろ寡黙な軍人であった。中川州男は一八九八年一月、父文次郎、母まる、の三男として熊本県玉名郡川島村（現玉名市）で生まれた。中川家は代々肥後熊本藩士として細川家に仕える武門の家柄。文次郎も西南戦争では薩摩軍に呼応して政府軍と交戦している。旧制玉名中学を卒業後、中川州男は陸軍士官学校に入学。同校を卒業後、久留米市で編成された歩兵第四十八連隊に配属され、同連隊を振り出しに士官生活が始まる。けれどワシントン軍縮条約調印にともなって高まった世論は陸軍にも波及し、師団削減、将校の退役などいわゆる「宇垣軍縮」につながる。

一九二六年七月、大尉に昇進した中川はこの後福岡県立八女工業学校の配属将校となった。これは一九二五年四月に発令された陸軍現役将校配属令によるものだった。中川大尉の赴任は在校生の軍事教練を指導することだが、生徒を直接指導するのは退役将校だったから現役将校の中川大尉は教官指導や戦時体制の取り組みの指導が主だった。とはいえ腕組みし、睥睨するような将校ではない。放課後ともなれば軍服を脱いで生徒と一緒に剣道、柔道、水泳、マラソンに汗を流し、日曜日には登山にも加わった。軍人らしくない中川大尉は生徒にも慕われ、ついにはこのようなあだ名が贈られる、「中蝦蟇」と。おそらくこれは中川という姓をもじったものに違いない。

中川大尉が七歳下の平野ミツエを娶ったのも配属将校時代だった。ミツエは平野亜太郎、力子夫妻の三女として佐賀県荻町にうまれ、兄には平野助九郎陸軍少将がいた。職員住宅で新所帯を構えてからも中川大尉の生活態度はほとんど変わらず、午前五時起床。洗面後に庭で軍人勅諭を唱和。さらに部屋にもどって神仏の礼拝と座禅をおこない、朝食をとって出勤というきわめて実直な生活習慣だった。

四年間の配属将校を退任後原隊に復帰、大尉から八年、ようやく少佐に昇進した中川少佐は一九三八年六月、陸軍大学校専科に進学の推薦を受ける。陸大専科とは一年間の短期教育だった。東京世田谷区に転居した中川少佐は青山の陸大まで毎日通学。もっとも出世欲には無関心だったといい、推薦を何度か辞退したともいう。

陸大専科の同期生に加藤建夫大尉がいた。彼も陸士兵科出身だったが、後に航空に転科し、加藤隼戦闘隊を率いてマレーシア、シンガポール、蘭印作戦などに参加し幾多の戦果を上げている。けれど一九四二年五月、追撃中の英軍爆撃機を撃墜後自機も被弾してビルマのアキャブ沖で墜死。中川少佐より一足早く逝っている。生涯三〇〇機以上の撃墜を誇る名手から空の軍神と讃えられ築地本願寺で陸軍葬が営まれている。寡黙で内省的な性格の中川少佐に対し加藤大尉は磊落な性格。けれどウマが合うらしく加藤大尉は世田谷の家を訪問しては時局をさかなに中川少佐と杯をかたむけるのだった。

そのような折り、加藤大尉は庭先に咲く一輪の白い花にふと目を止め、ミツエ夫人に尋ねるのだった。

「なんていう花ですか、あれは」

「あぁ、あれね、くちなしっていうのよ」

「ほほう……くちなし、ですか。まるでお宅のご主人にぴったり。純白で静かだが芯は燃えるように真っ赤。まさに中川少佐そのもの。くちなしとはよくぞ言ったものです」

ミツエ夫人は後に、わずか一年だったが世田谷区での生活がもっとも平穏で充実していた。実母に似て主人は無口だが、ものごとにあまり拘泥しない鷹揚な性格で、中隊長などから〝太平洋〟などと呼ばれていた。囲碁と動物が好きで、知人から、「おや、また動物園ですか」などといわれるほど動物園通いが趣味だった、と追想している。

陸大を卒業し、同時に中佐に昇進した中川中佐は宇都宮市の第五旅団、高田市の第六十二独立歩兵団の参謀となったのち、一九四三年六月十日、第二歩兵連隊二八代連隊長に就任。同時に大佐に昇進する。

九月に入るとたんに米軍は数百機の大編隊でパラオ諸島に襲いかかった。加えて艦砲射撃も苛烈化し飛行場や港湾施設をことごとく破壊した。これでコロール島の市街地は完全に焦土化した。コロール島は西カロリン諸島の行政の中心地。連合艦隊の旗艦「武蔵」のほか水上艦艇の泊地でもあったため海陸軍の兵員相手の遊郭も繁盛していた。

長さ一二〇〇メートルの滑走路二本をもち、東洋一の飛行場というのが自慢のペリリュー飛行場も空爆で穴だらけとなり、大谷龍造西カロリン航空隊司令官は八月末、ミンダナオ島のダバオに退避している。あとには一〇機ばかりの零戦が残されたがもはや航空機の援護は期待できず空爆には無防備であることを中川守備隊長は覚悟せざるを得なかった。

海軍の相次ぐ打撃でわが国の航空戦力の低下は目を覆うばかりだった。真珠湾攻撃、マレー沖海戦、スラバヤ沖海戦など開戦当初こそ勝ちいくさで突き進んだ。けれど一九四二年六月のミッドウェー海戦で空母四隻、航空機四〇〇余機を失うという大敗北を契機に日本海軍は攻勢から守勢に逆転し、一九四三年十一月ブーゲンビル島沖を戦場に、六次にわたって展開したラバウル航空戦でも一〇〇余機を失い、傷口を広げた。そしてさらに翌年六月のマリアナ沖海戦で完膚無きまでに打ちのめされる。日本側が『あ号作戦』と名付けたマリアナ沖海戦は空母機動部隊と基地航空部隊をもって米機動部隊を西部太平洋海域で撃沈し、米軍のサイパン上陸で崩れた絶対国防圏の損害拡大を阻止するというもの。

小沢治三郎中将が指揮する第一機動艦隊は「大鳳」「飛鷹」「翔鶴」など空母九隻、栗田健男中将が指揮を執る第二艦隊が「大和」「武蔵」「金剛」など戦艦五隻のほか巡洋艦、駆逐艦などが従い、合わせて七七隻が一丸となってレイモンド・スプルーアンス大将率いる総勢五三〇余隻の大艦隊に決戦を挑んだ。

彼我の差は艦隊の規模だけでなかった。航空機もだった。小沢司令長官は指揮下にあった空母艦載機と角田覚治中将の指揮下にあるグアム・テニアンの基地航空兵力を合わせて六〇〇機を二方面から飛ばして挟撃する構えだった。ところが基地航空部隊は米軍の猛烈な艦砲射撃や空爆で基地機能はほとんど壊滅し、虎の子の二五〇機は残骸となった。頼みの綱を失った小沢艦隊は四〇〇余機。米軍一〇〇〇余機の半数にも満たなかった。戦力の差に加え、搭乗員の操縦技術や火力不足も致命的だった。戦力差は戦術で補うしかなかった。そこで小沢司令長官は天山や彗星など長距離爆撃機を飛ばし、米軍機の守備圏外から先制攻撃を仕掛ける、いわゆる「アウトレンジ」攻法をとった。この戦術、理論的には適切であった。ただし有効性を発揮するには長距離飛行が可能な熟達した操縦技術を備えたパイロットが必須である。最新式レーダーの捕捉を受け、VT信管つき対空砲火を浴びない――これらの条件を満たしていればの話だ。

けれどこれらの条件を満たすベテランパイロットはほとんど底払いしていた。残る航空兵は短期間で養成され、練度は低く技量は未熟。敵機の恰好な餌食になった。高性能のレーダーに捕捉されたうえ電波指令機による指令誘導を受けた米戦闘機の、高々度からの待ち伏せ攻撃で火だるまとなって次々と落下した。攻撃網をくぐり抜け、敵艦に接近したものの今度はVT信管をつけた砲撃にさらされる。VT信管つき砲弾とは、目標物の近くに到達しただけで炸裂し、強い破壊力を持っていた。まるでバッタか蝶を相手にするように、おもしろいほどの撃墜に米軍は「マリアナの七面鳥撃ち」といって囃した。じっさい米軍機も一三〇機ほど被害を出したが、多くは燃料切れによる不時着や着艦失敗によるもので、空戦による失墜は軽微だった。けれど日本軍はほとんどを失い、立ち上がれないほどに打ちのめされた。艦船も無傷ではなかった。旗艦「大鳳」をはじめ「飛鷹」「翔鶴」など空母三隻が魚雷攻撃で海没。小沢司令長官は「瑞鶴」に救助されるという失態を演じた。マリアナ海戦の大敗で絶対国防圏のさらなる縮小に大本営は驚愕し、「捷号作戦」の発動がますます迫られた。「捷」とは迅速、勝つ、という意味だ。同作戦の趣旨は陸海両軍の航空兵力を統一して連合軍に反撃するというもので、米軍のサイパン上陸後の六月二十六日、本土で開かれた元帥会議でサイパン奪還断念などが話し合われたなかで決議されたものだった。決議を受けて大本営は即日のうちに、勝つためにはいかにすべきか、今後の戦略構想の研究に着手する。ここにおいて一九四一年十二月の開戦以来初の陸海両軍が連携し、共同作戦構築に取り組むのだった。

サイパン陥落以後の敵情判断から米軍の「二路並進」態勢がいっそう顕著になったとの見解で陸海両軍部は一致した。つまりニミッツ海軍大将は中部太平洋諸島を占領し、この後小笠原諸島、沖縄攻略に転じる。マッカーサー南西太平洋方面軍最高司令官の地上部隊はフィリピンおよび南西諸島攻略を目指す——との判断だ。この敵情分析をもとに大本営は地域別による第一号から第四号までの捷作戦を立案する。つまり捷一号はフィリピン方面、捷二号は台湾・沖縄方面、捷三号は日本本土方面、捷四号は北海道・千島方面。これらを防衛ラインとし、陸空海の総兵力を結集して一本勝負の決戦に臨むというものだ。

捷号作戦は七月二十四日、梅津美治郎大本営参謀総長の名で全軍に下命された。捷作戦が示した防衛ラインはしかし一年前、絶対国防圏で設定した防衛ラインよりはるかに後退しているのが歴然としている。それだけ日本軍は負けいくさが続いているということであり、梅津参謀総長も不退転の決意で必勝を期すのだった。ところがいかに拳を振り上げ、檄を飛ばそうとじっさいの戦場はそういかない。いったん奪われたものを奪い返すには守ることより数倍の余力が必要。それが日本にはもはやない。これはパラオ諸島の守備隊も同じだった。捷作戦が発動された時期、パラオ諸島は大空襲で壊滅的打撃を受け、基地も港湾も市街地も機能不全に陥っていた。そのため井上集団司令は集団本部の防衛態勢強化の観点から江口守備隊長の主力部隊をアンガウル島からバベルダオブ島に戻していた。ただし江口守備隊長はすんなり同意したわけではない。連隊一丸となって困難な陣地構築に取り組み、死なばもろともの覚悟もできている。それにもかかわらず一個大隊だけ置いて去ることは忍びない。いっそのこと守備隊を放棄して全員転出を、と抵抗した。これに当惑した井上集団司令は中川廉参謀をアンガウル島に派遣し、説得にあたらせるというひと幕があった。

連隊旗とともに五十九連隊の主力が去ったあとのアンガウル島には後藤少佐の一個大隊一四〇〇名が守りについた。この時点で後藤守備隊長の腹も据わった。戦略的にはさほど価値をもたないアンガウル島に敢えて守備隊を残すのは米軍の兵力分散とバベルダオブ島上陸を遅らせるための時間稼ぎにすぎず、玉砕は明白ということだ。

大隊の運命が決し、任務の重大さをひしひしと感じる後藤守備隊長は大隊本部を置いたアンガウル小学校の職員室で作戦準備に取り掛かりながら、「責任が重くなったなぁ……」、こう呟くのだった。じっさい一ヵ月後、この呟きはいっそう切実なものとなる。八月二十八日、後藤守備隊長はアンガウル島に居住する邦人および島民のうちの老人、小児、婦女子を大発動艇に乗せてバベルダオブ島に引き揚げさせ、島内には守備隊だけが残った。

「あ号作戦」の敗北で制海・制空権を失ったパラオ諸島は地上の守備隊だけが残った。日本軍の孤立状態を見てとったハルゼー第三艦隊司令長官はフィリピン方面の日本航空部隊は反撃能力を失ったと判断し、ヤップ島およびパラオ諸島を飛び越し、これらの作戦に投入する地上軍をマッカーサー司令官の地上部隊に編入し、一気にレイテ攻略に打って出るべきとニミッツ米太平洋艦隊司令長官に具申するのだった。ニミッツ司令長官はヤップ島の占領見送りに同意したが、パラオ諸島攻略は既定方針通りとした。

ウルシー、ヤップ島を飛び越したミッチャー中将の第三八機動部隊は双胴のロッキードP38あるいはカモメの翼のような主翼をもつF4U戦闘機を飛ばし、昼夜の別なく大編隊でパラオ諸島に反復爆撃を仕掛け、日本軍守備隊に心理的圧迫を加えるのだった。

煙や炎をあげようものならたちまち機銃弾の狙撃にあう。だから炊事も、土は煙を吸い取ることから土の中に煙道をつくって煙が立たないように工夫し、兵隊たちは空襲の合間を縫っていそぎ飯盒の飯をかっ込んだ。もちろん戦場での飯だから粉味噌でつくった即席の味噌汁に漬物、梅干しぐらい。兵営なら焼き魚、肉料理、天麩羅などで三度の食事がとれるが、野戦では贅沢はいってられない。

日増しに激化する空爆や艦砲射撃に決戦の時が迫っていることを予感する中川守備隊長はすでに第一号から第七号の反撃計画を各大中小隊長に伝え、さらに九月二日、徹底抗戦の訓辞を行なうのだった。

「戦いとはつまるところ人と人との戦いだ。したがって敵に打ち勝つには各人の勇気と国を愛する確固とした信念だけであり、敵を倒さずに己が倒れるのは無駄死にと心得よ。玉砕はたやすい。だが我々がやるべきことはこの島を守り、敵の上陸を阻止し、一日でも長くここに釘付けすることだ。一兵といえども無駄死には許さない。最後の一兵まで徹底抗戦に努めてもらいたい」

この訓辞もけれどパラオ諸島守備隊の全容をほぼ掌握していた米軍に対しては単なる虚勢に聞こえたかも知れない。じつは米陸軍情報部は集団司令本部が大本営に送った兵力配備に関する電報を傍受し、次のように解読していたのだ。

「パラオ発。大本営宛。

一九四四年七月二十八日一八四五。

〝テル〟〝ショー〟部隊幕僚信八三八電。

兵力の配備。

（一）パラオ本島地域。中核トシテ独立混成第五三旅団ノ四個大隊ト一個砲兵大隊。コノホカニ歩兵第一五連隊オヨビ海上輸送隊カラ上陸ニ転用サレタ三個中隊ガ移動予備隊トシテ『ガスパン』ニ待機。

（二）コロール地域。独立混成第四九旅団ノ一個歩兵大隊オヨビ一時戦闘部隊ニ転用サレタ第五七海上輸送隊。移動予備隊トシテ歩兵第一五連隊ノ一個大隊。地域防空用ニ高射砲九門ト高射機関砲一二基。サラニ海軍陸戦隊一個大隊。

（三）ペリリュー地域。歩兵第二連隊、歩兵第一五連隊ノ一個大隊、独立混成第五三旅団ノ一個歩兵大隊オヨビ師団戦車隊所在。クリタ陸軍少将ガ作戦指揮ヲトル。
（四）アンガウル地域。歩兵第五九連隊所属。シカシ間モナク、主トシテ『アイライ』地域ノ移動予備隊トナルタメ『パラオ』本島ニ移動予定。一個歩兵大隊ガ『アンガウル』ニ残存。
（五）『ヤップ』地域。独立混成第四九旅団ノ五個大隊オヨビ一個歩兵大隊ト一個高射砲大隊所在。

まさにこれは一級の機密電報であった。米軍はおそらく小躍りしたに違いない。これほど詳細に日本軍守備隊の手の内を掌握する機密情報を入手したのだから。ペリリュー、アンガウル両島の玉砕は兵員、火力の差だけでなく情報戦にも敗因があった。機密電報解読で得た情報は八月五日と十七日の二度、ニミッツ司令長官をはじめ中部太平洋に展開する全艦隊に伝えられた。このうえさらにリュパータス海軍少将は第一海兵団情報参謀のハリス大佐からこのような耳寄りの情報も得ていた

「ペリリュー島の日本軍はおよそ一万五〇〇〇人程度です。主要兵器は重機関銃五八梃、火砲は三七ミリ対戦車砲から一〇五ミリ曲射砲まで二〇〇門程度。あとは戦車一二両。一方わが軍は第一海兵、第八一両師団のほか海軍を加えると総勢で四万八七四〇名ほどになります。この兵器は重機関銃一四三六梃。火砲は迫撃砲と榴弾砲など七二九門で、戦車は一七〇両。この

ほかロケット・ランチャー一八〇門があります。これらを総合すると兵力で四倍、火砲では三・五倍、戦車は一〇倍に達します。一般的に上陸軍は守備軍の三倍の兵力が必要といいますが、これだけの装備と兵力ですから確実にわが軍が絶対優勢です」

ハリス情報参謀の報告はより詳細で具体的であったからリュパータス少将はいよいよ意を強くするのだった。

「戦いはきびしい。しかし短い。三日、長くて四日で終わるだろう」

第六章　死闘

大本営は「捷号作戦」の指導大綱を策定するなかで予想される今後の戦略を概観し、パラオ諸島とモルッカ諸島を三角形の底辺とし、頂点にフィリピンがあると分析した。これらに対する米軍の来攻時期も算出し、パラオ諸島はおおむね八月、ハルマヘラ島は八月から九月、フィリピンは十月と予測した。ただしフィリピンのどこに来撃するかまでは読み切れなかった。

三角形の底辺と位置付けられ、攻略目標に挙がったパラオ方面には実際三〇〇機あるいは五〇〇機もの大編隊がムクドリの大群のように襲いかかり、無差別爆撃をかけていた。連日の空襲に首都機能はほとんど麻痺し、市街地も瓦礫の山と化して行き場を失ったコロール島の住民はすっかり脅え、悲観的なデマも飛び交った。井上集団司令はすぐさま住民の動揺緩和をはかるとともに軍民一体の布告を発し、作戦遂行の理解と協力を要請するのだった。

空襲の激化にともない戦闘司令所もアイミリーキ村の熱帯研究所からバベルダオブ島の南

部に位置する標高二〇〇メートルほどの、集団が「統軍山」と名付けたアルルコウク山に移転し、二四時間態勢で監視哨に立つ監視兵の報告を受けながらパラオ諸島守備隊全軍の指揮を執った。すでに大本営から、「五日ゴロ『ホノルル』出港ノ有力ナ攻略部隊ハ近ク貴集団正面ニ現出ノ算極メテ大ナリ」との電文を井上集団司令は受け取っていたから米艦隊のパラオ進攻が切迫していることを予測していた。じっさいこの予測は現実のものとなった。九月十四日早朝、監視哨に立つ岩瀬昇軍曹は戦闘指揮所に「敵艦発見っ」と急報したからだ。

岩瀬軍曹は第五十九連隊の下士官だったが、七名の兵員とともに集団付きの監視哨を命じられ、二四倍、三脚固定の海軍用望遠鏡で四〇キロ南方のペリリュー島などの海上監視にあたり、陣地や軍施設に対する正確なナパーム弾投下も把握していた。望遠鏡越しに岩瀬軍曹は艦船の種類、艦隻を素早く識別し、再び戦闘指揮所に報告した。

「空母一一、戦艦三、巡洋艦二〇、駆逐艦三〇などおよそ二百数十隻。パラオに接近中」

報告後、岩瀬軍曹は咳き込んだ。声を嗄らしたせいだ。

九月六日、ヤップ島沖の海面にマストの先端を見せたハルゼー艦隊は次第にパラオ接近をはかり、マストから艦橋さらに船腹と、ついに艦隊の全貌を現わすのだった。

艦艇の一部は沖合数キロ地点にまで接近したところで急旋回するなどさかんに挑発をかけた。挑発に乗り、反撃に出ればしめたもの。米軍は観測機からの弾着誘導を利用して海と空から砲弾を浴びせ、たたき潰せばいいのだ。じじつそうした。陣地の破壊や密林、岩場などの遮蔽物を取っ払うために観測機を飛ばして九月十二日から十四日までの三日間、空と海の両面から約一七万発、ざっと四〇〇〇トンの砲弾をペリリュー島に撃ち放っている。

米軍の不敵な行動は爆撃や挑発行動だけでなかった。海岸に出没を繰り返してもいた。ペリリュー島の南西海岸に突き出した西岬や南島半島にかけて上陸水路を開くため、顔面を黒く塗り黒のウェットスーツをまとった工作隊八十数名が小型船艇に分乗し、珊瑚礁の爆破を仕掛けたのだ。それでも日本軍守備隊は沈黙を保った。これはバベルダオブ島も同じだった。米軍は駆逐艦を護衛につけて掃海艇を島に侵入させ、日本海軍が周辺海域に敷設した機雷除去をさせていた。これを守備隊は壕内から作業をつぶさに見ていたものの一発の弾も撃たなかった。時期の到来をひたすら待ったのだ。この反応のなさは米軍の慢心を呼び、油断を与えることになる。ただし米軍がこれに気づくのは上陸後だった。

艦隊の大挙来攻や輸送船団の活発な移動から近日のうちにペリリュー島上陸の公算が高いことを察した中川守備隊長は各地区隊の将兵に重ねて訓辞した。

「数日の状況判断から敵軍は九月十四日早朝五時以降、本島の南西海岸近くに上陸する可能性がきわめて高い。したがって南西地区はもとよりほかの地区においても各員万全を期して決戦態勢を強化してもらいたい」

すでに中川守備隊長は軍属をのぞき、島民の婦女子、児童のバベルダオブ島退避措置をとり、後顧の憂いを除いている。じつは島民の送還にあたって中川守備隊長は島民代表から「われわれも一緒に戦いたいので仲間に入れてほしい」と懇願された。島民たちには、陣地構築の難工事でともに汗を流し、日本兵とは一心同体との思いがあった。しかも味方は一人でも多いほうがいいに決まっている。それだけに中川守備隊長の返事はまったく意外だった。

「貴様らと一緒にわれわれ帝国陸軍が戦えると思うかー」

島民の落胆は深かった。裏切られたとの思いで守備隊が用意した大発艇に乗り、ペリリュー島北部のガルコル波止場から暗夜の沖に出てバベルダオブ島に向かった。けれどこの時だった、島民は予期しない光景に出会う。いよいよ岸を離れるというとき、地区隊本部の兵全員が岸壁に駆けつけて軍帽を振る、あるいは陣地構築中ともに歌った即興の歌を合唱しながら見送ってくれたのだ。守備隊に抱いた不信感はやはり誤解であり、信頼にたる日本軍人であることを島民は理解するのだった。

昨日まで蟻の這い出る隙間もないほどバベルダオブ島の海域を埋め尽くしていた艦隊の群れが一夜明けた九月十五日朝にはすっかり姿を消したから、統軍山の監視哨戒に立つ岩瀬軍曹は怪訝に思い、とっさに望遠鏡の焦点をペリリュー島に合わせるのだった。そして、〈やっぱりそうだったか……。思った通りだ〉と頷く。掃海艇による機雷除去はペリリュー島上陸を隠蔽するため、集団司令部の注意をそらす陽動作戦だったのだ。岩瀬軍曹の報告で井上集団司令や各参謀が監視哨に立ち、ペリリュー島に目を凝らした。

一九四四年九月十五日。日本本土は快晴であった。けれど南におよそ三〇〇〇キロのペリリュー島は曇り空だった。違いは空模様だけではない。五日ほどまえ、東京のデパートでは商品がとうとう底をつき、総合配給所を設置して衣料品も配給制にするなど物不足は深刻なものの砲弾が飛び交う戦場ではなかった。ペリリュー島はあきらかに戦場だった。米軍は艦砲射撃などという無作法な朝の挨拶で、寝覚め直後の日本兵の朦朧とした意識に蹴りをいれるのだった。

午前七時きっかり、米戦艦の砲塔が火を吹いたのを契機に大小艦艇が一斉砲撃に加わり、およそ一時間半、一万発もの砲弾を間断なく撃ち込んだ。まさに狂気の沙汰だ。じっさいこの砲撃は、上陸用船艇が触雷し、上陸部隊に早くも死傷者が出たことに怒りくるった米軍が仕返しに見舞ったものだ。

六時十五分、西浜海岸より約一五キロ地点まで接近したハルゼー艦隊はこの地点から五隻の大型輸送船を二キロ地点まで近づけた。さらにここからロイ海軍少将が指揮する大型船艇や水陸両用戦車などおよそ三〇〇隻が輸送船の船尾から吐き出されるように海上に現われ、二列横隊で西浜海岸に進撃した。ペリリュー島上陸作戦はここから始まった。上陸部隊は米第一海兵師団二万四二〇〇名。ガダルカナル島、ニューブリテン島攻略作戦で頑強な日本軍と戦った強力部隊だった。上陸前、海兵隊員に対してリュパータス少将は、きびしい戦いになるがけれど短期間で完了すると伝え、飛行場占領が主な目標であることから『中央突破作戦』と名付けたことも告げた。

けれどリュパータス少将の作戦は早くも蹴躓いた。二列横隊の先頭を行く上陸用船艇が数隻、突如轟音とともにザクロ色の火柱を噴射し、たちまち座礁したからだ。海中に放り出された、ずぶ濡れの兵員は悲鳴を上げ、陣形は乱れ、前進が阻止された。艦砲射撃はこの混乱を隠すものだった。砲弾に加えて発煙弾も撃ちこみ、海岸一帯に黒い煙幕を張り、日本軍守備隊の視界を遮った。

機雷は海蛇群が仕掛けたものだ。中川守備隊長は海蛇群、海ダニ群、神火群と名付けた海上遊撃隊を編成し、上陸寸前の敵の船艇に奇襲攻撃をかけて機先を制するとした。そのため名前も特徴的ならやることも大胆だった。海蛇群は機雷敷設、海ダニ群は、あらかじめ海上の珊瑚岩礁に潜伏して上陸船艇を攻撃。神火群は珊瑚岩礁付近で重油缶に点火し、火の海にする——というものだ。海蛇群の奇襲戦法が成功した。従来の水際撃滅戦法ならまさに千載一遇の好機。敵の混乱に乗じて砲撃し、二重三重の打撃を加えて上陸を阻止するところだ。だが中川守備隊長はこれを封じた。戦いを有利にするため上陸部隊の接近を待ち、自分たちの土俵に引き込むという寸法だ。

八時三十分、ついにその時がきた。救助された海兵隊員は急ぎ別の上陸用船艇や水陸両用戦車に移乗し、煙幕が消えるまえに到達するためあらかじめ決められた上陸地点のホワイト・ビーチからオレンジ・ビーチまでエンジン全開で一気に前進した。そこはちょうど日本軍が洒落こましたように名付けたイシマツ、イワマツ、クロマツ、アヤメ、レンゲなどの地区だ。上陸地点の海岸まで一五〇メートルというところで上陸用船艇は停止した。これよりさきは浅瀬でスクリューが砂を巻き上げ、空転している。海兵隊員たちは船艇から飛び降り、海水が染み込んでいっそう重くなった軍靴を引きずりながら砂浜を目指して急いだ。海上では遮るものがないが、砂浜にたどりつけばなんとかなると思ったからだ。

水陸両用戦車はそのまま砂浜に乗り上げて前進をつづけた。とはいえこれも海岸付近で一旦停止し、兵員を降ろした。敵の狙撃銃から上陸部隊を守るため楯になる必要があった。けれどこれがいかに安易であったかじきに思い知ることになる。日本軍守備隊の容赦ない反撃に退却も前進もできなくなるのだ。

日本軍守備隊は艦砲射撃や空爆にも耐え、壕内に身を潜め、ギリギリの地点まで敵の上陸部隊を引き寄せた。上陸部隊は水陸両用戦車を弾よけの楯にしながら身をかがめ、慎重に、けれどぞくぞくと押し寄せてくる。ペリリュー島にいよいよ足を踏み入れたのだ。ばらばらになっていた海兵隊員は前進をはじめるにつれていくつかの小隊規模の塊ができた。狙撃にはもってこいの標的だ。

水陸両用戦車もけたたましい唸りを挙げていた。頭から戦車壕に突っ込んだので這い上がろうとしてエンジンを全開させる。けれどかえってキャタピラーが空転し、ますます墓穴を深くしているありさま。戦車壕は五十畑貞重大尉が指揮する工兵中隊が構築したものだ。深さ三メートルの壕に突っ込むと抜け出せない仕掛けになっていた。そこに六両もの水陸両用戦車が同時に突っ込み、まるで足をばたつかせる亀の子のように必死にもがいている。叩き潰すならいまだ。

海面から一〇メートルほど高く盛り上がったイワマツ陣地を守備していた藤井裕一郎少尉は子飼いのシェパードの鎖を解いた。シェパードは伝令用の軍用犬だ。各国の軍用犬にはドーベルマン、エアーデルテリアなどがおり、用途も伝令、弾薬運搬、医療器具輸送、負傷兵救出の衛生犬など多様だった。藤井少尉はいままさに水陸両用戦車が戦車壕にはまって抜け出せないでいるとの通信文をシェパードの首輪につけ、後方の天山に陣取る小林与兵少佐率いる砲兵大隊に走らせるのだった。天山の、四七ミリ速射砲が火ぶたを切ったのはこの数分後だった。シェパードは十分に役目をはたし、小林少佐に伝令が届いたのだ。

速射砲の攻撃を契機に、南島半島近くの無名島に布陣する第十五連隊第三大隊の砲兵中隊も、満を持してこの時を待っていた岩佐直三郎中尉の、「目標イワマツ、クロマツ、撃てぇー」との号令に一斉に砲門を開き、上陸部隊めがけて猛烈な十字砲火を浴びせ、怒濤の反撃に打って出た。砲弾は確実に命中した。戦車壕でもがいている水陸両用戦車、あるいは海兵隊員を上陸地点にピストン輸送する上陸用船艇からつぎつぎと炎と黒煙が上がり、爆発で砂塵が舞った。

海兵隊員たちは意表をつかれ、右往左往した。砲撃の挟み撃ちにあっていたからだ。前進すれば天山から猛射を浴び、後退すれば無名島から側面攻撃の的になる。進むも退くもできず、釘付けの兵員たちにそして今度は歩兵銃による狙撃が待っていた。鉄製ヘルメットを貫通し、脳髄を砕かれ、悲鳴を発するいともないままあっけなく倒れる仲間の死体に、こんなはずではなかったと喚きちらす海兵隊員すらいた。

米軍は日本軍守備隊が大本営に打電した暗号電文を解読し、守備隊の配置や陣地を完全に掌握していた。このうえさらに偵察機や潜水艦をつかって空と海から写真を撮っている。これらの情報をもとに綿密な上陸作戦を立て、艦砲射撃で守備隊に壊滅的な打撃を与え、ペリリュー島を裸の島にした。だからリュパータス少将は苦もなく占領できるとの楽観的な見通しを記者団に示し、記者たちもこれを信用して下船もせず、船上からペリリュー島をながめながら記事を本国に書き送った。海兵隊員たちもそうだった。これから戦場に乗り込むという緊張感のなかにもいくぶん余裕があった。「どうやら今度の戦いは短時間に、てきぱきとかたづくってはなしだ」「海軍が徹底的に叩き潰してくれりゃ、その通りだね」、などと軽口をかわし、ガダルカナルの、悪夢のような長期戦にならないことに安堵したものだった。

ところが海兵隊員たちの目の前で起こっていることはまったく逆だった。血だらけの負傷兵、顔面を砂の中に突っ伏して息絶えた死体。キャタピラーを上にして仰向けに転倒した水陸両用戦車、胴っ腹をえぐられて鋼板がまくれ上がりワニ口のようにぱっくりと開いた上陸用船艇――。暗号解読も偵察写真も、ましてリュパータス少将の楽観的な言葉もまったく信用できない、でたらめで杜撰きわまりないシロモノだったのだ。日本軍守備隊の沈黙は壊滅したからではなかった。バンザイ突撃を禁じ、無駄死にを封じたからだ。ただし海兵隊員がこのことに気づくのはホワイト・ビーチに上陸してからのことだった。

天山の砲兵部隊が撃ち放つ徹甲弾は鋼板を貫通して炸裂する。そのうえ怨念がこもっているから破壊力は凄まじい。歩兵第二連隊は天山のほかモミ、イワマツ、中崎の三ヵ所に鉄筋コンクリートの壕を構築し砲門を隠蔽した。けれど艦砲射撃でことごとく破壊され、天山だけが辛うじて残った。だから砲兵中隊長の常持良二中尉や天童隆中尉にすれば死んだ仲間の弔い合戦でもあり、砲身が曲がるほどに撃ちまくった。

硝煙、油煙、怒号、砲声、銃声……。ペリリュー島の南西海岸一帯はたちまち激闘の修羅と化した。そのため激しいスコールが通り過ぎ、よどんだ空気が透き通ったあとの海岸にはシャーマン戦車、水陸両用戦車二六両、上陸用船艇六十数隻の残骸が黒い岩のように点在し、一〇〇〇余名の海兵隊員がホワイト・ビーチの波にもまれて海藻のようにただよっていた。第一波上陸部隊を完璧に粉砕し、撃滅に成功した中川守備隊長はバベルダオブ島の井上集団司令に無電を送信した。

「ウメ ウメ ウメ」

電文は、「われ敵を撃退する」という意味だ。

完膚無きまでに打ちのめされ、大量の出血に狼狽した第一海兵師団について西部支援射撃群指揮官のオルデンドルフ海軍少将はのちに、『米海兵隊史』でこのように回想する。

「上陸準備の砲爆撃は、当時最も完全で従来のいかなる支援よりもすぐれていると思ったが、日本軍の隠蔽された火砲が米軍の水陸両用戦車に射撃を開始したときの私の驚きと残念さはどうであったかは想像されると思う」

事前に示された上陸計画は周到なはずだった。ところが地表の様子は分析できても地下の中まではわからない。日本軍守備隊はこれを知っていたからいざという時までモグラか穴熊のように地下に潜伏し、敵軍が上陸するや一斉に地上に出現したのだ。日本軍守備隊の不意打ちで隊形は崩れる、他の部隊の兵員が混入するなど指揮も命令も効果がないほどに上陸部隊は混乱をきたした。そのため海兵隊の混乱が治まるには橋頭堡が築かれるまで待たなければならなかった。

第一陣上陸部隊の大打撃にリュパータス少将の顔は青ざめ、おしゃべりもめっきり減った。ただし攻撃の手までゆるめることはない。第二第三の上陸部隊を矢継ぎ早に送り込んだ。シャーマン戦車、バズーカ砲あるいはロケット・ランチャー、ブルドーザーなどの武器とこれに必要な弾薬もどしどし陸揚げした。これで次第に混乱は治まり、態勢の立て直しをはかるとともにシャーマン戦車を先頭に前進を開始し、午前八時三十分ごろには日本軍守備隊が築いた戦車壕を橋頭堡に逆利用して巻き返しに転じた。ペリリュー飛行場占領に向かって正面突破に打って出たのだ。飛行場がある地点はオレンジ・ビーチの1と2であり、第一海兵師団第五連隊第一、第二、第三大隊の上陸ポイントであった。

これを迎え撃つ日本軍守備隊は西地区の富田保二少佐が指揮する第二連隊第二大隊およそ六三五名。南地区の千明武久大尉が指揮する第一五連隊第三大隊およそ七五〇名であった。第二大隊はそして西地区のモミ、イシマツ、イワマツ、クロマツに分散配置し、第三大隊は南地区のアヤメ、レンゲに配置した。それぞれの陣地は連続している。ところがクロマツとアヤメのあいだにかぎって二〇〇メートルほどの間隙があった。しかもそこはちょうどペリリュー飛行場の南西端だった。上陸部隊にとってこれほど好都合なものはない。日本軍はわざわざドアを開いて客人を呼び入れようとしている、と考えて当然だった。

じっさい海兵師団第五連隊はシャーマン戦車を先頭に隙間に突入し、守備隊の背後に回って水際陣地の防御線撃破に出るのだった。そのため今度は守備隊のほうが前後から挟撃される羽目になる。南西両地区守備隊は猛然と反撃した。イシマツを守備していた飯島栄一上等兵は銃身が過熱し、触れないほどに無我夢中で小銃を連射した。空腹感などすっかり消えていた。十四日の夕刻からタコツボに潜ったままだったから飯盒の飯どころではなく、ポケットに入れておいたわずかばかりの乾パンをかじって飢えを押さえたが、満腹になるはずもなかった。

空腹に加えて睡眠不足もあった。夜ともなると米軍は照明弾を撃ち、島全体を昼間のように明るくして守備隊の睡眠を奪い、心理的揺さぶりをかけてくる。寝不足の目をしょぼつかせながら飯島上等兵はタコツボから顔を出し、夜明けの海岸線を見た。途端に眠気が吹っ飛んだ。敵の上陸部隊が目前に迫っていたのだ。一発必中の小銃弾は確実に敵の肉体にめり込んだ。けれど敵弾はその何倍もの数となって返ってくる。こっちがそうなら向こうもほとんど盲撃だった。

イシマツに狙いを定めたシャーマン戦車の砲塔からも七五ミリ砲弾が噴射する。その戦車めがけて黄色火薬を抱えて突進し、先頭車両の擱座と引き換えに壮絶な自爆を遂げた中隊長の中島正中尉の戦死後、指揮を執った川又広中尉の第五中隊は初戦で早くも中隊のほとんどがやられ、生き残ったのは一五〇名のうち三〇名にまで減った。

程田弘上等兵は軽機関銃隊にいた。富田大隊は四梃の軽機関銃を保有し、それぞれモミ、イシマツ、イワマツ、クロマツに配置していた。米軍の上陸部隊との距離はおよそ三〇メートル。まさに至近距離であり、相手の顔もまる見え。もちろん相手もこっちの顔をはっきりと見ている。相手は自分と同じ二〇代の黒人兵だった。けれど程田上等兵に躊躇はない。戦場では同情も憐憫も無用。殺さなければ自分がやられる。弾丸が尽きるまで撃ちまくった。

小銃弾を撃ち尽くし、腰の弾入れがカラになった鬼沢広吉上等兵はいよいよこれで最後か、と腹をくくった。小銃を放り投げ、手榴弾に持ち替えたからだ。黒く、顔面に迷彩をほどこした上陸部隊がひと塊になって接近してくる。そこに手榴弾を投げ込む。日本軍の手榴弾は茶色の備前焼き、陶器製だった。しかも投げる直前に安全ピンをはずし、固い石などにたたいて着火してから投げるのでやや時間がいる。その点米軍の手榴弾は安全ピンが抜いてあるから投げれば瞬時に炸裂する。

守備隊には各自二発の手榴弾が渡されている。一発は攻撃用。もう一発は自決用だ。鬼沢上等兵は手榴弾を思いっきり投げた。それでも届くのはせいぜい五、六〇メートルのものだ。手榴弾の爆発で米軍の塊が乱れた。この隙をねらって分隊長が抜刀し、殴り込みをかけた。小銃の先に着剣した数名の日本兵があとにつづいた。剣道二段というのが分隊長のなによりの自慢だった。米兵の首を切り落とし、さらにもうひとりの米兵の胴っ腹を突き貫いて自分もともに砕け散った。米兵が握っていた手榴弾が爆発したのだ。銃剣で白兵戦となった兵員たちも米兵の自動小銃で全員蜂の巣にされた。

アヤメ、レンゲを守備し、オレンジ・ビーチの上陸部隊に側面攻撃を加えた岩佐中隊長もついに絶命した。中隊長として四一式山砲や九四式速射砲を指揮したが、発火点が知られたことで敵の集中攻撃を受けて火砲はことごとく破損。岩佐中尉は、「やるぞっ、ついて来い」と叱咤し、残った部下とともにほふく前進しながらシャーマン戦車に肉薄攻撃をかけ、全員砕け散った。岩佐中尉は岩佐直治海軍中佐の甥だった。岩佐中佐は特殊潜行艇で真珠湾に深く潜入し、魚雷攻撃で真珠湾奇襲攻撃に貢献した九軍神のひとりだった。岩佐中尉も叔父に続くように戦車めがけて突進し、自爆した。

監視哨が爆撃で機能を失った土田海軍二等兵曹は西カロリン航空隊ペリリュー本隊が陣地を構える中山に撤退し、二五八名の機関砲隊に編入された。本隊陣地は鍾乳洞を利用したものだ。高さ約一〇メートル、奥行き約七〇メートル。ペリリュー島最大の自然洞窟に土田二曹は、小さな島に巨大な穴が存在することの不思議さに感動したものだ。

土田二曹は三二名の機銃分隊にまわされた。機銃は一式陸攻に搭載された七・七ミリ旋回銃を地上に降ろして着架した。見張兵の土田二曹に機銃操作の知識はない。けれど間もなくそれでもいいようになった。連射による過熱防止のため冷却水を探しに機銃を離れた直後、艦砲射撃で機銃は吹っ飛び、一四名が即死した。あと数秒、機銃のそばにいたら、と思うたび土田二曹は背筋を凍らせる。

けれど土田二曹は、テニアンからの転出先がペリリュー島であったことに因縁めいたものを感じていた。土田二曹は、中川守備隊長がかつて配属将校として勤務していた八女工業学校の機械科卒業だったからだ。出身母校にゆかりのある人物が守備隊長なら戦死しても本望。これが土田二曹の玉砕もいとわない覚悟を強くした。じっさいそのときが迫っていた。機銃分隊の喪失後、今度は棒地雷が渡された。棒地雷とは、棒の先端に爆薬を仕掛け、戦車の車体に体当たりする肉弾戦法。土田二曹の玉砕、いよいよ待ったなしだった。

上陸後の米軍地上部隊は扇状に分散し、一番乗りを競って他方面から飛行場占領になだれ込み、夕刻には飛行場の南東端にまで攻め込んでいた。ここに至って中川守備隊長はかねての手筈どおり第一号反撃計画を発動し、市岡英衛大尉および天野国臣大尉に反撃を命じた。第二連隊第一大隊長であった市岡大尉は六三五名の将兵をともなって大山の守備隊本部からクロマツ支援に向かった。市岡大隊は守備隊本部付きの遊撃軍であったから味方が不利に陥ったときのいわば駆けつけ部隊だった。

十四師団直轄の戦車隊隊長であった天野大尉は五月十六日、九五式軽戦車一七両とともにペリリュー島に上陸し、中川守備隊長の指揮下に入り、裏街道に面した中の台付近のジャングルに車体を隠蔽した。とはいえ米軍はすでに暗号電文の解読で、「独立混成第五三旅団ノ一個大隊オヨビ師団戦車隊所在」を摑んでいる。天野隊長はしかし自分たちの存在が敵側に筒抜けになっているなど知るよしもない。

打撃機動部隊として天野大尉は数名の歩兵を戦車に乗せるいわゆる跨乗兵を乗せながら訓練を重ね、実弾射撃でも八〇〇メートル前方のリーフに百発百中の命中率を誇っていた。第一号反撃計画発動は訓練の成果が試される時であった。整備中の一両を残して一六両の戦車が縦列の隊形で裏街道を南下した。天野隊長に続いて田中将一、松本正、岩波淳一、高橋賢吉ら小隊長率いる四八名の搭乗員が西海岸に向かった。最高速度四五キロ。目標地点まで一〇分たらずで到着することも訓練で分かっている。先陣を切ったのは天野隊長だった。砲塔の側面に白いペンキで「さくら」とひらがなで表記しているからだ。ほかの戦車もそれぞれひらがなで戦車の名を表記している。名をみれば、どの戦車にだれが乗っているかわかる。

天野隊長は三七ミリ砲弾を矢のように浴びせながらエンジン全開でシャーマン戦車軍団に猛然と突入。けれど勝敗は出発段階で決していた。速度こそ軽快だが九七式軽戦車の装甲板は一二ミリと薄く、おまけに連日の猛訓練と酷暑で発電機を回転させるディーゼルエンジンが故障し、部品交換で応急処置をするありさま。そのうえ米軍は新兵器で待ち構えていたからだ。

天野戦車隊は軽快な動きを生かし、図体の重いシャーマン戦車の間隙を狙い撃ちした。とはいえ四二ミリの装甲には豆鉄砲のようなもの。かえってブリキの戦車はシャーマンの七五ミリ砲弾の直撃やサイパン攻略戦で初めて登場した対戦車用のバズーカ砲の逆襲でたちまち炎上。古宇田忠中尉率いる跨乗兵たちも爆雷を背にかついで決死の体当たりをかけるが機銃や火炎放射器を浴びて黒焦げの丸太と化し、戦車隊とともに全滅した。

中川守備隊長は第一号作戦計画の全滅を第二号反撃計画作戦で挽回を期した。第二号発動は南地区のアヤメ、レンゲ陣地の絶対確保であった。千明大隊長は残余の兵力で決死斬り込み隊を編成し、米軍が橋頭堡を構える戦車壕に夜襲をかけた。戦車壕は福井連隊長とともに汗を流して築いたところだ。いまは米軍に乗っ取られ、上陸部隊の指揮所に使われている。

夜間は天幕を張って休息に入る。そのため米軍は指揮所の周囲に蛇腹状の鉄条網を張りめぐらし、さらに戦車やブルドーザーなどでいく重ものバリケードを築き、終夜、照明弾を放って日本軍の夜襲を警戒した。これを突破し、どれほどの戦果を挙げたか、千明大隊長に報告する兵員はひとりも戻らなかった。

午前中には岩佐砲兵隊全員が自爆している。砲弾を撃ち尽くした砲兵全員が砲身にからだを密着し、最後に残った一発を膛内爆発させ、「砲側墓場」の戦訓を全うした。夜襲斬り込み隊も玉と砕け、千明大隊長も満身に銃弾を浴びて絶命。指揮を引き継いだ奥住英一中尉は飛行場東側を守っていた海軍の機関砲隊を編入して引き続き南島半島を固守したが十八日前後にはこの方面からの組織的反撃はほとんど消滅した。あるものは手榴弾で、あるものは南湾の断崖から投身し、奥住中尉も自決した。

ペリリュー飛行場の南西部をほぼ制圧した米海兵隊はなおも守備隊の防御線を突破して北方進出をくわだてる。上陸開始二日目の九月十六日も艦砲射撃が戦闘開始の合図となった。「さぁー、やるぞ」ということらしい。上陸部隊は戦車を盾にしながら頑強に抵抗する日本軍砲兵隊の残存兵掃討および天山攻略に向かった。天山には土嚢や珊瑚岩礁で築いた防弾兵舎や富田大隊指揮所があり、後方からイワマツ、クロマツ陣地に指示を飛ばしていた。太陽が空のなかほどに達するころ、上陸部隊は大隊指揮所までわずかな地点に接近した。富田大隊長は座して死を待つより討ち死にを決意し、残余の兵力をもって突撃を命じた。けれど大隊副官の関口正中尉がこれを制止した。

「まだ六中隊が無傷で残っているので彼らと合流し、陣容を立て直してからでもいいのでは……」

「おぉ、んだな。関口の言うとおりにすっぺ。よーし、いいがみんな、目標第六中隊陣地、各個前進」

茨城県出身の富田保二少佐は茨城弁丸出しで、いかにも水戸っぽといった豪放な武人だった。じっさい号令とともに軍刀を抜き払い、モミジ陣地に向かって真っ先に指揮所を飛び出した。途端に敵の猛射で全身蜂の巣となって悶絶。残余部隊も富田大隊長の後に続いた。

「うぉっー」という雄叫びとともに敵陣に躍りかかった。またも天山の山麓では銃剣と手榴弾による白兵戦が演じられた。

館敬司軍曹も、もはや軍刀を振りかざしている場合ではなくなった。ソ満国境の警備について以来ずっと肌身はなさずかたわらに置いた愛刀だったがあえて投げ捨て、死んだ仲間の弾帯と九九式小銃を拾いあげて至近距離から撃ちまくった。けれど米軍は連射可能な自動小銃。これで撃ち返してくるから単発式の九九式などまったく歯が立たない。館軍曹ら突撃隊は第六中隊が守備するモミジにたどり着くころには中隊を率いる中島正中尉、川又広中尉が相次いで倒れ、連隊直轄部隊の市岡英衛第一大隊長までも戦死し、富田大隊の兵力は半分にまで低下した。

モミジは北海岸に面していた。大場孝夫中尉が指揮を執り、十六日の段階ではまだ上陸部隊の攻撃を受けずにいた。そのため小隊長の山口永少尉は南西方面の激闘を援護できないもどかしさにじりじりしていた。幹部候補生出身であった山口少尉は実戦の経験はなく、まだ戦場を知らない。けれどペリリュー島転進で米軍の艦砲射撃や空襲の洗礼を受け、島影は変形し、空爆で戦死した仲間の体内から沸き出す蛆虫の大群に嘔吐し、守備兵がところかまわずひり出す糞小便の悪臭に閉口し、〈戦争っちゃこういうことか……〉と知るのだった。

十六日の夕刻にはペリリュー島飛行場の指揮所を含む西岬から高崎湾を結ぶ線を制圧し、米軍は南北の分断に成功した、富田大隊を引き継いだ大場中尉は生き残った兵力を再編して斬り込み夜襲をかけるものの、すぐさま撃退され、モミジ固守は困難と判断し、富山退却を決めるのだった。けれど米軍は退却にも容赦ない。だから守備隊は仲間の死体を処理する時間もない。館軍曹は富山に退却する途中、右大腿部に被弾し転倒する。さいわい重傷ではなかった。戦死した米兵の胸ポケットから化膿止めの「ゼロハミン」を失敬し、傷口に塗ったおかげで化膿せず、じきに治った。そうでなければ傷口が腐敗し、蛆虫の巣となって右足を失うところだった。

ペリリュー島激戦を伝えられていたカドブス飛行場守備隊の鈴木清中尉にも水戸山の北地区隊に合流せよとの下命を中川守備隊長から受けた。夜陰を利用し、鈴木中隊はカドブスとペリリュー島をつなぐガルコル橋をわたり、引野通弘少佐の独立歩兵第三四六大隊の指揮下に入った。引野大隊は水戸山に指揮所を設け、北海岸の守りを固めていた。米軍上陸の三日目の十七日、連隊中でとりわけ最強の富田残余部隊が中山、富山が米軍に占拠され、そのうえ守備隊本部との通信も断絶し、いっそう孤立状態に陥った。

十七日には、さらにアンガウル島にも米軍が上陸した。同島には後藤丑雄少佐が指揮する第五十九連隊第一大隊約一二〇〇名が守備していた。これに対してミュラー少将率いる米陸軍歩兵部隊二万一〇〇〇名、二〇倍の兵力で襲い掛かったのだ。

激烈な艦砲射撃後、アンガウル島の南地区に上陸用船艇が接近するのを発見した沼尾才次郎小隊長は大隊指揮所に向けて軍犬と軍用鳩を放った。軍用犬は爆死したが軍用鳩は巴岬の南洋松に無事飛来し、通信隊の軍犬兵であった佐藤節一等兵に保護され、南地区からの急報が後藤守備隊長に届くのだった。これは、満州からパラオ諸島に転出以降もずっと行なってきた通信隊による伝書鳩の訓練が功を奏したものだ。艦砲射撃や空襲におびえるのは鳩も人間も同じ。鳩舎の片隅にひとかたまりになって動かない。これを爆撃に慣らすため敢えて鳩舎から引っ張り出し、砲撃のなかで一〇〇メートル、二〇〇メートルというように順次飛距離をのばしながら環境に順応させていった。

後藤守備隊長はただちに南星寮に待機中の島武中尉を反撃に向かわせた。ところが船艇接近は守備隊を南地区におびき出す米軍の謀略だったのだ。接近は見せかけで前進はしなかった。むろんこれを知らない後藤守備隊長は謀略にはまり、島中尉を磯浜に急派したためこれを待ち構えていた艦載機の爆撃で甚大な犠牲者を出しただけでなく、南地区とは正反対のアンガウル島の東北港および東港からの上陸を許し、米軍の奇襲戦法に翻弄されるのだった。

アンガウル守備隊は島内防御とともにペリリュー島の上陸部隊を牽制する役割も負っていた。後藤守備隊長は態勢をととのえ、東北港を守備する岡部守夫、佐藤善太郎の両小隊長に反撃を命じた。八時三十分、アンガウル沖合三〇〇〇メートルまで接近した約四〇隻の輸送船から上陸用船艇、水陸両用戦車など数十隻が却下された。守備隊が張りつく水際陣地にロケット砲などを加えながら前進を始めた。けれどペリリュー島の第一陣上陸部隊がそうであったようにアンガウル島に上陸した米第八一歩兵師団の将兵も守備隊が仕掛けた水中機雷や水際地雷で上陸用船艇が爆破し、海中に投げ出されて混乱に陥る。さらに東北港守備隊の猛射あるいは南星寮の地下壕に布陣する砲兵部隊の集中砲火のお出迎えを受けるのだった。

アンガウル守備隊の奮闘に井上集団司令も注目し、「陸海軍の怒り、一億の声援この一戦に集まる。全員決死、皇軍の真面目を発揮せよ」との激励電を送るのだった。そのため大隊本部付きであった君島蒸彦少尉は電文に感激し、いよいよもって太平洋の防波堤となるとの思いを強くする。

アンガウル島に米軍が上陸したこと、富田隊が富山から退却したこと、さらには夜襲斬り込みも痛打を与えるに至らないこと、決め手に欠いていた中川守備隊長は島嶼守備要領にもとづく本格的な持久戦の態勢固めを決断した。同要領のポイントは、「長期持久戦に徹し、敵に多大な損害を与え、陣地は縦深横広に築城し、最後の一兵まで抵抗を持続するため複郭陣地を準備する」というものだ。

すでに九月十六日の段階で中川守備隊長は本部指揮所を大山に移し、各地区守備隊に対しても島内高地地帯に撤退させていたから要領の発動以降ペリリュー守備隊は珊瑚洞窟や複雑な回路でつながる複郭陣地に立て籠もり、昼間は壕内奥で息をひそめ、夜は小部隊で斬り込み夜襲戦法をもっぱらにし、米軍に執拗な心理的圧迫を加え、長期戦に引きずり込むのだった。じっさいニミッツ海軍大将は中川守備隊長の洞窟戦について、後に上梓した『ニミッツの太平洋海戦史』でこのように記している。

「日本軍の新計画は慎重に計算された縦深防御法を採用したものであった。（略）主抵抗線は海軍艦砲の破壊力を回避するためずっと内方に構築されていた。この線は、ここの地形の不規則なあらゆる利点を利用した陣地網によって支援されることになっていたし、人智の考え及ぶ限りのあらゆる器材によって難攻不落なものとして構築されていた。（略）そこではもはや無益なバンザイ突撃は行うべきではないとされ、守備兵の一人一人がその生命をできるだけ有効に高く相手に買わせることになっていた。（略）日本軍守備隊は五〇〇個をこえる人工または自然の洞穴の迷路のなかに立て籠もったものであるが、その大部分は内部が交通できるようになっていて、鉄扉を持ったものまであり、全部が草木によって巧妙に偽装されるか隠蔽されていた」

第七章　逆襲

　井上貞衛集団司令のひたいの小刻みの皺、浅黒い肌は南洋パラオ諸島の長期駐留による日焼けだけではない、心労のかさなりもあった。井上集団司令はペリリュー島に対する増援部隊派遣を最終的に決断した。九月二十二日であった。これによって飯田義栄少佐指揮下の四個中隊によるペリリュー島逆上陸、すなわち逆襲作戦が裁可された。けれど決断までには井上集団司令にさまざまな葛藤があった。表情がいまひとつすぐれなかったのはこのせいだ。

　井上集団司令もペリリュー島守備隊の戦況は刻々と入ってくる電報などで摑んでいた。上陸三日目の九月十七日、米軍は第一海兵師団の兵員を中心に一〇〇〇名以上の死傷者を出し、前線に三個大隊を投入しなければならないほどの損害を受けた。そのため中川守備隊長の猛反撃で前進が阻止された。しかし日本軍守備隊も十七日夕刻までには浜街道と中山が失陥し、上陸六日目の九月二十日には、東山奪還を目指すもののかなわないだけでなく、これまでの前線拡大で敵軍はペリリュー飛行場も占拠し、滑走路などの応急修理後、小型飛行機の発着が始まった——などが伝えられていた。

それでも援軍派遣の考えはなかった。むしろ井上集団司令の関心は司令本部の防備強化に向いていた。ペリリュー、アンガウル両島に上陸すれば米軍が次に向かうのはバベルダオブ島であること必至とにらんだからだ。そのため井上集団司令はバベルダオブ島およびコロール島在住の男子は軍属として残し、婦女子は本土に疎開させる措置をとった。このほかにも決断を躊躇させるいくつかの要因があった。マリアナ沖海戦で日本海軍は壊滅的な打撃を受け、制海権も制空権もないなかで増援がはたしてどれだけ戦局打開につながるのか。中川守備隊長からも、増援はいたずらに出血を多くするだけで無益との増援拒否の電報も届いている。とはいうものの、部下を気遣う福井連隊長の立場も忖度しなければならず、井上集団司令はそれとこれとの板挟みに苦慮するのだった。

福井義介歩兵第十五連隊長にすれば居ても立ってもおれなかった。部下が次々と倒れ、もがき苦しんでいる。そしてついには千明武久大隊長までが討ち死にしている。まさにこれは我が身が切り裂かれるにひとしく、痛恨のきわみだった。一矢報い、上州健児の気概を今こそ見せてやるとの思い、押さえがたかった。そのため福井連隊長は井上集団司令に援軍派遣を強硬に進言するのだった。

「これ以上苦境に立つ部下を看過できません。ただちに連隊主力を持ってペリリュー島逆上陸を決行したい。中川作戦参謀も同行されるので何卒ご決断をお願いしたい」

中川廉中佐は集団本部付の作戦参謀であったが実戦の経験はなかった。けれど逆上陸の必要性には理解を示していた。

飯田少佐も福井連隊長と思いは同じだった。戦況の不利を知りながら何もできず、ただ手をこまぬいている自分に、同じ茨城県人として忸怩たるものがあった。飯田少佐は茨城県黒子村（現筑西市）に生まれ、陸軍士官学校第四六期卒業。この後、水戸市を衛戍地とする歩兵第二連隊を振り出しに宇都宮市の歩兵第五十九連隊、高崎市の歩兵第十五連隊を歴任。現在は第十五連隊第二大隊長の任についていた。

飯田大隊長にとって第二連隊はいわば原隊であり古巣ともいえた。それだけに信望もあり知己も少なくない。そのため命令があり次第いつでも出動できる準備はできていた。じっさい逆上陸に備えて訓練も十分に積んでいた。第十五連隊の位置づけは、パラオ諸島転進当初から第十四師団の機動予備というものであったから敵の地上部隊が上陸した地点を急襲し、背後から上陸して追撃することを想定した逆上陸のための海上機動阻止訓練を海軍と協同して行なっていた。同時に、ペリリュー島の陣地構築のさい、同島から北に十数キロ離れた三ツ子島に、逆上陸に備えた基地も構築していた。

これ以上福井連隊長の強硬な要請を無下にできないこともわかっていた。新たに伝えられた情報も決断を急がせた。米軍は、派遣軍の逆上陸を察知した様子はない。敵は、ペリリュー島守備隊の勇戦に阻まれて疲労困憊し、砲爆弾の欠乏に困窮しており、新たな戦力の来着を切望しているとの情報を受け取っていた。派遣を認めるか認めないか、いずれは腹を決めなければならない。やや沈黙後、井上集団司令は決断した。

「よし、わかった。俺が全面的に指揮を執ろう」

援軍派遣が決定した。ただし、井上集団司令自ら派遣軍の指揮を執ることまでは考えていなかったので中川作戦参謀は押し止めた。

「司令が出るにはおよびません。全体の士気にもかかわりますのでここは我々に一任してくだされぱよろしいかと……」

逆上陸作戦はいかに戦局挽回の苦肉の策とはいえ、集団司令をいきなり敵軍の矢面に立たせるわけにはいかない。集団司令に万が一のことがあればなおさらのこと。師団消滅の危険さえある。さらに中川作戦参謀は福井連隊長の、全軍による逆上陸の考えも断念させ、一個大隊にとどめた。そのかわり公平を期す配慮から江口八郎大佐指揮下の第五十九連隊にも逆上陸の準備を伝えていた。

井上集団司令は九月二十三日午前十時すぎ、村掘利栄中尉からペリリュー島逆上陸に成功、主力部隊の出発時期を早められたいとの至急電報を受け取ったことで、ただちに主力部隊の派遣を急ぐよう福井連隊長に下命した。井上集団司令の逆上陸作戦決定を受け、飯田第二大隊長に白羽の矢が立った。飯田大隊長は茨城県出身であり第二連隊とは縁が深い。しかも陣地構築に従事したことでペリリュー島の地形や陣地の配置を掌握していた。福井連隊長より派遣軍編成を指示された飯田大隊長はただちに歩兵三個中隊ならびに砲兵一個中隊、そのほか通信、衛生、工兵各小隊を編成し、派遣軍を『南征一心隊』と名付け、九月二十三日、部下の村掘中尉を先遣隊に立てた。

村掘中尉は第五中隊および工兵、砲兵隊三一五名を率い、全員白鉢巻、小隊長以上は白襷を十文字に結び、決死の覚悟で小雨がそぼ降る深夜十時、アラカベサン島のアルミズ栈橋を守備する第五十九連隊第八中隊の橋本宏少尉が、「村掘先遣隊に敬礼っ。頭、右っ」と号令をかけるなか、アルミズ桟橋から大小の発動艇に分乗した。桟橋といっても、鉄板を敷いたものでもコンクリート造りでもない。棒杭に歩み板を並べただけの簡素なものだ。敵の照明弾や潜水艦攻撃を慎重に避けながら粛々と、けれど迅速に上陸地点であるペリリュー島北部のガルコル桟橋を目指した。

逆上陸作戦は、敵が上陸した地点に上陸し、味方の守備隊と連携して前後から敵軍を挟み撃ちするという戦法だ。けれどペリリュー島守備隊の海岸陣地は破壊され、米軍は島内奥まで進攻している状態ではもはやこの作戦は不可能であった。そこで村掘先遣隊は、まだ敵の進攻を受けておらず比較的安全と、中川守備隊長から指示されたガルコル桟橋に九月二十三日早朝、上陸した。

アルミズ桟橋から見送るもの、見送られるもの、これが今生の別れであることを知る両者のあいだに肩を抱き、手を握り、「成功を祈ります」「俺たちもすぐあとから行く」「あとは頼んだぞ」と短い言葉が交わされた。そのような村掘先遣隊の出陣を見届けた飯田大隊長はそのまましばらく桟橋にたたずみ、暗い海を見つめていた。波はなく、海面は静かだった。けれど、どんよりと曇った空に月も星もなかった。先遣隊よりひと足遅れるが、しかし明日は自分も出陣し後につづく。行けばふたたび戻れまい。行き先はそのまま冥土である。このような思いがこころによぎる飯田大隊長は、いつしか『歩兵の本領』を低く口ずさんでいた。

万朶の桜か襟の色
花は吉野に嵐吹く

橋本宏少尉は静かに背後に近づき、飯田大隊長の歌が終わるのを待って言葉をかけた。

「大隊長殿、ご苦労様です。橋本少尉です」

飯田大隊長は、幹部候補生として仙台市の予備士官学校に入学するためおこなわれた面接試験の試験官だったことから橋本少尉は印象が深かった。

「おぉ、橋本か。貴公もご苦労だな。どうやら今夜は月が出そうもないな……」

「逆上陸部隊は一個大隊だけですか」

「あぁそうだ。けど俺は、今夜は出ない。村掘がさきに出る。ぜひ成功させたい。いや、大丈夫だろう。彼ならやってくれるはずだ」

理由は言わなかった。けれどそれだけ飯田大隊長は村掘中尉を信頼していることを橋本少尉は理解した。じじつ村掘先遣隊は、上陸を目前にしたガルコル桟橋の二キロほど手前で米艦艇に発見され猛烈な砲撃を受けたもののほとんど被害はなく、約六五キロの水路を無事に突破してペリリュー島に上陸し、ただちに中川守備隊に合流、指揮下に入った。

九月二十三日午後八時、飯田大隊長指揮下の第四、第六歩兵中隊ほか第二砲兵中隊、通信、工兵小隊など総勢八三〇名の将兵がアルミズ栈橋に集合した。ここは昨夜、村掘先遣隊を見送ったところだ。今度は自分たちが見送られることになる。

じつは一時間前の午後七時に集合していなければならなかった。遅れたのはいくつかの理由があった。先遣隊を輸送した発動艇はアルミズ栈橋に戻って主力部隊を再びペリリュー島に折り返し輸送するはずだったが敵の艦砲射撃で全滅、一隻も戻らなかった。そのため急遽、周辺の島から二一隻の大小発動艇をかき集めなければならず、これに時間がかかったこと、出発直前になって砲兵中隊長であった桑原甚平中尉が第六中隊長に転任し、奈良四郎少尉が砲兵中隊長代理に就くなど指揮官の人事に手間取ったこと、砲や弾薬を満載してアルミズ栈橋まで運搬するトラックが敵機の爆撃を避けるため無灯火、減速運転せざるを得なかったこと――などだ。

海上輸送隊「暁部隊」長の金子啓一中尉は明らかに苛立っていた。一時間の遅れがどのような結果を招くか分かっているからだ。予定どおり午後七時に出発すればペリリュー島のガルコル栈橋に到着するころはちょうど満潮時。もっとも適した条件のもとで上陸でき、搭載物資の陸揚げにも支障がない。派遣部隊を安全に輸送するにはこの時間を置いてないとの判断から金子隊長は午後七時出航と決定した。それだけに時間の遅れは好機を逃すだけでなく敵の待ち伏せ攻撃を容易にさせることになる。じじつ先遣隊の上陸が敵に発見されたために発動艇隊は再びアルミズ栈橋に引き返す途中、六隻全部が撃沈されている。

出航時間の遅れは航路の短縮と加速で補うしかない。全長約一五メートルの大発動艇は兵員なら七〇名、貨物なら一三トンの積載が可能であり、時速約一一キロで走航する。けれどこれは障害物のない海上でのこと。珊瑚岩礁や小さな無人島が点在し、水路が複雑に入り組んだパラオ諸島では時間の予測がつかない。アルミズ桟橋に待機する将兵たちも叉銃して休憩を取っていた。やがて工兵小隊が暗がりのなかを到着した。いかにもジャングルの迷路からようやくたどり着いたというように、兵員たちの顔には疲労がにじんでいた。飯田大隊長はただちに整列を命じた。福井連隊長のほか多田参謀長ら司令本部からも見送りに駆けつけるなか、歩兵第十五連隊旗に最後の捧銃をおこなうとともにはるか宮城の遥拝、ラッパの吹奏で「君が代」を斉唱。これが終わったところで飯田大隊長は福井連隊長に答礼を述べるのだった。

「大隊は誓ってご期待に添うことを申し上げ、いよいよ本日ただいまより出陣致します」

つづいて今度は派遣軍将兵に向き直って訓辞した。

「本夜、我ら南征一心隊はペリリュー島に逆上陸を決行する。これに成功し、ペリリュー島の友軍とともに敵を殲滅すれば必ず日本は勝利する。よって一兵たりとも無駄死にすることなく戦うことを心掛けよ」

第二派遣軍総勢約六三〇名は三個艇隊二三隻にそれぞれ分乗し、六五キロ南方のペリリュー島ガルコル桟橋に向かってアルミズ桟橋を粛々と離れた。予定の午後七時を大幅に遅れ午後八時三十分であった。縦列航行をとる船団の先頭を行く第二艇隊には飯田大隊長のほか奈良砲兵隊中隊長、金子暁部隊長ら一四七名が乗船。『南征一心隊大隊長』と墨書した白襷をかけた飯田大隊長は軍刀の柄頭に手をやり、発動艇の操舵輪に立って暗夜の航路に目を凝らした。敵の待ち伏せ攻撃を警戒したのだ。

派遣部隊の逆上陸作戦は、村掘先遣隊がガルコル桟橋到着を目前にして敵に発見され、艦砲射撃を受けたことですでに察知されている。後発部隊の派遣も当然予想し、敵は身構えているに違いない。じっさい予想どおり、これから自分たちは敵の陣中に突っ込もうとしている。無傷ですむなどもとより期待してない。兵員たちも生きてふたたび連隊本部に戻れる保証はない。鉄兜の緒を締め、緊張感から口も重くなった。それだけに、「何ごともなく上陸できるといいが……うん、大丈夫だろ、たぶん」。だれに言うともなく呟き、そしてひとり納得する徳島清主計中尉のおどけたしぐさと彼がめいめいに一個ずつ配ったビスケットの甘い味は、緊張で強ばった兵員のこころと顔をほぐすのに効果があった。

出発の時からずっと月はなく、灰色の海はほとんど視界不良だった。飯田大隊長の指揮艇を先頭に第二艇隊の二三隻は縦列隊形をとりながら、水先案内に立つ海軍部隊のたくみな誘導で敵の潜水艦攻撃を警戒し、そのうえ岩礁がつらなり、狭隘で複雑な水路を擦り抜け、さらにウルクターブル島の南西端とガムドコ島のあいだをはさむ、極端に狭いことで難所中の難所といわれるガムドコ水道も慎重な舵さばきで無事に通過できた。ここまで来ればあとはペリリュー水道まで一直線。飯田大隊長はガムドコ水道で南東から左方向へ直角に舵を切り、南西に方向転換して一気に直進した。

桑原甚平中尉が指揮を執る第三艇隊には六隻の発動艇がつらなり、約二三〇名の将兵が分乗し、飯田大隊より一時間程ずらして午後九時四十分、バベルダオブ島のアイミリーキから出航した。このとき第三艇隊には、長井勇中尉が指揮し、高射機関銃二門、速射砲一門のほか弾薬と五七名の武装兵を乗せていた大発動艇五隻がぴったりと護衛についた。

　桑原隊も飯田主力隊と同じ航路をたどり、ガムドコ水道を通過したところで直角に左折し、ペリリュー水道に向かって南進した。日付はかわって九月二十四日午前零時三十分。鯨島を右に見ながら通過。一時間ほど前に主力部隊もここに到達していたからほぼ定刻どおりであった。そして長井隊の護衛もここまでであった。長井隊は第三艇隊と別れて鯨島に上陸し、デンギス水道および周辺海域の警備につくことになっている。

　須藤富美重中尉が率いる第四艇隊は午後九時、約二二〇名が六隻の発動艇に乗り込み、アラカベサン島を出航した。飯田主力隊と同じ航路をたどりつつペリリュー水道を直進し、三時間後の午前零時ちょうど、ペリリュー島のガルコル桟橋に着岸、一斉に上陸を開始した。ところが先に到着しているはずの第二、第三艇隊のガルコル到着が大幅に遅れていることを須藤隊長は、守備隊本部が立て籠もる大山にたどり着き、中川守備隊長に上陸の結果を報告するなかで伝えられるのだった。

　第二、第三艇隊はともにガムドコ水道からペリリュー水道まで直進し、クジラのすがたにそっくりなことから名付けた鯨島、つづいてみそ汁の椀を伏せたかたちから名付けた三ツ子島が右手に見えるのをたしかめているからペリリュー島まであらまし二キロという地点までは大過なく前進した。だがここで金子輸送隊長が出発前に危惧したことが現実となった。引き潮に遭遇したのだ。先頭を行く飯田大隊長の指揮艇がたちまち岩礁に乗り上げた。空転するシャフトがガリガリッと岩をかみ砕く鋭い音と振動で発動艇があやうく転覆するという危険に陥り、前進も後退もできず立ち往生した。

このとばっちりを受け、後続の第三艇隊も次々と座礁するありさまだった。すぐさま船舶工兵隊三十数名が海に飛び込み、発動艇を揺さぶる、あるいは船体を持ち上げるなどして一時間ほどでなんとか離礁にこぎつけた。このような時にたよりになるのが泳ぎの達者な船舶工兵隊だ。指揮艇につづいてほかの船艇も離脱可能となってふたたび前進を始めた。だがこれはつかの間の安心だった。今度は水路を見失う羽目に陥ったのだ。水先案内に立つ海軍兵から、「水路標識が見つかりませーん」と、声が飛んだ。水路に沿って海軍設営隊が設置した竹竿がさしてある。これに沿ってゆけば安全に進むことができる。敵に引き抜かれたのか。竹竿がないとなれば自分たちで安全な水路をさがしながら進むほかない。

飯田隊の不運はこれだけでなかった。敵艦に捕捉されたからだ。一難去ってまた一難。いや、出発の遅れを加えれば三難四難であったかも知れない。ガムドコ水道から直線コースに入り、ゴルゴッタン島付近で今度は四五度に舵を切り、ペリリュー水道に進入したあたりから照明弾が頻繁に上がりはじめた。逆上陸部隊の警戒を強めていた敵に察知されたのだ。このことは織り込み済みではあった。というのは、村掘先遣隊が逆上陸達成とあわせて後続部隊の上陸地点はペリリュー島北部が最適であるものの、ガルコル桟橋付近においては敵の照明弾、艦砲射撃の公算が大きいと集団司令に伝えた電報が飯田大隊長にも知らされていたからだ。じじつ肉眼でも敵の艦影が見えた。

「大隊長殿、左前方に敵艦が見えます。撃たれるまえにこっちから先にやりますか」

左前方とはガラカシュール島のあたりを指す。さほど遠い距離でもなく、機関砲の射程内にある。先制攻撃の有効性を知る奈良砲兵隊長は飯田大隊長の許可が下り次第、射撃態勢に入るよう部下に命じた。そのため酒井重之助上等兵らは機関砲の却下固定準備に入った。飯田大隊長はしかし奈良砲兵隊長の進言を制した。

「いや、待て。撃つな。下船が先だ。全員持てるものだけを持って下船せよと伝えろ」

味方の砲撃より艦砲射撃のほうが威力に勝っていることを知っている飯田大隊長は戦闘を回避し、全員上陸を優先させた。水路探しに手間取るより徒歩上陸のほうが早い。上陸の遅れは敵の好餌になるとの判断もあった。

下船した兵員は岩礁伝いに徒歩上陸を始めた。けれど岩礁は海中にあるうえ暗夜のため視界はきかず、爪先で確かめながらの前進になった。なかには深みに足を取られて溺れるもの、海水を飲み込み、前進をあきらめるものが続出。そこで落伍者を防ぐため一〇人一組となり、ロープにつかまりながら進んだ。

照明弾にまじって曳光弾も撃ってきた。あたかもそれは暗い夜空にぼんぼりの列ができたような光景だった。けれど曳光弾の発射は逆上陸部隊を確実に捕捉した証拠でもある。じっさい下船から間なしに指揮艇が艦砲射撃を受けて炎上するのを兵は背後に見ていた。そこではまだ金子輸送隊長が離礁作業中だった。指揮艇には弾薬や食糧、飲料水を搭載していたからだ。そのせいか、輸送隊がペリリュー島に無事たどりついたとの報告はついぞ聞かなかった。

干潮から満潮に変わりはじめ、徒歩上陸がますます困難になってきた。後方では通信学校を卒業したばかりの若い通信兵が声を上げた。

「器材が濡れると通信不能になって使えませーん」

「だったら何人かで担ぎ上げろ」

飯田大隊長は命じた。だがすぐさま言い直した。

「ここから司令本部に最後の電報を打つから俺の言うとおりに打電しろ。その後は捨ててもよーし」

背中から無線機を降ろした通信兵は四人の兵員に通信機を支えてもらい、飯田大隊長の口述をこのように打電した。

『大隊主力ハ二十三日夜、ペ島エノ逆上陸ヲ敢行。主力ノ殆ド上陸ニ成功スルモ指揮艇座礁シ破壊サレタガ兵員ハ海中ニテ掌握。シカシナガラ潮位ノ増加ト熾烈ナル敵砲撃ニヨリ、無線機ノ所持困難ノタメ、大隊ノ連絡ハコレヲ以テ最後トスル。大隊長飯田少佐』

口述は二、三回繰り返された。これを通信兵は要約して打電した。打電が終わるとすぐに飯田大隊長は軍刀を右手で高くかざし、将兵の今後の行動について訓辞した。

「本官はいかなる手段を講じてもペリリュー島に行かなければならない。すでに逆上陸に成功してペリリューで戦っている将兵を指揮しなければならないからだ。よっていまこの海中に取り残されているもの全員を率いて上陸したいのはやまやまだが、現状においてはきわめて至難な状態だ。そのため我々はまず目前に見えるカドブス島に上陸する。これからは各員独自の判断で上陸を目指してもらいたい。持っている兵器、弾薬、その他についても、手榴弾二個だけ残し、あとは捨ててもよい。準備ができしだいただちに出発せよ」

すでに日付は九月二十四日に変わり、アルミズ桟橋を出てから六時間を経過し、午前二時ごろに達していた。兵員は一斉に行動を開始した。飯田大隊長は時折後方に向かって激励の声を挙げた。けれど疲労あるいは潮流に巻き込まれ、行方を失うものが相次いだ。しかも上陸を目指したカドブス島からも砲撃を受けたため飯田大隊長はガラカヨ島に上陸を変更したから距離が遠くなった。ガラカヨ島には夜明け前にたどり着き、敵機に発見される前にマングローブの茂みに隠れることができた。とはいえ飯田大隊長とともに上陸したのは奈良砲兵少尉、徳島主計中尉、石川洋軍医大尉、酒井上等兵など六名にすぎなかった。

ガラカヨ島には海上輸送隊の暁部隊一個小隊が常駐しているはずだったが、司令本部があるバベルダオブ島に引き上げたか、それとも別の島に転出したか、見当たらなかった。そのかわり相当量の食糧が残っていた。これでまたも上陸組は予期しない恩恵に歓喜した。ガラカヨ島上陸直後、徳島主計中尉が天幕にくるんで保存していた乾パン、陣中餅、鰹節などが六名に配られ、分け合って食べた。

「粉のまま食うなんちゃ、初めてだ」

陣中餅は水に溶かして食べるものだが、水がないので飯田大隊長はまるで子供のように大笑いしながら粉餅をぺろぺろ嘗めていた。暁部隊が残した食糧はけれど一八人で分けることになった。飯田大隊長につづいて上陸したものがいたからだ。なかには軍刀、鉄兜、小銃姿のまましっかりした足取りで上陸した古参の下士官もいた。マングローブの茂みに身を隠し、休息を取ったのち飯田大隊長は将校を集めて今後の行動を協議し、奈良少尉から全員に結果が伝えられた。全員による同一行動は敵に発見されやすいのでまず大隊長ら五名が先発し、酒井上等兵も一緒だ。ただし酒井上等兵はペリリュー島の戦況を確認したうえでふたたびガラコン島にもどり、案内役として残りの部隊をペリリュー島に案内する、と付け加えた。

飯田大隊長は夕暮れを待って九月二十四日夜半、ガラカヨ島をひそかに出発し、コンガウル島に泳ぎつく。同島には高射砲陣地があり、陣地壕に出向いた飯田大隊長は逆上陸の件を告げたうえで守備隊からペリリュー島の戦況やコンガウル島とカドブス島を結ぶ橋があり、歩いて渡れるが、夜間でも敵に狙われるので泳いでゆくほうが安全などの指示を受けた。潮流や危険な岩礁を渡り歩いてきたいままでのことを思えば橋が渡れないなどさして苦ではない。じっさいカドブス島には難無く渡れた。だが、上陸後は一苦労した。カドブス飛行場の守備隊を狙った敵弾の破片が頭上をビューン、シュシュッと跳ね返ってくるのを警戒しなければならなかった。カドブス島にもペリリュー島と結ぶガルコル桟橋がかかっている。けれど敵の攻撃を恐れた飯田大隊長は渡るのを避け、泳いで渡ることにした。向こう岸まで五〇〇メートルたらずであればなんないことだ。二十六日夕刻、五名は無事にペリリュー島北部に上陸した。けれど何事もなく順調に進行していれば三、四時間で到着するものを、アルミズ栈橋を出発してから三日費やしている。

飯田大隊長は北地区の守備隊に歩兵第十五連隊派遣軍の逆上陸部隊であることを告げ、陣地壕に案内された。このとき飯田大隊長は左手を負傷していたが軍刀を携え、半袖半ズボン姿であった。

飯田大隊長の逆上陸はけれど大幅に遅れていた。第四艇隊の須藤隊二〇〇名は飯田隊より三〇分遅れてアラカベサン島を出発したものの三時間後の午前零時にはペリリュー島のガルコル栈橋に到着し、中川守備隊長の指揮下に入っており、第三艇隊の桑原隊も二十五日午前三時、逆上陸をはたしていたからだ。

もっとも桑原隊も無傷で上陸したわけではない。鯨島周辺の海上防備にあたる長井護衛隊と別れたあとゴロゴッタン島西方海域で指揮艇と一番艇が岩礁に乗り上げて座礁し、敵に発見されて砲撃され、炎上する。残った船艇も途中でエンジン不調を起こすなどしたためガルコル栈橋に到着できたのは結局六隻中二隻のみだった。

桑原隊長はじめ兵員も多くは海中を徒歩で渡り、上陸した。しかも上陸後も困難はつづいた。桑原隊長は二十五日の夜を待って南進を始めた。すでに逆上陸をはたした飯田隊は大山に達し、中川守備隊長の指揮下に入っているものと思ったからだ。ところが南進途中敵軍に遭遇し、交戦状態に入ったためやむなく北地区を守備する独立歩兵大隊長引野弘通少佐の指揮下に入らざるを得なかった。村掘先遣隊の逆上陸時点では敵の北部警戒はまだゆるやかだった。じっさい村掘先遣隊長も警戒の手薄を司令本部に打電している。けれど村掘隊の逆上陸で隙をつかれた米軍は戦車隊を送り込み警戒に当たらせていた。桑原隊が南進を阻止されたのはこのせいだった。

飯田大隊長ら五名が案内された壕は高さ二メートル、幅四メートルほどの隧道型になっており、比較的頑丈な造りだった。壁には灯油のカンテラがいくつも灯され、黒いススと油臭いのを我慢すれば壕内は明るく居心地はまずまずだった。飯田大隊長はさっそくこの陣地壕の守備隊長と話をつけ、大山の守備隊本部から案内役として将校と下士官二名の派遣を受ける、それまでは壕内で待機するなどで話が決まった。この後酒井上等兵には缶詰ながら白米の飯に烏賊の煮物と漬物を添えた食事が出た。海軍から調達したものらしいが、そのような詮索よりいまは久しぶりに人間らしい食べ物にありつけたことのほうが重要。酒井上等兵はむさぼり食った。

まだ銀飯を掻っ込んでいる最中、斬り込み夜襲隊が息を切らしながら壕内に駆け込んできた。村掘先遣隊の一団だった。なかには満州当時から声を掛け合い、見知ったものもいた。斬り込み隊は白鉢巻きに襷掛け姿のもの三、四名一組となって夜襲を仕掛けるのだった。敵から分捕った武器や鉄兜、食糧などを誇らしく見せながら村掘隊長に戦果を報告していた。

「よくやった。あとはゆっくり休め」

村掘隊長も上機嫌で次の斬り込み隊編成を部下の小隊長に命じた。

けれどゆっくり休息などとれるものではなかった。一夜明けた九月二十七日、はやくも朝っぱらから敵の艦砲射撃がはじまり、壕内は硝煙と爆風につつまれ、目も口もあけていられず激しく咳き込んだ。正午ごろには戦車隊がキャタピラーの轟音を立てて接近。海岸からは水陸両用戦車も上陸し、撃ちまくってきた。守備隊は迫撃砲や速射砲で応射し、速射砲出身の酒井上等兵も急遽砲手に駆り出され、敵戦車に速射砲を浴びせて擱座させた。破壊されたあとの戦車はまるで踏みつぶされた蝦蟇蛙のようにのびている。けれど迫撃砲隊は数両の戦車を大破させたものの返り討ちにあい、ほとんど全滅した。

手足を吹っ飛ばされ、瀕死の状態だった同じ群馬県出身の戦友を介護していた酒井重之助上等兵に飯田大隊長から呼び出しがあった。用件は察しがついた。ガラカヨ島にもどり、洞窟に待機する奈良隊をペリリュー島に案内することだ。ところがじっさいは違った。飯田大隊長のいる壕内中央左側の居室に入った酒井上等兵は、セロハンで包んだうえにロウソクの蝋で幾重にも防水加工し、さらに三角布に入れて真ん中で蝶結びにした四角い包みを渡された。中身はなにかむろん酒井上等兵にはわからない。そのかわり飯田大隊長から口頭で次のような説明を受けた。

「第二大隊は多少の損害を出したもののおおむね逆上陸に成功した。ペリリュー島の戦況はパラオ本島で考えている以上に激戦であり、パラオ本島から連隊主力の増援部隊が逆上陸を決行しようとしているが、敵の警戒がますます厳重になっている状況下では成功はきわめて至難である。いずれ時期を待たずパラオ本島にも米軍は進攻し、激戦が始まると考えるべきであり、兵力損耗の大きい逆上陸は中止し、兵力を温存すべきと考える。現状において、武器、弾薬、食糧を持たずにペリリュー島に上陸することは無駄死にを意味する」

つまり酒井上等兵は奈良隊をペリリュー島に案内することではなくバベルダオブ島の第十五連隊に文書を届ける役目だった。酒井上等兵は飯田大隊長から説明のほか次のようないくつかの指示も受けた。

伝令派遣には閑野茂木上等兵、山川玉一二等兵、仲村渠二等兵も加える。山川、仲村の両名は現地召集した沖縄出身の漁師で潜水も遠泳も達者であり、水路も熟知している。したがって書類は山川二等兵に持たせる。四名は一旦ガラカヨ島に渡り、待機中の奈良少尉に合流したうえで伝令を伝え、全員でバベルダオブ島に向かえ、その後の行動は奈良少尉の指示に従う。連隊本部に到着したなら第二大隊のことは酒井上等兵が、第三大隊の激戦については閑野上等兵がそれぞれ説明せよ。出発は本日夕刻とする。あらためて出発時間は伝えないので、設営隊や軍属をこの壕から退避させるのでその時に出発すればよい。我々も今夕この壕を出発し、残りの上陸部隊を掌握するとともに敵中を強行突破して中川守備隊本部に合流することにする。バベルダオブ島まで幾多の困難、危険が待ち受けているが、互いに励まし、協力して必ずこれを連隊本部に届けてもらいたい。以上。

四名は不動の姿勢で、「我々は最後まで任務をはたすことをお誓い申し上げます」、と答えた。このとき閑野上等兵は合わせてひとつだけ飯田大隊長に申告した。守備隊本部に到着したならばバベルダオブ島の連隊本部に伝令員が向かっているとの電報を打ってほしいという要望であった。閑野上等兵の申告は確実に果たされていた。バベルダオブ島に到着後、連隊本部付きの同年兵から、ペリリュー守備隊本部から電報が届いていることを伝えられたからだ。このことで閑野上等兵は、飯田隊が中川守備隊に合流したことを知るのだった。

閑野上等兵は千明隊の生き残りであった。それがなぜ飯田隊の伝令役になったのか。これには奇しくも壕内で酒井上等兵と再会したことと関係している。

速射砲小隊にいた閑野上等兵はペリリュー島南地区の守備につき、敵の第一波上陸を撃退した。けれど態勢を立て直した敵の反撃で千明隊はことごとく全滅。小隊長の五味田武蔵准尉も瀕死の重傷を負い、故郷の桐生に住む妻子に届けてくれと渡された遺髪、時計、軍刀を受け取ったのち小隊を脱出。九月十五日の敵上陸から一〇日後、ようやく北地区の陣地壕にたどりついた。この間、岩場や湿原で倒れた敵味方の無数の白骨死体を見た。夜間は米軍の幕舎に忍び込んで食料を盗み、空腹を満たした。このとき敵に見つかれば一巻のおわりだったかも知れない。じっさい射殺された仲間もいた。

ペリリュー島の南の端から北の端まで歩いてきた。小さな島とはいえ、単独で、武器もなく、まったく丸腰状態であり、おまけに空腹と敵の目を逃れながらの夜間行動である。何事もない平時のようなわけにはいかない。このような状態で陣地壕に飛び込んだ。どこの部隊の壕で、だれが守備隊長か、むろん知らない。そのためよもやそこに村掘隊がいるとは夢にも思わなかった。

カンテラの明かりの向こうに、確かに見覚えのある将校の姿があった。壕内にいた兵員にどこの部隊か質した。第十五連隊第二大隊というではないか。ますます奇妙に思った閑野上等兵は重ねて問うのだった。なぜ第二大隊がここに、と。これにも兵員はすらすらと答えた。第二大隊の飯田大隊長は第二連隊とは縁も深いことからペリリュー島守備隊の増援部隊として逆上陸することになり、村掘中尉が先遣隊に派遣された。大隊主力も近日中には上陸するはずだ。

この説明で閑野上等兵の疑問は解けた。思わぬところで友軍に出会っただけでも心強いものを、そのうえ大隊主力が増派されるとわかり、閑野上等兵は生気を取り戻す思いだった。じっさい兵員の説明に間違いないことをじきに知る。翌九月二十六日夕刻、飯田大隊長が数名の部下をしたがえて壕内にやってきたのを見た。しかもそのなかに酒井上等兵もいたからだ。酒井上等兵は同年兵であり、満州以来ずっと同じ釜の飯を食った間柄だった。なつかしさを覚えた閑野上等兵は、「よぉー、酒井、おれだー」、と声をかけた。

咄嗟のことに酒井上等兵は目をパチパチさせた。このようなところで呼び止めるものがいるとは思わなかったのだ。けれど振り返ってみればたしかに見覚えがあった。

「おぉー、だれかと思えば閑野じゃねーか。よく生きてたなー」

二人は肩を抱き合い、無事で再会できたことを確かめた。

「おまえこそよくやられなかったな。話はここで聞いたよ。逆上陸したんだってな」

「ああ、ひどくやられた。途中で――」

酒井上等兵は閑野上等兵を飯田大隊長に引き合わせた。千明大隊の戦闘模様を説明させるためだ。

「おぉ、千明大隊のものか。よくぞ生き残ってたなぁー」

奇跡に出会ったように飯田大隊長も目を見張り、閑野上等兵の説明を聞いた。九月十五日の米軍上陸に対して千明大隊は猛反撃を加えて撃滅した。けれどその後の敵の反撃で千明隊主力も自分の速射砲隊もほとんどやられ、南地区から北地区のここまであらまし一〇日かかってたどり着いた——との閑野上等兵の涙ながらの説明に、いっそう感激を深くするのだった。

「ご苦労であった。あとでまた聞くこともあろうから、それまでゆっくり休むように」

飯田大隊長の目配りで酒井上等兵は閑野上等兵を自分たちの居室に案内した。また聞くことがあるという場が早くも来た。翌九月二十七日夕刻だった。ただしそれは伝令役として酒井上等兵とともにバベルダオブ島の第十五連隊本部に文書を届けるという命令であった。酒井上等兵は詫びたい思いがあった。飯田大隊長に紹介したがために六〇キロ以上も離れたバベルダオブ島まで泳いで渡らなければならない、命懸けの伝令役に閑野上等兵を巻き込んだことにだ。それだけに危険を顧みず、閑野上等兵も直立の姿勢で役割を誓ったことに救われた。

四名の伝令は壕の出口に待機し、軍属らの退避開始と同時に海に飛び込む準備はできていた。山川二等兵は飯田大隊長からあずかった文書の包みを背中にしっかりと背負った。酒井上等兵は水を入れたウイスキーの瓶と乾パンをゴム袋に入れ、腰に巻きつけている。閑野上等兵は手榴弾を二発、腰に縛りつけた。

壕内の照明はすべて消された。敵に動きを察知されないためだ。そのため手探りで移動しなければならない。軍属たちは小人数に分散し、海岸に続く夜道を走った。四名もそれにまぎれて海に飛び込むことになる。けれど敵は早くも動きを察知し、キャタピラーの音を立てて接近してきた。四名は軍属から離れ、先頭を走る酒井上等兵の「大丈夫かー」という声に、「おぉー」と答え、一斉に海に飛び込んだ。

海に入ればまずはひと安心だった。素潜りで魚を手づかみするほど泳ぎにかけては名人級の腕をもつ漁師あがりの兵が二人もいる。だからカドブス島には上がらずコンガウル島まで一気に泳いだ。コンガウル島上陸では、陸上は地雷敷設の危険があり、砂浜に上がった。これも山川二等兵の機転だった。砂浜を小一時間ほど歩いたところで前方に島が見えた。

「上等兵殿、あれがガラカヨ島です」

山川二等兵が指をさした。もうひと泳ぎすればガラカヨ島に渡れ、今日中にも奈良隊が待機する洞窟にたどり着けそうだった。酒井上等兵はもう一息だ、と激励した。とくに山川二等兵には、「大丈夫か」と念を押した。

「大丈夫です。このとおりですから」

酒井上等兵に背中を向け、山川二等兵はかついでいる書類の包みをぽん、とたたいてみせた。小休憩をとったのちふたたび四名は海に潜った。海面から顔をもたげると、そこはガラカヨ島の岸辺だった。酒井上等兵は方角を見失っていたが、誰何する声が前方の岩場から飛んだ。

「誰だ。酒井か」

「そうだ。酒井だ」

すぐさま酒井上等兵は返答した。

「こっちだ。急げ」

岩場から顔を出したのは田中上等兵だった。

「一人で来るはずが四人だったからてっきり敵かと思い、みんなで手榴弾を構えてるところだった」

「うんじゃ危うく一発ドカーンとやられるところだったなぁー」

冗談とも本気ともつかない答えを田中上等兵に返しながら奈良少尉が待つ洞窟に向かった。

「おぉ酒井、来たか。待ってたぞ。どうだ、向こうは」

酒井上等兵の背後に立つ三名に目をやりながら奈良少尉は、気掛かりなペリリュー島の戦況を尋ねた。そこで酒井上等兵は見たこと、聞いたこと、知り得るかぎりの情報を伝えるのだった。

「一旦は敵の上陸部隊をことごとく撃退し、大損害を与えたが、なかには玉砕した守備隊もあります。敵はすでに飛行場を占領し、飛行機を飛ばしてます。飯田大隊長殿は無事に上陸し、中川守備隊長殿に合流するため目下南下中にあります。その飯田大隊長殿から我々は伝令役を命じられ、奈良少尉殿と合流したうえで全員、パラオ本島の連隊本部に書類を届けよとおおせつかったのであります」

ペリリュー島の戦況や伝令の説明につづいて酒井上等兵は背後に控える三名を紹介した。

「関野上等兵は千明大隊の速射砲小隊におり、千明大隊長殿の最後を知るひとりです。山川二等兵と仲村二等兵は沖縄出身であります。泳ぎの名人で、パラオ本島まで先導してくれます。書類も山川二等兵があずかっております」

酒井上等兵は前に出るよう山川二等兵をうながし、ひとまず奈良少尉に書類を見てもらうことにした。ロウソクの明かりで文面を黙読した奈良少尉はふたたび蝋で防水加工し、三角布を固く結んだ。

「この書類は私があずかる。明日の夕刻、ここを出発し、全員で連隊本部に帰還する。我々の任務はペリリュー島に上陸することではなく、大隊長の書類を一刻も早く本部に届けることに変わった。よってわが部隊はただいまより決死遊泳隊と名付ける」

九月二十八日夕暮れを待って決死遊泳隊一四名はガラカヨ島から三ツ子島に向かって泳ぎはじめた。けれど午後から降り出した雨で海は荒れ、泳げる状態ではない。やむなくガラカヨ島に引き返した。けれど佐伯新助曹長とほか一名が戻ってこなかった。おそらく暗黒の海中に没したに違いない。佐伯曹長といえば、だいたいは武器を捨て、身ひとつで上陸する兵員が多いなかで軍刀を構え、完全軍装姿でひとり悠然とガラカヨ島に上陸した古参下士官だった。

二十九日は夜明け前に出発することとなった。ところが出発間際になって異変が起こった。奈良少尉が枕元に置いた書類が紛失し、山川二等兵の姿が見えないというのだ。酒井上等兵はすぐに察しがついた。山川二等兵にすれば、書類は、飯田大隊長が自分を信頼し、じきじきに渡されたもの。したがって自分が責任をもって届けなければならない。パラオ本島まで泳ぎきる自信もある――つまりこのようなことだ。じっさい山川二等兵は奈良少尉よりひと足早くパラオ本島に到着している。書類はないが奈良少尉は任務を続行した。すでに口頭で説明済みなので全員文書の趣旨は理解し、たとえ最後のひとりになっても連隊本部に伝えられる手は打ってある。

二十九日は快晴。海はべたなぎだった。三ツ子島には難無く着いた。三ツ子島は無人島と思っていた。ところが中隊規模の陸海軍混成部隊がいたから決死遊泳隊は驚くのだった。どうやら彼らはペリリュー島ないしアンガウル島の戦場からひそかに脱出した将兵であること、すぐに分かった。武器を持たず、隊列も乱れているからだ。不審に思った奈良少尉は彼らに質した。バベルダオブ島の司令本部に向かうため輸送隊の到着を待っている。輸送隊は一週間に一度やってくるが、ただしいつ来るか正確には分からない。だが来ることは間違いないと分かった。奈良少尉はそこで決死遊泳隊を二つに分散することにした。

「まだまださきは長い。よって決死遊泳隊は、このまま泳いで渡る先発隊と輸送隊の到着を待っている後発隊の二手に分ける。先発隊は自分のほか酒井上等兵、閑野上等兵、上原一等兵、仲村二等兵とする。後発隊は林伍長、田中上等兵、岡野上等兵、崇原上等兵、外丸上等兵、池田一等兵、岡庭一等兵の七名である」

先発隊の五名は丸太を組んで筏をつくった。握り飯や若干の荷物を載せて九月三十日早朝、三ツ子島を泳ぎでた。鯨島をすぎ、マカラカル島にたどり着いた。この島はペリリュー島とバベルダオブ島のほぼ中間にある。体温と疲労を回復するため同島の湾内に上陸した。ここまで順調だったのは泳ぎに加えて島々の地形や海流に詳しい仲村二等兵のたまものだった。仲村二等兵は奈良少尉をともなって湾の先端に立ち、前方の島影を見やりながらこれからの海路を説明した。

「ひとまずあの照島に向かいます。しかしそれにはヨオ水道を横切るので潮止めの時を待ち、流れがゆるやかになってから出たほうが無難かと思います」

照島もヨオ水道も、マカラカル島に架かる勝鬨橋も、仲村二等兵以外は初めて聞く名だった。漁師とは、たとえ無人島でも名前をつけて目印にするのかと酒井上等兵は感心した。

「ヨオ水道を渡り切ればウルクターブル島はじきであり、そこからパラオ本島まで、島づたいに行けばあと二日ぐらいで到着可能と思われます」

「聞いたかーみんな。あと二日もすれば到着するぞー。もうひと頑張りだー」

仲村二等兵の説明は希望を持たせた。いつ到着できるか見通しがつかないなかで日にちに目処がついたからだ。潮目が変わるまで湾内で休憩した。このとき思わぬ拾い物をした。乾パンの梱包を見つけたのだ。無人島にどうしてこのようなものがあるのか知るはずもない。五人は久しぶりに乾パンを頬張った。小半時ほどがたち、仲村二等兵は潮流の変化を合図した。五名はふたたび筏につかまり、湾外に出た。乾パンの箱も載せるつもりだったが、敵機に見つかるのでまずいとの奈良少尉の指示でやむなく放棄した。潮流はまだ完全に変わっておらず、まさに木葉のように前後左右にただよい容易に進まない。そのうえフカ、あるいはクジラがすぐそばを横切り、恐怖に身震いする瞬間もあった。けれど一方では友軍機が数機編隊でペリリュー島方面に飛来するのを見上げ、歓声を揚げて気持ちを鼓舞するのだった。

夕刻までにウルクターブル島に達したからほぼ予定どおりだった。同島には集落があり、複数の家族が暮らしている。肌は黒いがさいわい島民は日本語が理解できた。日本兵とわかるとタロイモをふかし、魚の燻製でもてなしてくれた。久しく忘れていた味に五名は生きた心地をおぼえるのだった。奈良少尉はそこでカヌーの提供を依頼した。漁で生計を立てている島民にとってカヌーは必需品。提供をしぶった。そのため奈良少尉はペリリュー島の戦況、自分たちの任務を説明し、理解を求めるのだった。

「……わかりました。私たちも日本人ですから兵隊さんたちには協力を惜しみません」

ただし条件があった。カヌーは破壊せず、マラカル島に到着したならそこに係留し、後日島民が受け取りに行くというものだ。筏からカヌーに乗り換えた先発隊は仲村二等兵の指示で月明かりの海に漕ぎ出し、島伝いに進んだ。九月三十日の夜半だった。パラオ本島までもう一息とわかればカヌーを漕ぐにも力が入った。十月一日早朝、コロール島のマラカル波止場に入った。

「マラカル波止場です、少尉殿。ようやく到着しました」

「そうか、到着したか。よかったよかった」

仲村二等兵の指さす方向に全員の視線が集中し、歓声を挙げた。感激で頬も紅潮していた。

ただし仲村二等兵は、周辺には敵が仕掛けた機雷で封鎖されているとの念も押した。じっさい触雷し座礁した味方の船舶が放置されている。五名はカヌーから降り、泳いで渡ることにした。マラカル波止場の岸壁にたどり着いた時には声も出ないほどへとへとだった。けれどここまで来れば連隊本部まであとは歩いて行ける。奈良少尉は最後の号令をかけた。

「いよいよ到着目前だ。みんな、連隊本部まで前進」

五名は疲労した体に鞭打ち、連隊本部があるバベルダオブ島のガスパンに向かって歩き始めた。時折敵機が頭上を横切る。見つかれば機銃を浴びる。連隊本部を目前にしながら機銃にやられてはなんのための決死遊泳隊であったかわからない。五名は物陰や樹林に身を隠し、息をひそめた。そのため連隊本部にたどり着くにも手間取り、結局到着したのは遅い午後になった。

連隊本部の司令室には仲村二等兵を除く四名が案内され、まず先に奈良少尉がガラカヨ島の待機兵とともに連隊本部に帰還し、本島防備に備えよとの飯田大隊長の指示を報告した。続いて酒井上等兵が同じく飯田大隊長より連隊本部に文書を届ける伝令として遣わされことを伝えた。福井義介連隊長は軍刀の柄に両手をやり、直立の姿勢で報告を聞いた。けれど酒井上等兵の説明は承知していた。すでに前日、福井連隊長は山川二等兵から書類を受領し、数日中には奈良隊や後発組が帰還予定との報告を受けていたからだ。

ペリリュー島からバベルダオブ島までおよそ六五キロ。九月二十七日夕刻、ガルコル桟橋から海に飛び込んだ四名はガラカヨ島の奈良隊と合流。決死遊泳隊を結成してふたたび遠泳をはじめ、ついに四日目の十月一日、連隊本部にそろって到着し、飯田大隊長の伝令を申告した。決死遊泳隊の果敢な行動は連隊本部将兵の驚嘆と称賛を呼んだだけでなく今野義雄大尉率いる第十五連隊第一大隊基幹部隊の第二次逆上陸派遣を見送らせ、無用な流血を避けることでも功を奏した。

閑野上等兵は伸び放題であった髭をカミソリでは間に合わず、連隊旗手の多川良樹中尉からバリカンで落としてもらい、鏡に映る自分の顔に照れ笑いを浮かべるのだった。奈良少尉と酒井上等兵はふたたびペリリュー島に復帰し、飯田大隊長に合流することを希望し、小久保荘三郎大尉に同行することになった。小久保大尉も第二連隊が原隊であった。小久保大尉は第一大隊の逆上陸が中止されたのに変わって三〇〇名の海上遊撃隊を編成し、ペリリュー島海域の敵艦を爆破する隠密部隊を指揮する手筈を整えていた。酒井上等兵は海上伝令に必死だったことで飯田大隊長のその後を顧みるいとまもなかった。けれど役目を果たし、肩の荷が降りたことでペリリュー島の戦況に思いを馳せた。

第八章　血戦

歩兵第十五連隊第二大隊長の飯田義栄少佐は、ガラカヨ島に待機中の奈良四郎少尉と合流したうえで連隊本部に伝令文書を届けることを酒井重之助上等兵に命じた九月二十七日夜半、ペリリュー島守備隊から出迎えにきた二名の将校の案内で北地区陣地を抜け、暗闇のジャングル道を伝って大山に向かった。

守備隊本部は大山に陣を張っていた。中山、富山、天山などはすでに敵に奪われたが東山、観測山はなおまだ掌中にあり、米上陸部隊に繰り返し反撃を加えていた。飯田大隊長は中川守備隊長に着任を報告し、指揮下にはいった。ただちに飯田大隊長は一足早く守備隊本部に到着していた須藤重富美隊とともに南征一心隊による斬り込み隊を編成した。本来ならここに桑原甚平隊も加わるはずなのだが未着だった。桑原隊も飯田大隊長より早くペリリュー島に上陸し、大山に向かって南下した。けれど途中で敵と遭遇戦になり、やむなく北地区守備隊の引野少佐の指揮下に退避したから編成には間に合わなかった。

米軍は、村掘利栄中尉が率いる三〇〇余名がガルコル桟橋に上陸したのを見逃した反省からペリリュー島北部に艦砲射撃を加えたのち十数両の戦車を投入し海兵隊を前進させた。これを迎え撃ったのはツツジ陣地を守備する前田中隊だった。機関銃や速射砲を浴びせて撃退した。米軍はそこで今度は水陸両用戦車も投入して増強をはかり猛反撃に打って出た、九月二十四日夕刻にはツツジ、翌二十五日には中の台高地の日本軍守備隊を相次いで撃破し、さらに北地区守備隊が立て籠もる水戸山洞窟陣地の二〇〇メートル付近まで接近した。

洞窟陣地は水戸山を縦穴式に掘り抜いたものだ。そのため十数ヵ所の出入り口を持つとともに通路は重層的で地下道をなし、一部は燐鉱石会社の南洋興発工場とつながっていた。海軍設営隊が築き、当初は海軍の陣地壕だったが、陸軍部隊派遣後は北部地区を守備する独立歩兵第三四六大隊の陣地壕となり、引野少佐は昼間は重火器、夜間は斬り込み夜襲など肉薄攻撃を仕掛けていた。ただし昼間はもっぱら洞窟内からの反撃に徹し、洞窟の外には出なかった。夜間は逆。小人数による斬り込み隊を複数、さまざまな方向に送り出し敵の寝込みを襲った。

夜襲攻撃は米軍に恐怖心や圧迫感を与え、心理的動揺をきたすなどの効果があった。その証拠に米軍は陸ガニやコウモリが立てる小さな物音にさえ夜襲と錯覚し、銃を乱射するなど錯乱状態に陥り、神経を擦り減らしていた。パラオ諸島には大きな陸ガニやコウモリが棲息し、どちらも夜行性のため夜になると活発に活動する。食糧に逼迫する日本軍守備隊は陸ガニを捕獲し、ずいぶんと助けられた。米軍はそこで日本軍の食糧不足を逆手に取った。

「甘いものも、おいしいものもたくさんあります。いのちの保証はします。すぐに出てきなさい」

日本語によるチラシをばらまいたりマイクロフォンで流すなど、さかんに投降を呼びかけるのだった。むろんこれに応じるものなどいない。それどころかかえって意気込むのだった。

「やつらは夜襲が怖くてビクビクしてる。けど怖いからやめてくれなんていえないから食い物で俺たちを釣ろうとしてる。そんな見え透いた手なんかに乗るもんかってんだ」

投降勧告は斬り込み夜襲が効果を上げていることの裏返しであると受け止めていた。斬り込み夜襲は心理面や前進を遅らせる効果はあるが、部分的、限定的にすぎず、米軍をペリリュー島から撃退するほど決定的なものではない。

そのため米軍は蟻の這い出る隙もないほどに水戸山包囲網を日ごとに強化し、引野守備隊がネをあげて洞窟陣地から飛び出すのを待った。米軍にとって引野隊攻略は北部地域の守りを崩す、あるいは北部方面の脅威を除去するだけではない。ペリリュー島沿岸守備隊陣地である南西北三地区を突破することになる。それだけに水戸山制圧は戦略面からも価値ある攻略であった。漸次米軍は兵力、火力ともに増強しながらガリキヨクから浜街道を北上し、水戸山および中の台を多方面から挟撃し、北地区守備隊と中川守備隊本部との連絡網を遮断した。孤立状態に落としこんだところで九月二十八日、水戸山洞窟陣地攻略へ一気に勝負をかけたのだ。

引野守備隊長も迎撃態勢はできていた。遅かれ早かれ敵が勝負に出ることは予想していた。

守備隊は十数ヵ所の洞窟陣地開口部に重火器を据えつけて弾丸が尽きるまで撃ち放った。歩兵銃は山麓の崖や岩肌をよじ登ってくる海兵隊に狙いをつけ、一発必中で狙撃した。逆上陸組の桑原隊も洞窟陣地を拠点に遊撃戦に加わり、九月二十八日の決戦に臨んだ。とはいえ米軍との兵力、火力の差は歴然としている。消耗すれどもそれに倍する補給がどしどし送られてくる米軍に対して守備隊にはあとがない。倒れたら最後だ。それだけに決死の覚悟で撃ちまくる。先頭を走る戦車が速射砲を浴びてひしゃげ、狙撃で鉄兜を撃ち抜かれ、いかすみのようなどろりとした脳髄を垂れ流した海兵隊員の死体が崖から谷底に転げ落ちてゆく。けれど狙撃を恐れて衛生兵は味方の死体や負傷者の収容に接近できず、腐敗後の遺骨を拾うのがやっとだ。

逆上陸部隊の勇戦もけれど限界がある。桑原中尉は白兵戦の決断を下さざるを得なかった。白鉢巻に白襷。軍刀の柄にも晒をきつく巻きつけ、「行くぞっ」、と一言発し、敵陣目がけて突進した。夜襲を恐れる米軍は集音マイクを仕掛ける、鉄条網を幾重にも張り巡らすなど自衛策を強化している。そのようななかに桑原隊は突っ込んだ。桑原甚平中尉につづいて小隊長の殿塚隆治、中沢菊雄、塚越登各少尉も敵弾を浴びて戦死し、桑原隊は全滅した。この後も引野隊の抵抗は続くものの九月末には組織的抵抗は途絶え、玉砕した。

飯田大隊長は桑原隊の到着を待ちつつも、ついに彼らは来なかった。そのため中川守備隊の指揮下に入った時点で掌握した南征一心隊の兵力は村掘、須藤両隊を加えておよそ四〇〇名であった。八三〇名で編成された逆上陸部隊だったが実際中川守備隊本部に合流できたのは半数たらず。多くは途中で海没ないし敵中突破による被弾。このなかには徳島清主計中尉、石川洋軍医大尉もいた。兵力の減少は飯田隊だけではない。ペリリュー島守備隊も同じだった。中川守備隊長が掌握していた九月末時点の守備隊兵力は約一八〇〇名であった。健闘中ながら通信手段を失い、連絡がとれない残余部隊があることを加味しても米軍上陸から二週間たらずですでに戦力は五分の一にまで減退している。

犠牲者の続出はペリリュー島攻防がいかに激烈なものであるかの証左だ。そのため日本軍守備隊だけでなく米軍も甚大な兵力損耗に衝撃をかくさなかった。ペリリュー島上陸三日目の九月十七日、米第一海兵師団第一連隊の死傷者は早くも一二〇〇名に達していた。同連隊は上陸の突破口を開く前線部隊のため犠牲は避けられないが、これほどになるとまではリュパータス師団長は予想しなかった。この後も米軍の犠牲者は絶えなかった。バンザイ突撃を回避し、洞窟陣地戦に引き込む、あるいは小人数による斬り込み夜襲など日本軍の巧妙な戦術に攪乱されて前進を阻まれ、犠牲者だけが増えていった。上陸から一週間後には死傷者がさらに増して三九五〇名にものぼり、第一線部隊の兵力は四割にまで低下する。

米軍の読みちがいは犠牲者だけではなかった。戦闘の長期化もまったくの誤算だった。これまでの島嶼作戦はほとんど短期間で決着がついた。ペリリュー島も数日でけりがつく短期決戦で臨んだ。ところがじっさいは数日ですむどころか上陸から二週間経過してようやく北部地区を奪還し、海岸防御陣地の制圧に漕ぎつけるありさまだった。

引野大隊玉砕で北部地区守備隊が消滅。連鎖的にカドブス島守備隊も全滅した。同島は市岡英衛大尉が守備していたが、ペリリュー島の激戦にともなって水戸山の引野隊に合流したため防御は手薄だった。すでに南、西両地区とも崩壊している。このうえ北地区もやられたから海岸防御は総崩れとなった。

海岸陣地を失った中川守備隊長は水際作戦から島内山稜地帯に敵を誘導し、洞窟陣地戦に持ち込む戦術に転換した。けれど山稜も海岸に近い天山、富山、中山は上陸直後に占拠され、内陸部の水府山さえ敵の手に落ちかけている。水府山を守備する原田良男大尉も九月三十日に戦死し残余部隊が死守していた。原田隊は当初、一の字半島の東地区守備についていたが中川守備隊長は東地区からの米軍上陸は可能性が低いと判断し、急遽九月十四日、原田隊を水府山陣地壕に転進させた。

米軍は占拠したペリリュー飛行場をブルドーザーなどの建設機械を駆使し、昼夜兼行で拡張工事に取り組み、重爆撃機の発着も可能にしていた。短期間でつぎつぎと整備され飛行場の様子を洞窟陣地の監視穴から見つめていた山口小隊長は目をまるくする。ツルハシとスコップで掘り、土砂はモッコで運搬する。ほとんど人海戦術の日本軍に対し米軍は重機でたちまち整地してしまうからだ。拡張工事の進展にともない飛行場の守りを固めるためリュパータス海軍少将は水府山奪還に海兵隊二個大隊を投入し、戦車、水陸両用装甲車のほかあらたに火炎放射機を搭載した戦車を援護に加えて九月三十日早朝、総攻撃を開始した。

原田隊は数十名の歩兵のほか三七ミリの速射砲および高射機関砲、重機関銃などで反撃に打って出た。このほかさらに側面から飯田隊の援護も受けていた。逆上陸後中川守備隊の指揮下に入った飯田大隊長は四〇〇余名の南征一心隊を従えて南征山の守備に当たった。南征山はペリリュー飛行場の背後に面していたので飯田大隊長は一組三名、これを七、八組の決死隊に編成して毎夜送り込み、飛行場機能の麻痺、破壊を繰り返し、敵兵の殺傷、武器、弾薬、食料の捕獲などに成果を挙げていた。

南征山と水府山はほぼひとつに連なっていることから飯田大隊長は側面支援に出たが、九月三十日夕刻までには原田隊の反撃はあらかた終息した。水府山の陥落で決戦の場はいよいよ島内深部の山岳地帯に迫ったことを中川守備隊長は知るのだった。つまり守備隊本部が構築する大山のほか観測山、東山、南征山などだ。

米軍もしだいに決戦の色を濃厚にしている。二〇平方キロメートルたらずの小島の占領にいつまでも関わっている余裕はない。それでなくてもニミッツ太平洋艦隊司令長官はウィリアム・ハルゼー第三艦隊司令長官が求めた、パラオ攻略を中止して直接レイテ島に突入すべきとの進言を拒否し、ペリリュー島攻略に固執しただけに長期戦は避けたいところだった。ハルゼー司令長官は、レイテ島で撃墜されながら原住民に助けられて空母ホーネットに帰還したパイロットから、レイテ島の日本軍の防御態勢は脆弱であり早期奪還をはかるべきとの報告を受け、ニミッツ艦隊司令長官だけでなくマッカーサー南西太平洋方面軍最高司令官に対してもレイテ島に出るべしと具申するのだった。

ハルゼー長官の進言を受け、ニミッツ司令長官はヤップ島攻略は断念した。けれどパラオ諸島攻略はゆずらなかった。のちの日本本土爆撃などの戦略に与える影響を考慮すれば一二

○○メートルの滑走路二本をもつペリリュー飛行場は是が非でも手に入れたかった。とはいえいつまでもてこずってはいられない。いつ噛み付かれるか知れないからだ。強面の面構えから〝ブルドック〟と仇名され、おまけに「キル・ジャップ」が口癖。日本人蔑視のハルゼー司令長官に弱みを突かれることは避けたい。このほかにもニミッツ司令長官には急がなければならない理由がある。カナダ北部のケベックで九月十三日に開かれた第二次ケベック英米軍事合同会議において決定した、十月二十日レイテ島攻略にいささかの変更があってはならないからだ。そのためニミッツ司令長官は苦戦するペリリュー島の上陸部隊を支援するため、アンガウル島をほぼ征圧したホーランド・J・ミューラー第八一歩兵師団長に一個連隊のペリリュー島派遣を指示し、同時にバズーカ砲、火炎放射器などの武装強化をはかった。

アンガウル島守備隊は十月十九日玉砕し、組織的戦闘は終わった。同島は後藤丑雄少佐が指揮する歩兵第五九連隊第一大隊一二〇〇名が守備していた。ミューラー師団長は九月十七日、二万一〇〇〇名の歩兵部隊をアンガウル島東港に上陸させる。後藤守備隊長は猛射を加えて水際阻止に打って出るものの二〇倍もの兵力差は埋めがたく、勝敗は当初から明白。しかも上陸部隊は〝ワイルドキャット〟、つまり山猫部隊の異名をもつ獰猛な強襲部隊であった。上陸部隊は守備隊が仕掛けた水中機雷や水際の地雷で犠牲者が続出し、さすがの山猫部隊も混乱と恐怖に陥った。そこを狙って萱谷佐一郎少尉の野砲小隊は東港正面に猛烈な砲撃を浴びせた。アンガウル島北部の不二見岬付近に構築した地下鍾乳洞の大隊本部で指揮を執る後藤守備隊長も、島武中隊長と星野善次郎小隊長に、上陸時の混乱に乗じて、「十八日未明までに敵を撃滅せよ」と下命。両名はただちに斬り込み夜襲隊を編成し、在島中の沖縄県人会の慰問品である泡盛で最後の乾杯を交わしたのち暗夜のなかを出撃、不帰となった。

水際の混乱から態勢を立て直した上陸部隊は、遠方まで噴射が可能な火炎放射器を搭載した戦車あるいは黄燐弾、焼夷弾、ガソリンなどを撃ちこみ、洞窟陣地に潜伏する日本軍守備隊を火攻め、火炙りで攻め立てる。これに対して守備隊は接近戦に持ち込んだ。米軍を洞窟陣地のギリギリのところまで近づけて手榴弾を投げ、爆発で右往左往するところを今度は小銃で狙撃するのだった。けれど部分的な効果はあれ圧倒的機動力で押し寄せる米軍の阻止にはなり得ず、後藤守備隊長は後退を余儀なくされ、小人数による斬り込みを反復しながら那須岬に面した二荒山鍾乳洞陣地に転出する。だが反撃に比例して損失も累積し、開戦翌日には早くも兵力は六〇〇名にまで半減した。

兵力の減少に加えて食糧、飲料水の欠乏が追い打ちをかけた。兵員には開戦直前に携行食が配給されたがすぐに食べ切っている。夜襲はそのため敵を殺傷するだけでなく食糧を分捕る目的もあった。とはいっても奪える量はたかがしれている。兵員はカタツムリや陸ガニをつかまえては生のまま口に放り込む、あるいは朝露を含んだツタの葉っぱをしゃぶり、かろうじて喉の渇きをしのいだ。島民はけれど空腹に耐えられず、つぎつぎと米軍に投降した。

アンガウル島には約二六〇〇人が住んでいた。ただし半数は邦人であった。同島は燐鉱石が豊富なことから日本企業が進出し、邦人はその従業員だった。米軍の空襲激化にともなって後藤守備隊長は邦人をパラオ本島に退避させていた。が、次第に大発動艇の運行が困難になったことから三〇〇名ほどの島民が避難できずに残留となり、そのまま守備隊に協力して食糧や弾薬の運搬に従事していた。企業に雇用され、生活も安定し、日本語教育も受けて日本人には恩があったが空腹には勝てず、米軍の、「食べ物はたくさんあります。いのちは保証します。いますぐ出てきなさい」との甘い言葉に誘惑され、両手を挙げて投降するのだった。

東港の日本軍守備隊を突破した米軍は北西方面から疾風岬がある南方面に前進した。この作戦行動は飛行場の建設を急ぐためだ。砂浜がつづき上陸ポイントに適した海岸ではなく、あえて島の東北部から上陸したのは建設を早期に進めるねらいからだ。じっさい十月半ばには一五〇〇メートルの滑走路二本を造成し、B29爆撃機がフィリピン空爆を開始している。飛行場の建設用地占拠は第八一歩兵師団のアンガウル島攻略作戦にひと区切りをつけた。そこでミューラー師団長は九月二十一日、一個連隊のペリリュー島増援を下命し、同時に残る兵力で日本軍守備隊主力が立て籠もる二荒山攻略に打って出た。

アンガウル島は宇都宮市を衛戍地とする歩兵第五十九連隊が守備していた関係から地名には栃木県に由来するものが多かった。二荒山もそうだった。これは日光男体山の別名。後藤守備隊長は東北港から二荒山に退却し、残る将兵の指揮を執った。二荒山周辺には燐鉱石の採掘跡や鍾乳洞が点在する。しかもこれらの周囲にはノコギリの刃のようにするどく尖った珊瑚礁の絶壁がそそり立っている。守備隊は自然がつくった険しい地形を城砦に利用し、複郭陣地を構築した。

米軍はしたがって困難な闘いを強いられた。二荒山を手早く攻め落とすには青池の南側に敷設されたトロッコの軌道をたどりながら接近するのが有効だった。年間産出量七万トンの燐鉱石を搬出するため南洋拓殖会社は生産工場を起点に東西南北に軌道を付設している。二荒山に向かう軌道は二本あった。つまり青池方面と北池方面だ。ただし後者は迂回しているのでやや遠回りになる。前者は二荒山までほぼ直線。米軍は青池から攻め込んだ。もちろん障害にぶつかり、前進が遮断されるなどまったく予想もせず、だ。

青池方面の軌道は高さ十数メートルの岩盤を切り裂いて敷設したので掘割のようになっており、道幅も戦車が一台ようやく通れるぐらいしかない。これを知らない米軍は案の定狭隘にはまり込んだ。守備隊にすれば敵はまさに袋のネズミ。叩くなら今だ。崖の上から手榴弾、機関銃、小銃――あらんばかりの弾丸を浴びせた。米軍はなおも狭隘突破を敢行。陣形をとのえ、戦車や火炎放射器搭載戦車が前進を開始する。けれどまたしても手痛い返り討ちに遭った。米軍の進出を予期した工兵隊は砲弾を地雷に改造し、夜間を利用して軌道下に埋設した。これに敵はまんまと引っ掛かり、積載した砲弾の誘爆もあって後続の戦車も転覆。進むも退くもできず、戦車兵は悲鳴を発しながら血まみれになって逃げまどった。

工兵隊はさらに野砲弾を道路の真ん中に埋め、早朝の戦車通過を待って導火線に点火し、爆破に成功している。米軍は失敗の繰り返しに狭隘突破を断念し、北池方面からの攻撃に転換する。ブルドーザーを動員して軌道の幅や迂回路の拡張を始めるのだった。九月二十日から始まった狭隘突破に米軍は四日間もついやしたうえに十数両の戦車、三五〇名の死傷者を出すなど高い代価を払ったにもかかわらず結局撤退する羽目になる。日本軍守備隊は崖の上に日章旗を掲げ、戦勝気分に高揚した。けれど守備隊の損害も小さくない。開戦から一週間後、二荒山に結集した兵力は負傷者も含めて約四〇〇名。これが十月一日になると一五〇名にまで減少している。

日増しに戦局の不利はいなめず、いつまで持ちこたえるかというところまで事態は追い込まれていた。後藤守備隊長は十月一日、アンガウルの戦況悪化を報告するため金城新七二等兵ら二名をバベルダオブ島の集団司令部本部に派遣することを決断した。両島をつないでいた無線はすでに破壊され、通信は途絶えていた。そのため井上集団司令は、はるか南方の夜空に挙がる照明弾や爆撃機の航跡からアンガウル島の戦局を推測する以外なかった。

後藤守備隊長も集団司令本部の伝令は遠泳よりほかになかった。そこで沖縄出身の金城二等兵が指名され、本部伝達が託された。アンガウル島からバベルダオブ島までおよそ九〇キロ。これを泳ぎ切るだけでもほとんど神業といえた。このうえ敵機の来襲、あるいは人食い鮫の襲撃をかわしながらだから困難は想像以上だった。けれど金城二等兵はこれを克服し、忠実に任務を果たしていた。十月十二日、バベルダオブ島まで無事に泳ぎきり、井上集団司令に後藤文書を手渡すのだった。後藤文書の要旨はおおむねこのようなものだった。

「九月二十四日ごろ、敵はついに灯台高地に迫撃砲を運びあげて猛射を開始した。我方は速射砲で応戦し、先頭と後尾の戦車を破壊して退路を断たれた真ん中の戦車兵は撃滅した。二十八日ごろ、ある上等兵は単身、那須岬の米軍幕舎を夜襲し、数名を殺傷する。しかし彼らの戦車と火力による着実で組織的な戦闘は国軍にとって将来大いに研究の余地がある」

井上集団司令は二週間ほどまえ、逆上陸の成功と損失を伝える飯田大隊長の文書を携えて四十数キロの海を泳ぎきった山川二等兵の力泳に感嘆したばかり。金城二等兵はそれ以上の距離を泳いできたのだからまたも驚嘆するとともに沖縄出身兵士の相次ぐ快挙に惜しまぬ賛辞を贈るのだった。けれど金城二等兵の力泳にもかかわらず後藤文書はアンガウル島の戦況は予断を許さないまでに切迫していることを伝えるものだった。金城二等兵が集団司令本部に到着したころアンガウル島守備隊は米軍の執拗な戦車攻撃と兵糧攻めにさらされていた。酷使していながら注油も点検するいとまもないため錆びつく兵器もあらわれ、放棄せざるを得なかった。食糧も底をつき、栄養失調で倒れるもの、絶えなかった。そのため松沢豊砲兵小隊長は、これは後藤守備隊長の命令だとして、弾薬運搬や見張りなどに協力していた島民に、米軍に投降することを正式に勧めるのだった。

「皆さんは日本人でもないのに今日までよく協力してくれました。私たち軍人は祖国日本のため最後まで戦わなければなりません。けれど皆さんはその必要がありませんので米軍の保護を受けてください」

松沢少尉の説得で涙ながらに別れを告げた百六十数名の島民たちは二荒山を下り、米軍の保護下に入った。島民の解放で後顧の憂いを払拭したアンガウル守備隊はいよいよ決戦に臨む決意を固めるのだった。米軍も、隘路攻撃で予想外の出血と時間を浪費した反省から二個大隊を投入し、二荒山を青池と北池の南北から挟撃する総力戦に打って出た。戦車の砲撃を加えながら二荒山を南北から包囲し、最終的には日本軍守備隊を一網打尽にするというのが陸軍第八一歩兵師団の戦略だった。

後藤守備隊長は接近戦に持ち込む構えだった。もっとも、兵力の減少や武器弾薬の欠乏からこうせざるを得なかった。思いっきり引き寄せたところで一気に手榴弾を投げ込む。炸裂と同時に血だらけになった敵兵から悲鳴が挙がる。日本軍守備隊は混乱をきたしたところに二の矢、三の矢を放つ。小銃で狙撃を加える。あるいは躍りかかって白兵戦に転じる。とはいうものの二個大隊の米軍に対し後藤守備隊長が掌握する兵力は一三〇名。ただしここには負傷兵も含まれ、戦力の差は歴然とし、もはや持久戦にも限界があった。最後の決断を下さなければならない時にいたったことを後藤守備隊長は知る。そのため残余の将兵全員を二荒山複郭陣地に召集し、一月十九日午前二時、最後の訓辞を行なった。

「これから敵陣に最後の斬り込み攻撃を行なう。全員玉砕を覚悟し、帝国軍人として恥じない行動をせよ。これまでの持久戦によくぞ耐え、奮闘された。だがいよいよ最後のときが来た。将兵ともにふたたび靖国神社で会おうではないか」

この日めずらしくスコールがあった。鉄兜に溜まった天与の水を別れの水杯として飲み干したのち、全員、二荒山複郭陣地を出撃した。けれど出撃と同時に夜空に照明弾が挙がり、敵の猛射を浴び、あわてて陣地に引き返すことになる。包囲網を敷く米軍はピアノ線を張り巡らし、これに引っ掛かると照明弾があがる仕掛けをしていたのだ。

斥候がやられた後藤守備隊長は残った将兵を三人一組とする斬り込み隊に組み替え、後藤守備隊長自ら軍刀を背に負い、敵中突破して飛行場を破壊するため十九日深夜、ふたたび暗夜のなかを前進した。これが最後の出撃であった。いかに小人数の行動とはいえ探知機を備え持つ米軍の監視から逃れることはまず不可能だった。またしても集中攻撃を受けて前進を阻まれたうえに後藤守備隊長が腹部貫通の銃弾を浴び、絶命。これに続いて残る将兵もすべて弾薬を撃ちつくしたところで敵陣目がけて一斉に肉薄突撃し、玉砕した。

アンガウル島守備隊は友軍の支援も、武器弾薬、食糧、医薬品等の補給も断たれたなかで飢餓と敵の猛攻に脅えながらもなお複郭陣地に立て籠もり、米軍上陸から一ヵ月間の攻防戦を果敢に戦い抜き、倒れた。日本軍守備隊戦死者一一五〇名。生還者五〇名。米軍戦死者二六〇名。戦傷者二三〇〇名。これがアンガウル島攻略作戦に費やした日米両軍の人的損失であった。

アンガウル島激戦は天皇にも上奏された。十月二十八日、梅津美治郎参謀総長が戦況を上奏されたさいには、「アンガウル克クアレモヤッテイルカ、未ダ克クヤッテイルカ」、と質し、アンガウル島守備隊将兵の奮闘にご嘉尚の言葉を伝えるのだった。

ニミッツ太平洋艦隊司令長官はアンガウル島の飛行場予定地を占拠した段階でミューラー師団長に歩兵一個連隊のペリリュー島支援を要請し、差し向けたが、アンガウル島の全面制圧が達したため、今度は全軍のペリリュー島派遣に踏み切った。日本軍守備隊の巧妙なゲリラ戦と堅牢な城砦陣地にリュパータス少将は翻弄され、上陸から一ヵ月経過してなお第一海兵師団は制圧に苦戦しているからだ。

九月末、中川守備隊長が掌握する現有兵力は一八〇〇名ほどであったから、飯田隊の逆上陸は守備隊を勇気づけ、戦意を奮い立たせた。しかもさらに後続部隊が逆上陸に待機中というからなおさらだった。井上集団司令は第五十九、第十五両連隊長に第二次逆上陸部隊編成を命じた。これを受けて江口大佐は五十九連隊主力、福井大佐は第十五連隊第一大隊の派遣を決定する。両連隊は共同作戦を取ることで合意し、さらに逆上陸部隊は同時発進、兵員多数のため大発動艇の乗船地点はコロール島のマラカル埠頭、出撃開始は台風接近の夜間、など細部についても同意する。

今野義雄大尉は第十五連隊第一大隊を指揮し、飯田隊につづこうとした。そのため武器弾薬の装備強化はもとより食糧も、体力損耗を考慮して栄養価の高いものを選んだ。上陸も、あえて台風が到来したときとした。時化の危険より敵の空襲や艦砲射撃を避けるためだ。上陸部隊の士気高揚や島嶼部隊の実戦の特殊性を考慮し、両連隊による特別編成や共同訓練も実施され、準備万端ととのえ出撃態勢はできていた。けれど第二次逆上陸部隊派遣は中止された。増援派遣中止を要請する飯田少佐の文書を携えた山川二等兵の到着に加え、上陸部隊を輸送する船舶不足もあった。だからといって手をこまぬいているわけではなかった。逆上陸に替わるものとして井上集団司令は小久保荘三郎大尉を海上決死遊撃隊としてマカラカル島に送り込んだ。小久保大尉は茨城県潮来出身。そのため陸軍士官学校卒業後、最初に配属されたのは歩兵第二連隊であり縁も深かった。

　小久保大尉はかねてより爆雷による敵艦爆破や敵艦内に侵入し、操舵機能破壊を想定した特殊訓練を行なっていたので二〇〇名の部下とともにマラカル島に転出。同島を拠点に出動の機会を待っていた。さらに井上集団司令は西カロリン航空隊に水上偵察機による夜間攻撃も要請していた。これは、日本軍守備隊の夜襲斬り込みを容易にするためだ。けれど米軍も水上偵察機の発進は想定内にあり、終夜、パラオ諸島の上空索敵を怠らなかった。そこで井上集団司令はいっそう脳漿をしぼった。あれこれ思案するなかでひらめいたのが、筏を船艇に偽装し、灯火をともして夜間、潮流に乗せて海上にながすという奇策だ。敵機を筏に誘導した隙に水上偵察機を発進させるという寸法だ。

　敵機が、灯火を逆上陸のために夜間発進した船艇と誤解すれば奇策は成功。じっさい米軍はこれにまんまと引っ掛かり、井上集団司令の狙い通りになった。索敵機が偽装船艇にまでわされている隙を突いて零式水上偵察機二機がペリリュー飛行場に夜間爆撃を加え、機能不全に落とし込めていた。これにつづいて海軍もペリリュー南西沖に潜水艦を潜航させ、投錨する米艦二隻を海底に葬った。米軍は相次ぐ不意打ちに狼狽した。とくに夜間攻撃は複郭陣地からの斬り込みだけと高をくくっていたので夜間空襲など想像もしなかった。それだけに中川守備隊長にすればまさにしてやったりである。奇襲戦法による米軍の混乱ぶりに快哉をおぼえる中川守備隊長は一月二十日、井上集団司令に次のような返礼の電報を打った。

「昨一日、夜ニオケル友軍爆撃ハ、相当ノ効果ヲ収メタルモノト認ム現ニ今日一日夕四十数機着陸セル敵機本二日朝約二十機ナリ、退避セルヤニ思考セラル、ナオ輸送船ラシキモノ一炎上及ビ飛行場東北端及ビ南側二カ所炎上セラルヲ目視ス」

日本軍守備隊に不意を突かれ、ひどく動転したウィリアム・ハルゼー米第三艦隊司令長官は猛りくるったブルドックのようにますます牙を剥き出し、「殺せー、ジャップを皆殺しにせよっ」「黄色い小人を徹底的に叩きつぶせー」、と吠えまくった。じじつ十月二日夜、米艦隊は複郭陣地目がけて四万発もの砲弾を浴びせ、徹底的な報復に出た。ペリリュー島上陸部隊も十月一日をさかいに総攻撃の態勢に入り、最終決着を急ぐようになる。ウィリアム・リュパータス米第一海兵師団長も苛立つように、ちょび髭をたくわえた口元をぴくぴくさせながら日本軍守備隊が陣取る大山、南征山など中央山岳地帯を一挙に制圧する殲滅戦に打って出よとの厳命を各連隊に下した。

十月三日、四日は台風が接近し、ペリリュー島は暴風雨圏内に入り、大荒れの天気だった。けれど前線の海兵隊員にとっては喉の渇きがいやせる、休息がとれるという点で格好な雨だった。日中は四五度に上昇することも珍しくない暑さ。なにしろ珊瑚岩に置いた弾薬箱が暑さで発火し、暴発するほどだった。兵員は脱水症状防止に塩の錠剤を口に入れ、あめ玉のようになめているが、渇きをいやすことにはならない。

開戦以来休息らしい休息もなく、戦闘の連続だった。夜こそはのんびりと思っても夜襲に悩まされ熟睡もできない。七月二十七日の「勝利宣言の日」にしても前線部隊にはまったく無関係なはなしだった。かえって反感すら抱いた。戦いは始まったばかり、これからが本物の戦争だ、と。リュパータス師団長や若干の参謀がペリリュー飛行場北端に建つ元日本軍のコンクリート二階建て指揮所の屋上に星条旗を掲げ、祝杯をかたむける、あるいは夜には上映会が催されたが、前線の兵員に休息はない。このうえおまけに犠牲者の続出に明日は我が身、という不安ものしかかる。

上陸五日目で早くも第一海兵連隊の戦死傷者は一七〇〇名を超え、戦闘能力はほとんど失っていた。数字は戦闘の長期化でさらに増し、上陸一週間後には四〇〇〇名。一二日後になると第一海兵師団全体の戦死傷者は四七四〇名に達していた。このような事実を知れば戦友の死はひとごとでいられない。このようなところに雨が降り、前線隊員の体と心の乾きをいやし、ひとときの安らぎを与えてくれた。けれどこれは隊員たちの解釈。暴風雨にすれば隊員の思いなどにまったくお構えなし。ペリリュー島の海岸に設営した桟橋をずたずたに破壊し、使用不能にする。仮設の兵舎もちぎれ飛ばされる。輸送機の空輸活動も妨害した。そのため兵員の食糧、航空燃料が不足をきたし、一日三回の食事が二回に減った。

四日になっても風雨は衰えない。けれど命令は待ったなしだ。リュパータス師団長は、それまでの南北方面からだけでなく東西からも山岳地帯を攻め込めと命令した。米第一海兵師団第七、第五両連隊の兵員たちは雨と泥を含んで重くなった軍靴を引きずりながらゆっくりと前進を始めた。第七海兵連隊の攻撃目標は裏街道の未開通部分の完全掌握と東山、水府山など中央山岳地帯の完全制圧であった。米軍が裏街道を狙ったのは、山岳地帯を制圧するには補給路や犠牲者の搬送路の確保が欠かせないからだ。第五海兵連隊は、第七連隊に向けられた日本軍守備隊の攻撃を自軍に引き付け、第七連隊の山岳制圧を容易にしつつ自軍の領域拡大もはかる、いわば側面支援であった。

山岳地帯を制圧すればペリリュー島攻略作戦は終わる。けれどその分、生存にかかわる危険がともなうことも隊員は知らなければならない。なぜなら、制圧するには山頂を占領する必要があるからだ。山頂といっても高さ一〇〇メートルたらずだから丘陵といっていい。ただし山岳は海底火山で島が誕生して以来人間の手が入らず、ほとんど未開のまま。いたるところに鋭い亀裂や深い谷、洞窟があり、さらに珊瑚岩の絶壁がそそり立つ。山頂を目指すにはこのような自然の悪条件を乗り越え、なおかつ日本軍守備隊の攻撃から身を守らなければならず、海兵隊員は二重三重の危険にさらされる。

断続的に雨が降りしきるなか、スペンサー・バーガー大佐率いる第七海兵連隊第二大隊は東山を目標に南方から、ハンター・ハースト大佐が指揮を執る第三大隊は北方からそれぞれ前進。これに対して第五海兵連隊第三大隊を指揮するバッキー・ハリス大佐と第二大隊長のゴードン・ゲイル少佐は第七海兵連隊が東方面から攻めるのに対し、島の西部から富山、天山、大山などに攻め込む手筈になっている。このほか戦車部隊も第七海兵連隊を支援するため裏街道から東山に進出した。

灰色の雲間に煙幕弾が挙がり、濃霧のような紫の煙が空中に広がった。第七海兵隊が裏街道制圧で総攻撃の口火を切った合図だ。裏街道は、ペリリュー飛行場を起点に大山、水府山、南征山など日本軍守備隊が陣取る山岳地帯のふもとをたどり、島北部のカシ、ケヤキ陣地に通じる。ペリリュー島には島の中央を南北に縦断する裏街道のほか東海岸から北部のガルコル波止場に通じる浜街道、そしてもうひとつ、裏街道のアシヤスから島民の集落がある向島に通じる東海道があった。この三本が同島の幹線道路だった。ただし島の東西をつなぐ横断道路はなかった。

裏街道の制圧は山岳地帯の攻略上欠かせない。戦車や火炎放射器を搭載した水陸両用戦車を先頭に進んだ。だがほとんど無抵抗で裏街道は掌握した。それだけにかえって兵員を不気味にさせた。無抵抗なのは敵がどこかに潜伏し、絶好の機会を待っているということであり、こちらを睨みつけている気配を感じるからだ。敵はいつ、どこから襲いかかってくるか予想できないから厄介だ。じっさいジョセフ・ハンキンズ大佐がやられたのも、岩穴に隠れた狙撃兵の狙いすました敵弾に襲われたからだ。

ハンキンズ大佐は元第一海兵師団の大隊長であったが、その後師団司令部参謀となり、憲兵隊司令を兼任。ペリリュー島東部の浜街道警備を担当していた。浜街道は島の南北を縦断する幹線道路であった。けれど浜街道は屈折が多く、とくにペリリュー飛行場から北に二キロほど行ったところはゆるやかに湾曲している。憲兵隊はそのためここを〝死のカーブ〟と称して恐れていた。カーブで前方の視界がきかず、速度もゆるめる。これが死角となって米軍はしばしば崖の上に潜む日本軍狙撃兵の標的にさらされていた。そのためハンキンズ大佐は、「俺が逆にヤツらを狙撃してやる」といって自分も狙撃銃で武装するとともに狙撃兵を従えて輸送トラックに乗り込み、〝死のカーブ〟に向かった。

ところが〝死のカーブ〟ではすでにトラックや水陸両用戦車が日本軍守備隊に襲われて数珠つなぎになっていた。輸送トラックを飛び降りたハンキンズ大佐は部下の狙撃兵に反撃を指示した。だが敵は崖の上に潜んでおり、姿が見えない。態勢は完全に不利だった。敵をおびき出すためハンキンズ大佐は部下とともに輸送トラックから別の車両に身を移した。この瞬間であった、日本軍狙撃兵の狙いすました狙撃銃が火を吹き、ハンキンズ大佐の胸部を撃ち砕いた。ハンキンズ大佐の戦死は米軍の、ペリリュー島攻略における最上級の犠牲者であった。

わずかな油断や隙を襲うのが狙撃兵だ。兵員たちはハンキンズ大佐だけが犠牲者でないことを知っている。だからいま東山の山頂に向かっている道路脇の洞窟から手榴弾を抱えた命知らずの日本兵が突然飛び出し、先頭の戦車めがけて自爆するということも空想ではない。一発撃つたびに素早く場所を替え、ましらのように転々と移動して反復攻撃を仕掛けるなどは現に起きている。日本軍の、このような突飛で奇抜な戦術にはまり、いままでどれほどの仲間が犠牲になったか。隊員たちは、動くものがあればすぐに射撃できるようカービン銃を構え、周囲の気配に神経を払った。

東山も軽微な抵抗で制圧できた。東山にはもともと大した守備隊はいなかったから反撃は散発的だった。それにもかかわらず午前十時三十分に始まった前進が終了したのは午後三時三十分だったのはハースト大隊長の強気が裏目にでたからだ。裏街道も東山も無抵抗で制圧した。消耗はなかった反面隊員たちに達成感はない。これではもの足りず、ハースト大隊長はより大きな戦果を求めて北進した。そこは水府山だった。むろんこの功名心が怪我のもとになろうなど想像もしない。けれど結果は、二兎を追うもの一兎をも得ずというたとえはハースト大隊長のためにあることとなった。

水府山には原田良男少佐が指揮する第二連隊第三大隊が布陣する。山名は茨城県水戸市に由来する。ペリリュー島では山も海岸も道路も湿地も半島も日本軍守備隊が進出後に名付けたものだ。当初原田隊はペリリュー島の東地区、一の字半島に配備された。けれど同地区からの米軍上陸は低いと見た中川守備隊長は九月十四日夜半、守備隊本部に呼び戻し、さらに水府山布陣につけた。原田大隊長のもと将兵の結束は強く、すでに満州から南方派遣が決まった時点で骨を埋める覚悟はできていた。ただしバンザイ突撃や玉砕戦法は封じ、敵を消耗戦に引きずり込む戦法に徹した。裏街道や東山の反撃を回避したのもこのためだった。主戦場はここではない。

山頂を目指すにつれて傾斜を強めるだけではない、道幅も次第に狭くなる。なおも降り続く雨で靄を深くし、湿度も上昇する。海兵隊員たちはぼやけた視界だけでなくじっとりにじむ不快な汗に苛立ちを高める。そのうえ上り坂ときていた。自然と前傾姿勢となり、射撃には不利だ。仮にここで日本軍に攻め込まれたらほとんどお手上げに違いない。そのため前進は、自分から敵の罠にみすみす落ちるようなもの。そう思わざるを得ないほど何もかも条件が悪すぎた。それなのにどうしたことかまだ一発も撃たず、日本軍は鳴りを潜めている。海

返すものもいた。いよいよという地点まで上陸部隊を引き寄せたうえで一斉攻撃を仕掛ける、兵隊員のなかには九月十五日のペリリュー島上陸でまのあたりにした血みどろの光景を思い

これが日本軍守備隊の手だ。

ハースト第三大隊長はたびたび偵察小隊を出し、日本軍の動向を探った。水府山に日本軍守備隊が潜伏している事実はわかっている。ただし正確な場所までは分からない。洞窟は一つや二つではなく無数にあるからだ。これらが縦横につながり、しかも重層的になっている。潜伏する敵の兵力も判然としない。水府山を占領するにはまず、三つのコブ山を攻め落とす必要がある。ここを攻め取れば水府山の全容が俯瞰できる。コブ山は五〇メートルから高いところで七五メートルほどだが、この落差がかえって水府山を守る盾になっている。

ハースト大隊長は三つのコブ山を一気に乗っ取る強行策に出た。偵察隊の報告から日本軍守備隊の抵抗は皆無、戦車隊がコブ山に数発撃ちこんだが反応がなかったなどから敵はいないか、いても少数と思われたからだ。じじつ予想どおりコブ山は簡単に落とせた。引き続きハースト大隊長は水府山占領を目論み、コブ山の稜線をたどりながら前進を速めた。

コブ山から水府山まで直線にして一〇〇メートルほどだから距離はない。ただしコブ山は落差があり、稜線を超えるには渓谷あるいは珊瑚岩の狭い道を上り下りすることになる。自分が狙撃兵だったら当然ここを狙う。岩と谷にはばまれ身の隠しようがないからだ。隊員たちはこのような想像をめぐらしながら周囲の異変に注意をはらい、慎重に歩幅をとった。ところが日本軍守備隊の反撃開始は予想に反して狭隘な渓谷ではなくコブ山の山頂だった。山

頂から水府山を俯瞰していた偵察小隊数名が狙撃され、断崖から転落したのだ。銃身の長い日本軍の小銃なら一〇〇メートル先の的も狙える。これを知らないはずはないが、不用意な偵察隊員はヘルメットが炸裂し、声もなかった。残りの偵察隊員はあわてて山頂から渓谷に駆け降り、大隊に合流した。

偵察隊員を狙撃したのは水府山を守備する原田大隊だった。原田隊は、裏街道やコブ山が落ちたのを知っていたがその後の米軍の行動を探るため反撃を手控えた。しかしけっして見逃したわけではない。コブ山を取れば指呼の距離にある水府山に向かってくるのは疑いない、と原田大隊長は読んでいた。そのため敵が手の内に接近し、完全に視界に入るときをじっと待っていたのだ。そして、その時がついに来た。狙撃を号砲に水府山のあらゆる洞窟陣地からすべての銃火器が出現し、地鳴りのような轟音を発して逆襲に出た。

コブ山も渓谷も日本軍守備隊の手の内にある。艦砲射撃で樹木は根こそぎなぎ倒されたため山頂は裸と化し、渓谷は崩壊して瓦礫の山と変わり、おかげでどこに移動しても米軍の姿はまる見えだった。いまや米軍は網にかかった小鳥のように、自分たちが作った遮蔽物のない無防備状態のなかに嵌まり、慌てふためいている。それらに対し、斜面の下から、あるいは側面から猛射を浴びせ、日本軍守備隊は狙いをつけなくても撃てば確実に敵の身体を抉り取った。

形勢は完全に逆転した。海兵隊は防戦に躍起だった。銃弾に倒れた隊員が斜面をずり落ちていった。倒木に身を隠していたのがかえって仇となり、至近距離からの手榴弾で倒木の一部と化した。木の根っこにつかまって救護を待ったがやがて力尽き、岩の上をバウンドしながら谷底に転落した。衛生兵や担架を要求する声の増加に、けれど対応するには兵も器具も足りず、軽症のものを優先し、重いものは声が途絶えるのを待つしかなかった。

損耗の激しさにハースト大隊長は呆然とした。自分の判断の誤りにようやく気づいたのだ。裏街道やコブ山の占領が順調すぎたのでより大きな戦果がほしいあまり功名心にかられた。けれどこれが裏目に出た。攻め込むはずが防戦に立たされ、いたずらに犠牲者を増やしていった。自力での打開は不可能と思わざるを得なかった。ハースト大隊長は戦車部隊の急行、救護班の増派を連隊本部に要請するよう通信兵に命じた。中央山岳地帯を進撃中の戦車部隊はハースト大隊長の第三大隊を援護するため東山から水府山に進路をとり、ゆるやかな斜面を亀の親子のように登りはじめた。

これに痛撃を加えたのが南征山を守備する南征一心隊だった。南征一心隊は飯田義栄少佐率いる逆上陸部隊だ。水府山の砲声につづいて南征山からも砲煙が挙がった。飯田大隊が側面支援に出たのだ。攻撃目標は戦車部隊と後方につづく歩兵部隊の撃滅だ。飯田大隊もまた米軍が接近するのをひたすら待った。待ちの戦法はペリリュー島開戦以来用いた中川守備隊長の一貫した姿勢であった。もっともこのようにせざるを得ない事情もあった。補給は望めず、兵員も物資も限りある条件のもとで効果的な打撃を米軍に加えるとするなら最小の消耗で最大の成果が求められる。これを可能にするのが、自分たちの手の内に相手を引き込む待ちの戦法だ。

戦車のほか火炎放射器を搭載した水陸両用戦車もつづいている。けれど山岳地帯の斜面をそのまま進めばいずれ隘路に嵌まることを飯田大隊長は知っている。複郭陣地構築で山岳地帯の地形がどのようなものか理解している。飯田大隊長はそのため戦車隊が斜面をさらに登ってくることをむしろ期待し、そしてそれを目がけて一斉掃射を命じた。山腹から突如現われた速射砲が先頭を行く戦車隊に集中砲撃を浴びせた。

接近戦ではもはや戦車はただの鉄の箱。いや、むしろ棺桶といっていい。斜面のうえに隘路ときているから砲の旋回は制約され、車体のバランスは不安定。方向転換の自由を奪われて立ち往生している。黒煙がくすぶり、火柱を挙げて炎上。

火炎放射器の有効性も限定的だった。洞窟陣地に噴射するものの効果を持つのは入り口周辺ぐらいのものだった。複郭陣地は爆風や火炎放射器を遮断するところに特徴がある。しかも日本軍守備隊は重層的に構築していたから出入り口も多数あり、たとえ爆撃で塞がれても別の出入り口から脱出できる。

海兵部隊はほとんど前進も後退もできず、岩陰や草むらにうずくまり、水府山、南征山両面からの攻撃に身を守るのが精一杯。うかつに立ち上がればたちまち狙撃兵の標的になる。そのため何人の衛生兵や軍医が撃たれたか。救護するためには立ち上がって行動しなければならない。負傷兵を助けるはずが助けられるほうになっている。日本軍守備隊の小銃部隊の執拗さにも手を焼いた。斜面の横穴洞窟に潜伏していた守備隊は、戦いがはじまるとあたかも地虫のようにつぎつぎと穴から沸き上がり、小銃を放ち、手榴弾を投擲し、あるいは白兵戦で挑みかかる。

相変わらず低気圧がペリリュー島の上空を覆う。突風と篠つく雨が渦巻き、釘付けにされた海兵隊員は全身ずぶ濡れ。疲労感がいっそうつのる。そこへ日本軍守備隊は集中攻撃をかけてくる。狭い珊瑚の岩場は見る間のうちに血と泥にまみれた負傷兵が折り重なり、ついには絶命の金切り声を発して斜面を転げ落ちてゆく。米軍は犠牲になったものもできるだけ収容し、やむを得ない場合は顔に覆いをかけて弔う。ところが衛生兵も自分の任務をこなす前に犠牲になるありさまだった。前進はかえって敵の思う壺に陥り、消耗を激しくさせるだけであることが次第に明瞭になった。

戦車部隊は上空からの煙幕弾発射をさかんに要求した。煙幕が張っているあいだに部隊の方向転換と犠牲者を搬送するためだ。水府山、南征山、二つの山岳制圧を狙ったハースト大隊長の目論みは日本軍守備隊の返り討ちに遭い、いたずらに犠牲者を増やしたにすぎず破綻した。とりわけ第七海兵連隊第三大隊のL中隊は中隊長が砲弾を浴びて即死。生き残ったのは二三〇名中三二名であった。第二大隊のI中隊も小隊規模にまで減少した。両中隊合わせれば四七〇名規模のものが八〇名にまで激減し、戦力に具する機能はもはや失ったのも同じだった。

第七海兵連隊はオレンジ・ビーチに上陸し、南地区守備隊の千明武久大隊撃滅でペリリュー島攻略作戦の戦端を開いた栄光の部隊であった。けれど山岳地帯攻略ではほぼ壊滅状態に陥り、第五海兵連隊に後事を託し、前線からの退却を余儀なくされた。これでペリリュー島に残る第一海兵師団は第五海兵連隊だけとなった。すでに第一海兵連隊も兵員の損耗の激化から十月二日にペリリュー島を去ったからだ。第七海兵連隊と交替したバッキー・ハリス第五海兵大隊長も中央山岳地帯攻略を引き継いだ。ただし作戦は変更した。第七海兵連隊は南側から攻め込んで失敗した。そのため北側から攻めることとし、さらに戦車や他の車輛、隊員の行動を容易にするためブルドーザーを動員し、道路の拡幅、平坦化、岩石など道路の障害物の除去をはかり、十月六日早朝、進撃を開始する。

ペリリュー島上陸にあたって米海兵第一師団はバズーカ砲や肩撃ち式迫撃砲など新兵器も投入した。航空攻撃では開発されたばかりの新型ナパーム弾が使われた。ナパーム弾は上陸開始から九月末までの二週間でおよそ九〇発が投下された。このほかロケット弾約四〇〇〇発、四五〇キロ爆弾一六〇発、二三〇キロ爆弾九七〇発、一一〇キロ爆弾約三一〇発。これだけの爆弾を投下するというすさまじさであった。

南征山も大山も水府山と同じく第五海兵連隊の攻略ポイント。そのため海兵隊は中央山岳地帯全体をひとくくりにして「ウムロブロゴル包囲網」と称した。ある第五海兵隊員は、包囲網の内側に立て籠もる日本軍守備隊を指して、「ジャップという名の原始人が守る月面世界」とたとえ、ある別の海兵隊員は、そのような日本軍守備隊だから鉄条網を張り巡らして脱出口を塞ぎ、封じ込めてしまえと主張する。航空部隊の強い焦土化援護もあり、勝利は自分の側にあることを疑わずウムロブロゴル包囲網作戦に臨んだ第五海兵連隊であった。

けれど一〇日後には任務を解かれ、前線からはずされている。一四〇〇名もの戦死傷者を出すなど戦力が極度に疲弊していたからだ。けれどこれは後のこと。第五海兵連隊は洞窟陣地めがけて戦車、その他野砲による爆撃をたっぷり浴びせ、日本軍守備隊の戦意を萎縮させたところで改めて進撃を開始した。これは、前日の六日にこうむった打撃の反省からだった。第七海兵連隊から山岳包囲網作戦を引き継ぎ、ブルドーザーを導入して進路の安全確保をはかるまではよかった。けれど道路の拡張や障害物除去は相手にとっても見通しをよくする効果を与える。そうでありながら不用意に海兵隊員を送り込んだのでたちまち狙撃の的になり、六日の進撃は結局徒労に終わった。この教訓からハリス第五海兵連隊長は七日、あらかじめ砲撃で敵に心理的圧迫を加えるなどの準備運動を行なったのち、海兵隊の出撃を命じた。隊員たちは戦車六両、火炎放射器搭載の水陸両用戦車二両の支援を受けている。これは分厚い鉄の盾に守られているのと同じだ。だから制圧がさほど困難でないと想像こそすれ、鉄の盾の効力もじきに半減するなど想像もしない。じつは海兵隊が向かっていたのは擂鉢のような盆地であった。

中央山岳地帯とは大山、東山、観測山、水府山、南征山などを指す。これらはそれぞれ独立してはいるが、珊瑚岩の岩盤で連なっている。そのため尾根に囲まれて山麓は盆地になっている。とくに大山と南征山の山麓は高さ十数メートルから二十数メートルの断崖をなしていることから擂鉢にも似た深い窪地になっていた。後に海兵隊はこの盆地を『ワイルドキャット・ボール』（山猫盆地）と呼び、この地名を口にする場面では顔をゆがめ、唇をかすかに震わす。深い窪地は墓穴にもなったからだ。

大山には中川州男大佐指揮するペリリュー島守備隊本部が布陣する。南征山には飯田隊が堅い守りを保っている。水府山もなおまだ原田大尉のもとで健闘している。このほか富山、天山などにも中隊規模の残余兵が潜伏している。各守備隊の動きは変幻自在だった。米軍が山頂に迫れば断崖の横穴から、山麓の盆地に侵入すれば高台からというように海兵隊の動きに合わせ、けれどそれでいて一撃加えるとすぐさまその場から消えるといった多様な行動をとった。

日本軍守備隊が潜むかもしくは重火器を設置していると思われる洞窟は片っ端から戦車や火炎放射器で破壊した。これでもまだ崩れない洞窟陣地には空から四五〇キロ爆弾を投下して粉砕した。たいがいの陣地は開口部が裂け、バックリと口を開く。そこにまたも砲弾を撃ち込み、火炎放射器で焼きつくす。洞窟からなんの反応もなければ守備隊を掃討したことになる。海兵隊は一歩前進し、山頂制圧に向かった。

いずれの山岳も珊瑚岩の断崖がそそり立つ。日本軍守備隊は断崖を刳りぬいて横穴式陣地を構築している。米軍が守備隊を原始人呼ばわりするのはこのせいだ。米軍は断崖にも四五〇キロ爆弾を撃ち込み、さらに大口経の砲弾を加えて岩の壁をひとつひとつ崩してゆく。けれど効果は限定的だった。狭い領域での大型爆弾使用は大量の爆風や破片が飛散し、砕けた岩が味方の海兵隊員に突き刺さる危険がある。戦車を盾に頭を低くしながら海兵隊は山麓の盆地を慎重に移動した。

物陰もないほどナパーム弾で焼きつくしている。動くものがあれば、だからたとえ蛇でもトカゲでもすぐに発見される。じじつそうなった。海兵隊は水府山周辺にうごめく日本軍守備隊を発見した。仮借ない砲撃で水府山の洞窟陣地はことごとく崩壊し、出入り口は塞がれて生き埋め状態になったはずだが、まだ残余部隊が潜伏していたのだ。海兵隊員は狙撃から身を守るため大量の煙幕弾で敵の視界を遮り、水府山掃討に臨んだ。斜面を這いつくばり、岩山をよじ登り、山頂を目指そうとする。山頂を占領すれば水府山を制圧したことになる。けれど残余部隊の反撃は執拗だった。

米軍の砲爆撃で兵力減退は著しかったが、原田守備隊長はいささかもひるまず、残余兵とともに討ち死に覚悟で水府山死守の指揮を執った。斜面を行く海兵隊員に対しては足元の山麓から、岩山をよじ登る海兵隊員には尾根から小銃弾を見舞い、前進を遮断した。戦車部隊には山頂から速射砲を浴びせた。そのためなかには砲撃を回避しきれずに岩石に乗り上げ、キャタピラーを空転させ、やがて爆裂して盾の役目を放棄した戦車もある。

狭隘なうえに周囲が岩壁で塞がれた盆地。そのため海兵隊は増援の要請もできずにいる。増援は被害拡大のもとでもある。ただし弾薬に制限はない。兵員不足は弾薬補給で補い、海兵隊員は猛烈な反撃に転じた。日米両軍の銃撃戦で跳ね返った銃弾が白い珊瑚岩を砕き、そのかたわらには高台からずり落ち、岩のところで止まった日本軍守備隊の死体が仰向けになっている。擱座した戦車が黒煙を吐き、煙幕弾の濃度を上げている。けれど煙幕は上昇し、滞留しないため水府山のふもとでは接近戦が展開していた。ほふくの状態から射撃する日本軍守備隊に対して海兵隊員は立ち姿のまま腰だめで撃ちまくった。弾丸の装填も間に合わないほどに接近すれば手榴弾をぶち込む。足元に転がり込んだ手榴弾にとっさに覆いかぶさり、自己犠牲を惜しまない勇敢な海兵隊員もいた。日本軍守備隊も横穴から這い出し、爆雷もろとも敵中に突進。重い鉄兜だけが空中から落下した。

海兵隊員は日本軍守備隊の破滅的な肉弾攻撃に恐怖し、夜襲に身を強ばらせた。原田大隊長は夜も眠らせなかった。少数の斬り込み隊を複数編成し、ふもとの幕舎に夜通し反復攻撃をかけて海兵隊員から睡眠を奪った。睡眠不足は思考力だけでなく心身のバランスも狂わす。夜が明け、盆地に朝日がさすにつれ日米双方の兵員たちは盆地の変貌に息を飲む。昨日よりさらに死体が折り重なり、盆地は巨大な墓穴と化していた。むろん国籍が判別できる兵員ばかりではない。米軍はそれもこれも一緒くたにまとめ、ブルドーザーで掘った穴に埋葬した。

水府山の勇戦は中川守備隊長からバベルダオブ島の井上集団司令に伝えられ、さらに大本営および宮城にも達していた。十月七日、尾形健一侍従武官がペリリュー島の斬り込み隊の戦意がますます盛んなことを伝えると天皇は満足の表情で「よくやる」と褒め、中川守備隊長は四度目のご嘉尚の言葉を賜わるのだった。

大本営もペリリュー島の健闘をたたえ、まったく前例のない、陸海軍指揮官の氏名さえ、「陸軍部隊指揮官は陸軍中将井上貞衛にして海軍部隊指揮官は海軍中将伊藤賢三なり」と公表している。公表を受けた毎日新聞は両指揮官の顔写真とともに『パラオ諸島の守り』と題する社説を掲げ、国民を鼓舞するのだった。

「パラオ諸島のペリリュー、アンガウル両島に戦われている血戦はわれら国民の熱血を沸かせている。いまその戦況が大本営から発表せられた。（略）すでに大御旗のもと、勇戦の限りをつくして敵前に花と散った烈士も、今なお死よりもなお苦しい激闘を続けている勇士も、一人として千歳を貫く純忠の帝国軍人ならざるはない。これらの将兵が信じるところは帝国の完勝であり、念ずるところは敵襲滅のみである。これを信じ、これを願う心がこの輝かしい働きとなって現れている（以下略）」

けれど米軍は、日本軍守備隊は完全に守りに入り、包囲網を突破する余力を失っていることを見抜いている。中央山岳地帯の包囲網を狭める一方すでに制圧した地域の警備強化、およびペリリュー飛行場の拡張整備を着々とすすめ、十月六日には重爆撃機の発進を開始する。さらに戦闘機は爆弾とともに日本語による投降勧告のチラシも投下した。この勧告は、アンガウル守備隊に協力する島民が集団投降し、米軍の保護下に入ったことにもよった。日本軍守備隊に、しかし投降という文字はない。幾多のご嘉尚を賜わり、将兵はいたって意気軒高。そのため烏丸洋一中尉は勧告に反論する英文のチラシを作成し、海兵隊に逆送するのだった。

「哀れ無謀なるアメリカ人――あなた方は台湾及びフィリピン近海でのアメリカ第五八艦隊による海戦を御存知だろうか。日本の強力な空軍はアメリカ軍の航空母艦一九隻、戦艦四隻、十数隻の巡洋艦、駆逐艦を艦上機一二六一機とともに沈没させたのだ。この結果からしてこの次にパラオ周辺でどんなことが起こるか想像がつくことと思います。詐欺師ルーズベルトは眼前に大統領選挙を掲げ、また政策的野心から、哀れなニミッツのみならずマッカーサーをロボットのようにこき使ったのである。このような風で、何が哀れなるものか。それは君の払う犠牲に違いないのである。私は、君の書かれた投降通知状に対しては感謝しているが、我々は数日後には全滅する運命にある人々には何も降伏する理由はない。人道を無視したアメリカ軍の攻撃のあり方に対してアメリカ軍に重ねていうが、アメリカの神は日本軍にアメリカ軍隊への報復攻撃を加えせしめるであろう。繰り返し言うが、相互の軍隊の精神に反し、人道を無視した攻撃には反対である。我々はアメリカ軍に対し、激しく反撃する。残酷な攻撃を展開するつもりだ」

烏丸中尉は、両親が米国ネバダ州に移民し、ラスベガスで生まれて九歳まで過ごしていたので英語は堪能だった。九歳で両親の出身地鹿児島県にもどり、一五歳で広島の陸軍幼年学校に入校する。ここでさらにロシア語を専攻。陸軍士官学校第五六期生として入学。二一歳で少尉に任官し陸軍歩兵第二連隊に配属。中川連隊長にとくに目をかけられ、連隊旗手として中川連隊長の側近となる。

烏丸中尉だけではない。兵員たちも、増援も補給も途絶えて孤立状態にあり、もはや戦局を好転させる余力を失っていることに気づいている。ことに水府山守備隊はその時が遠くないことを知っていた。開戦当初、水府山は約四六〇名の将兵が守備についた。けれど九月末には原田大隊長が倒れ、この後も兵員の犠牲はやまず、残余部隊の弱体化は隠せなかった。米第五海兵隊が水府山に集中攻撃を加え、叩き潰したかったのはこのためだ。

バッキー・ハリス第五海兵連隊長はもうひと押しで「ウムロブロゴル包囲網作戦」は完了するとの感触をもっていた。日本軍守備隊の自在な隠密行動に翻弄され、高いツケを払わされながらも確実に包囲網は縮小し、南北およそ四五〇メートル、東西三五〇メートルの楕円形の檻の中に封じ込めているからだ。

海兵隊は戦車隊や第八一歩兵師団の陸軍部隊、さらに空軍の支援を受け早期決着をはかった。日本軍守備隊包囲網の外側には出ない。潜伏も反撃も内側に限定できた。ただしそこは珊瑚岩が絶壁をなしている。急斜面からの戦車攻撃は効果が薄いため上空からナパーム弾を徹底的に投下した。ナパーム弾の無数の火の玉がよだれのように岩壁を伝って洞窟の中に浸透し、焼きつくす。炎が消えれば灰色の煙が巻き、吸い込めば呼吸器疾患を与えた。ナパーム弾がくすぶり、迫撃砲でさらに洞窟の亀裂を広げる。

日本軍守備隊の抵抗はしだいに衰え、散発的な銃声が壕内から響いた。けれど自分たちに発砲したものでないことを洞窟に踏み込んだ海兵隊員は知った。黒く炭化した死体のほか銃身の上に突っ伏した日本兵を見ていた。

水府山攻略で包囲網は縮小した。けれど払った代償を考えればはたして釣り合っていたかどうか。第五海兵隊もまた約一四〇〇名の戦死傷者を出し、余力はなかった。十月十五日、米第五海兵連隊は前線任務を解かれ、後方警備に回された。「ウムロブロゴル包囲網作戦」は米第八一歩兵師団に引き継がれた。この時点で米第一海兵師団のペリリュー島での役割は終わった。リュパータス海軍少将の存在理由も失った。むしろ彼の交替は遅きに失したぐらいであった。

リュパータス少将もまた功名心に誘惑されたことで職権を失った。第一海兵連隊はオレンジ・ビーチに上陸した一週間後、はやくも一七〇〇名の戦死傷者を出し、戦闘能力を失っていた。そのためこの時点でロイ・ガイガー第三水陸両用軍団長は第八一歩兵師団の援軍を打診する。けれどリュパータス少将はこれを黙殺した。最後まで自分の手で決着をつけるとの自信を持っていたからだ。この功名心が兵力の消耗を招いた。自信はなんら根拠のない単なる法螺にすぎなかった。戦闘の長期化で短期決着はあっさり覆され、軽率な言動が露呈。指揮官としての資質に不審さえ持たれるようになり、すっかり憔悴していた。海兵師団の交替は同時にリュパータス少将の存在も終わったことを意味した。十月二十日深夜、ロイ・ガイガー少将らとともに空路、ペリリュー島からガダルカナル島に向かった。

第九章　玉砕

第一海兵師団の役割は終わった。各大隊は前線から退却し、後方警備などにまわされた。そのため海兵隊員のなかには不平をもらすものもいた。海兵隊といえば真っ先に上陸し島を占拠する。これが生甲斐で志願する命知らずの戦闘集団で聞こえている。それなのに暇をもてあまし、手持ち無沙汰だったからだ。

海兵師団から第八一歩兵師団に交替したことで米軍はペリリュー島攻略作戦に転機を迎えた。海兵隊が築いた「ウムロブロゴル包囲網作戦」で日本軍守備隊を楕円形のなかに封じ込めている。歩兵部隊はこれを引き継ぎ、さらに包囲網を縮小しながら天山あるいは南征山などに立て籠もる日本軍を殲滅し、完全制圧を目指すことになるからだ。

ポール・ミューラー陸軍少将率いる第八一歩兵師団は『ワイルドキャット』と仇名された。さしずめ俊敏で獰猛な山猫ということだ。ところがこの山猫はもはや体中傷だらけだった。歩兵師団第三二一歩兵連隊は、アンガウル島から転戦した九月二十三日からペリリュー島攻略の指揮権を海兵隊より委譲された十月二十日までのほぼ一ヵ月間に約一〇〇〇名の戦死者と四七〇名の負傷者を出している。この損害はさらに包囲網の縮小にともなう複郭陣地の接近に比例して増加は避けられないものとなる。

米軍の攻撃がやや緩慢なことから中川守備隊長は米軍の休息や編成替えを推測したが情報はなく、正確には知らない。だからペリリュー島に上陸した米軍の陸空海各部隊の兵員数はもちろん目前に対峙する歩兵部隊の員数すら把握できなかった。けれど味方の戦力については掌握していた。中川守備隊長は十月十四日、自軍の戦力について次のように井上集団司令に報告している。

海軍を含む兵員一一五〇名。小銃五〇〇挺。弾薬二万発。軽機関銃一三挺。重機関銃六挺。弾数合計一万発。擲弾筒一二。弾数一五〇発。自動砲一、弾数五〇発。歩兵砲一、弾数一二〇発。速射砲弾数三五〇発。曲射砲三、弾数四一発。手榴弾弾数一三〇〇発。戦車地雷、弾数四〇発。黄色火薬八〇キロ。発煙筒八〇。このほか米軍から奪った武器弾薬若干。

ただし、じっさいの兵員はこれより多かった。天山を死守する第二大隊との通信が途絶し、所在がつかめなかったため戦力に加えなかったからだ。とはいえ米軍上陸開始からおよそ一ヵ月、兵力は一割にまで低下していた。むろん武器弾薬食糧の不足も同じであり、戦局の好転をはかるなどよほどの奇跡でも起こらないかぎり困難なことは明らかだ。そこで中川守備隊長は残余勢力で長期持久戦に持ち込み、米軍をペリリュー島に釘付けにし、本土侵攻をいかに遅らせるか、このことに腐心した。さいわい兵員の士気はいたって盛んであり、友軍機の支援も発奮材料になった。フィリピンのダバオ基地を発進した第六十一航空戦隊による十月十二日、十三日の夜間奇襲攻撃は完成間もないペリリュー飛行場に打撃を与え、米航空部隊を混乱させた。日本軍守備隊にすれば夜間奇襲攻撃はナパーム弾でさんざん痛めつけられたその仕返しともなり、溜飲を下げた。

十月十四日、ペリリュー島激戦は新たな段階に入った。この日午前六時、二時間にわたる空からのナパーム弾投下で日本軍守備隊が籠城する複郭陣地周辺を焼き払い、遮蔽物を除去したところでピーター・クレイノス第三二一連隊第二大隊長は大山、天山、南征山など残る山岳地帯を一気に殲滅する本格攻勢に出た。クレイノス大隊長はなかでもとくに南征山攻略に重点を置いた。南征山は中川守備隊司令部が立て籠もる大山の前衛の役を果たしている。そのため海兵隊も一度ならず攻略に臨んだものだが結局攻め切れずに後退せざるを得ず、歩兵部隊に後事を託すという苦い経験をしている。

南征山は南征一心隊が守備している。この隊は飯田大隊長が井上集団司令に直訴し、白鉢巻に白襷姿でペリリュー島に逆上陸した増援部隊であっただけに兵員の意気はすこぶる盛んであった。水府山からの砲声は散発的になった。これで原田隊の陥落を知った飯田大隊長は、敵が次に矛先を向けてくるのは南征山であること、予測した。

米軍の山猫部隊は南征山を南北から攻め込んだ。とくに北側は山頂まで一八〇メートルという地点に迫り、あとひと押しで制圧というところまで達している。クレイノス大隊長はそこで迫撃砲あるいは八一ミリ機関砲を集中的に浴びせる一方、占拠した地点から順に砂袋を積み上げ、日本軍守備隊の正確な狙撃を防ぐ新たな防御措置をとった。南征山の手前には五つの丘陵が立ち塞がっている。二〇メートルほどだからさして高くはないが断崖になっている。南征山を完全に占領するにはまず五つの丘陵を攻め取る必要がある。丘陵はけれど小さなコブになっているだけに狭くて複雑に入り組んでいる。戦車など大型火器の進入は無理であり、山頂占領は結局徒歩に頼るほかない。そのため歩兵部隊はまるで冒険映画のように断崖に梯子をかける、あるいはロープを垂らしてよじ登るありさまだった。

この時を待っていた飯田大隊長は北面守備隊に反撃命令を発した。北面陣地に張り巡らされた複数の射撃口から小銃が火を噴き、機関銃が炸裂し、梯子やロープをよじ登る山猫部隊に集中弾を見舞った。山猫部隊は悲鳴を上げ、血まみれとなって豆粒のようにこぼれ落ち、谷底に転落していった。けれどさすが獰猛な山猫の異名を持つ第八一歩兵師団の将兵。日本軍守備隊の集中射撃にもひるむどころか血みどろの手でなおも梯子を伝いながら断崖をよじ登り、あくまで丘陵制圧に固執する。

北面守備隊の反撃に限界を見た飯田大隊長は白柄の軍刀をひらめかせて南西陣地壕から飛び出し、北面守備隊を側面から支援するとともに敵軍を追い払い、出撃前の位置にまで押し戻していた。さらにこれだけではなく、夜半には決死斬り込み隊が米軍の幕舎を襲撃し、寝首を討ち取るのだった。

無論飯田隊も無傷ではない。戦闘のたびに兵力は消耗し、逆上陸から一ヵ月後の十月十七日、福井義介第十五連隊長宛て電報で飯田大隊長は負傷兵を含めて残余兵力は三〇〇名と報告し、ペリリュー島守備隊の確保面積も幅六〇〇メートル、縦五〇〇メートル程度と伝えている。

　大山の南面を守備する天山もいまだかたくなに抵抗していた。天山は第二大隊の残余兵と海軍中隊の一部、このほか工兵、通信兵などが一体となって死守していた。開戦早々西地区で米軍の上陸阻止についていた富田大隊長をはじめイワマツ、クロマツ陣地の中島正中尉および川又広中尉ら中隊長も戦死し、中隊兵力も半減した。そのため第二大隊副官の関口正中尉が大隊長代理となり、なおまだ無傷でモミ陣地を守る大場孝夫中尉の第六中隊に合流した。大場中隊長は関口大隊長代理と諮り、開戦翌日から早くも夜襲攻撃を仕掛けた。夜襲にはイワマツ、クロマツ陣地の生き残りも参加した。米海兵隊はおもにイワマツ、クロマツ方面から上陸したのでモミ陣地はほとんど被害がなかった。そのため大場中隊長は生き残った将兵を掌握したうえで夜襲斬り込み隊を編成した。

　山口永少尉は第二小隊長として三〇名の部下のなかから夜襲要員を選抜した。けれど夜襲も、寝込みを襲うとはいえたやすくない。沖合に停泊する米艦隊は間断なく照明弾を放って日本軍守備隊の行動を牽制している。幕舎の周囲も蛇腹の鉄条網をいく重にもめぐらし、さらにその後ろには戦車が盾のように並ぶ。堅い守りを突破し、首尾よく幕舎を襲っても戻ってくる兵員は半分ならまだいいほうだ。

　山口少尉は大場中隊長の戦死にも出くわしている。大場中隊長は開戦三日目の九月十七日未明、迫撃弾を浴びて絶命した。このとき山口少尉は部下の大畑守兵長と次の夜襲目標や人選を練っていた。そこに大場中隊長の、富山陣地壕に集合せよとの伝令を持った伝令兵が来たので山口少尉は部下全員で大場中隊長のもとに行きかけた、この時であった、迫撃弾が落下した。山口少尉は大場中隊長から、「おぉー山口、無事に戻ったか。いますぐ富山に引き揚げろ」、とねぎらいの言葉をかけられた直後、大場中隊長の五体は砕け粉塵と化した。

中隊長を失った山口少尉は富山の戦況把握のため石川一准尉を差し向けた。富山には大隊長代理の関口中尉のほか残余兵がいるはず。大場中隊長が富山集結を伝えたのもこの残余部隊と合流するためだった。ところが石川准尉が持ち帰った報告は、上陸三日目で米海兵隊は富山にまで迫ってきた、これを迎え撃った大隊本部は大半が討ち死にし、かろうじて三十数名が生き残った、というものだった。

山口少尉は富山には向かわず天山に後退した。関口大隊長代理が富山から天山に移動するのと同一行動をとったのだ。天山には宇田忠中尉の第七中隊が健在であった。第七中隊と合流後の九月十七日、関口大隊長代理はあらためて兵力の掌握をはかった。大隊本部約二〇名、第四中隊五名、第五中隊約二五名。第六中隊約二〇名のほか工兵中隊約五〇名。通信隊一〇名。さらに海軍大谷龍三大佐部隊約二〇名の生存が確認され、およそ一五〇名が引き続き天山死守にあたった。

けれどほとんど孤立状態だった。すでに通信機器は米軍に破壊され、守備隊本部司令との交信は不可能だった。だからアンガウル島にも米第八一歩兵師団が上陸したことも、開戦から一週間後に飯田少佐率いる南征一心隊が逆上陸し、ペリリュー島守備に加勢したことも当然知らない。関口大隊長代理はやむなく独自行動を取らざるを得なかった。

米海兵隊は戦車および火炎放射器を搭載した水陸両用戦車を前面に押し立て、天山周辺の洞窟をひとつひとつ叩き潰しながら一挙に天山制圧に迫った。むろんこれを許さない天山守備隊は擲弾筒攻撃と夜襲斬り込みを反復。南北およそ三〇〇メートル、東西約二〇〇メートルの天山の争奪をめぐって一進一退する日米両軍の攻防戦が展開した。

十月に入ると疲弊した米海兵隊が徐々に後退し、陸軍の歩兵部隊が前面に立ったこともあり、攻撃はいっそう仮借ないものになった。火炎放射器やバズーカ砲は従来通りだが、これに加えて山猫部隊はポンプ式の器具を使って洞窟にガソリンを流し込み、火を点けて洞窟の中にいる日本軍守備隊を火炙りにする。さらには洞窟の上からロープで吊るした爆弾を壕内に投げ込むなど、まさに牙を剥き、凶暴化した山猫のように手段を選ばない殺戮戦法を駆使し、天山攻略に躍起となった。これに対抗するため関口大隊長代理は秘策を考案した。工兵隊に航空爆弾を対戦車用の電気点火式地雷改造を命じたのだ。補給を断たれ、限られた手持ちの武器弾薬を効果あるものにしようとすれば考えられるのはこれであった。関口大隊長代理は改造地雷で敵の戦車を爆破し、自軍の一点突破をはかろうとした。

山口少尉は思わず唸った。激戦で思考も精神も混濁していながら、なお特異な構想がひらめく関口中尉の冷静な指揮にたいしてだ。むろん要請に応えようとする工兵隊にもである。

工兵たちは要請に応えるため工夫を凝らした。工兵隊は工兵第十四連隊第一中隊で編成され、歩兵第二連隊の指揮下に入った。満州の国境警備でも同一行動を取り、ペリリュー島上陸後は複郭陣地構築、道路整備、水際の障害物、戦車壕設営などの先頭に立ち、まさに工兵隊の本領を発揮した。航空機攻撃用の小型爆弾に電気爆破装置を接着して埋設地雷に造りかえ、道路下に埋めた。敵の戦車が地雷の上を通過すると同時に珊瑚岩の陰に待機している工兵が電源を入れ、爆破するという趣向だ。関口中尉の着想は的中し、大いなる戦果をもたらした。地雷が埋められているなどツユとも知らない戦車部隊はまんまと術中にはまった。地雷の真上にさしかかったところで工兵隊は、それっとばかりに電源を入れた。戦車は車体を浮かせ、地響きを立て、たちまち爆破。これが二日つづき、三両の戦車が炎上した。山口少尉はまたしても感嘆した。

米軍戦車は日本軍守備隊の貧弱な装備や防御をまるでみくびっていた。けれど三両の戦車を破壊し、七十数名の人的損害を与えたことでそれを覆したうえに物量で押してくるだけの山猫部隊に頭脳戦で勝ったからだ。

連日の戦車喪失に驚愕した米軍はさすがに慎重になり、三度目はなかった。ブルドーザーを差し向けて埋設地雷を除去し、そのあとに戦車と歩兵部隊が続いた。山猫部隊は戦車爆破の恨みを晴らすようにいっそう凶暴性を剥き出しにした。第八中隊が立て籠もる天山北面の洞窟陣地に大量の戦車砲、バズーカ砲を撃ち込み、粉砕した。第八中隊を指揮する山口平四郎少尉は肉弾戦でこれに挑んだが、残余兵力一五名とともに玉砕した。

この時点で関口中尉は、天山退却もやむなしと判断した。有効な反撃手段はすでに使い果たし、兵力も陸海合わせて四〇名にまで減り、戦力にはなり得なかった。関口中尉は残る兵員を率いて守備隊司令本部に合流するため十一月三日夜半、天山を下り大山に転進した。大山の複郭陣地で指揮を執る中川州男ペリリュー島守備隊長は戦局がますます重大な局面に達し、予断を許さないなかにありながらもそれを上回る朗報に接し、意気いたって高揚していた。

十月末、中川守備隊長が掌握した兵力は負傷者を加えて約五〇〇名であった。けれどここには天山守備隊や歩兵十五連隊の千明隊とは連絡がとれないため残余兵には含まれてない。兵力の減少にともない武器弾薬、食糧の欠乏も著しかった。小銃一九〇梃、軽機関銃八梃、両方合わせて弾数一万六〇〇〇発、重機関銃四梃、弾数二八〇〇発、擲弾筒一、弾数二〇発、手榴弾五〇〇発、戦車用地雷二〇発、火炎瓶一〇本であった。

食糧は、六五〇名を想定に、半定量としておおむね十一月二十日が限度となっていた。半定量とは、兵営においては米麦飯二合に副食、汁、漬物というのが一般的な一日一人分の定量だったから、この半分となる。ただし戦場となれば炊事などしているいとまはない。深さ一二センチほどの木綿袋がわたされ、中に入った代用食の乾パンと金平糖でしのぐことになる。これらはへることはあれ補給されることはない。したがって食いつくしたとき守備隊の命運も尽きる。中川守備隊長の気分は明朗だった。戦局の悪化をしのいでなお余りある至福に浴していたからだ。

十月六日、大本営はペリリュー島守備隊の奮戦を全国民に伝え、異例ともいうべきパラオ地区指揮官の氏名を写真付きで公表した。さらに十月十五日、井上集団司令より台湾沖航空戦勝利が伝えられ、ペリリュー島守備隊の戦意鼓舞に大いに具するものだった。台湾沖航空戦とは、パラオ諸島攻略を支援する米第三艦隊が台湾・沖縄方面に移動し、十月十二日から十七日にかけて二七〇〇余機の戦闘機および爆撃機が台湾を空襲したものだ。これに対して豊田副武連合艦隊司令長官は捷一号、二号を発動し、基地航空機約四五〇機、艦載機約三五〇機で迎撃戦を展開する。大本営は一月十五日午後三時、空母一一隻撃沈撃破、戦艦四隻、巡洋艦七隻撃沈撃破、艦種不明一三隻撃破——という大戦果を発表した。

多田督知師団参謀長は大本営の戦果発表を受け、敵機動部隊は東方に向けて敗走中。我が航空部隊は敵を追尾し、反復猛攻を加えて戦果拡大中との電報を各守備隊に打った。けれど後日、大本営の戦果発表は誤報であったことが判明する。悪天候下の、しかも夜間攻撃であったことから正確な戦果を検証せず誇大に発表したのが誤報の原因だった。中川守備隊長に誤報であったとは伝えられておらず、戦果をそのまま信じていた。

十月二十三日、豊田連合艦隊司令長官よりペリリュー島守備隊の武勲を讃える感状が伝授され、同じ日、天皇より六度目のご嘉尚の言葉も授与された。「水際ニ叩キツケ得サリシハ遺憾ナリシモ順調ニテ結構テアル。ペリリュー島モ不相変ラスヨクヤッテイルネ」との短い言葉ではあったが、豊田連合艦隊司令長官の感状と合わせて倍する感激に守備隊将兵はこぞって胸を奮い立たせ、さらなる奮闘を誓うのだった。

十月二十七、二十八日の夜半、第三十根拠地隊魚雷挺進隊を指揮する遠藤谷司中佐の海上遊撃隊が大発動艇、魚雷艇など九隻に分乗し、視界不良の暗夜のなかバベルダオブ島を出撃。

米艦艇の厳重な警戒網を擦り抜けてペリリュー島東海岸に係留する一八隻の輸送船団に肉薄し四隻を撃沈撃破する戦果を挙げている。ご嘉尚、感状、友軍の戦果などかずかずの朗報に接し、将兵の士気もいよいよ旺盛となり中川守備隊長の指揮は一段と確信に満ちた。

大山の早期制圧を目指す第八一歩兵師団の山猫部隊は南面の観測山、西面の天山、北面の南征山それぞれの方面から攻め込んだ。前衛の五つの丘陵を占拠したことで邪魔物を取っ払った山猫部隊は南征山占領もおおむね達成した。

ただし制圧するまでにはかなりの時間と労力を費やした。土嚢戦法に頼らざるを得なかったからだ。土嚢はペリリュー島海岸の砂を袋に詰め、トラックで山岳地帯まで運搬された。これを歩兵たちは肩に担ぎ、吹き出る汗をぬぐいながら斜面をよじ登り、占領地点に積み上げていった。だから、「こんなことして何になるんだ」とけなす兵員もいた。槍と剣で戦っていた、いかにも時代遅れの戦法に思えたのだ。けれど樹木はなぎ倒されて遮蔽物はなく、急斜面と狭隘な地形で戦車など重車両の行動も限定的ななかで日本軍守備隊の狙撃から身を守る方法としたらこれ以外ない。じっさい南征山占領は土嚢が功を奏した結果だ。

山猫部隊は棒の先で土嚢を少しずつ押し上げながら南征山の断崖を這い上がり、前進した。土嚢の陰に身を伏せての前進だから接近できても数センチでしかない。これを尺取り虫のように繰り返し、山頂を目指すがそのうち軍服が使いものにならなくなっている。尖った珊瑚岩に軍服が引っ掛かり、ぼろぼろに破れている。南征山制圧に手間取ったのはこのような事情からだった。山猫部隊にとって難儀な南征山制圧に七五ミリ榴弾砲の支援も助けになった。

榴弾砲は軽量小型で分解搬送が簡便なことから山岳戦には適していた。砲兵隊は榴弾砲二十数門を占領済みの丘陵に引っ張り上げ、南征山の稜線陣地を粉砕して日本軍守備隊を洞窟内に閉じ込めると生き埋め戦法に出た。山岳戦の有効性が確かめられた七五ミリ榴弾砲は南征山から大山に筒先を向けた。

かくしてペリリュー島の各方面守備隊はことごとく壊滅し、組織的抵抗を継続するのは大山陣地に立て籠もる中川守備隊本部のみとなった。守備隊本部もけれど兵力減退は止めようもなく、十一月五日時点の戦闘可能兵力は三五〇名。重傷者は一三〇名であった。十月二十九日には戦闘可能な兵力はまだ五〇〇名いたから一週間ほどで一五〇名が脱落したことになる。

十一月四日から五日間ほど台風がペリリュー島を襲い、豪雨が叩きつけた。台風は地上の出来事など斟酌ない。自然の調和に変動をきたせば地震、津浪、暴風雨にもなる。日本軍守備隊にとってけれど豪雨はむしろ慈雨といえた。たのみの綱というべき水源地の青池は米軍に奪われたうえに鉄条網で妨害され、給水は完全に遮断された。そのため守備隊の水筒は空っぽ状態がつづき、水の欠乏に苦しんでいた。そこに豪雨だったから胃袋にたっぷりと水分を補給し、さらに鉄兜などあらゆる容器に溜め込んだ。

台風は日米両軍につかの間の休息をもたらした。緊張感がほぐれ、ふと故郷に思いを馳せる兵もいた。梅沢政一軍曹もそうだった。故郷には二年近く帰っていなかった。筑波山に近い茨城県志筑村の生家には両親がおり、養蚕に精を出している。長男の梅沢軍曹は石岡農学校を卒業後、家業を継いだが、一九四三年二月、二〇歳で歩兵第二連隊に召集された。新兵教育を受けたのち満州の嫩江に渡り、国境警備についた。この後幹部候補生として下士官教育をうけ、伍長、軍曹と進級。翌一九四四年四月、輸送船能登丸に乗り込み、パラオ諸島に転進したから梅沢軍曹は入営以来故郷には一度も帰っていなかった。両親はつつがなく暮らしているに違いない。二歳下の好雄も気掛かりだった。弟は石岡農学校を中退し、自分より一足早く陸軍少年飛行兵に志願し、甲種第一五期生となった。今は中国の青島か大原基地におり、隼戦闘隊の操縦士として中国大陸の空の守りについているはずだ。弟とも、東京陸軍航空学校の休暇を利用して二人で靖国神社を参拝し、東京駅で別れたのが最後だった。

台風が去り、天候の回復と同時に山猫部隊の攻撃が再開した。土嚢を押し上げながら徐々に包囲網を圧縮し、もっとも近いところでは複郭陣地まで二〇メートルの地点に接近していた。中川守備隊長は毎夜斬り込み隊を送り出し、夜襲をかけるものの厳重な幕舎の警備に撃退され、戦果より犠牲のほうが多かった。十一月八日、天皇より八度目のご嘉尚の言葉が伝えられた。けれど反撃能力はほぼ限界に達し、最終段階に至ったことを村井権治郎少将は井上集団司令に打電せざるを得なかった。村井少将は助言者として集団司令部からペリリュー島に派遣されたので主導権は中川守備隊長にあり、前面に出ることはなかった。けれどこの時はじめて自分の署名で電報を送った。電文はあらましこのようなものだった。

飲料水は欠乏し、塩と粉味噌で飢えをしのぐことすでに数十日。この間すすんで忍苦に耐え、これを克服する意気と闘魂のたぎるところなれど、集団の意気こそが生命となっている。

固く天佑神助を信じるものの最悪の場合は軍旗を処置したのち、おおむね三隊とし、全員飛行場に斬り込む覚悟――。

電報は井上集団司令に送られた。けれどこの頃井上集団司令は虫垂炎の手術後で加療中であった。十月下旬頃より右下腹部の痛みを感じていたが、戦局の重大性から司令室を離れるわけにはいかず我慢していた。けれど十一月に入ると手術せざるを得ないまでに症状は悪化していた。十月十九日から月末にかけて中川守備隊長が集団司令部に送った電報の宛て名が多田督知参謀長になっているのもこのためだった。村井少将の電報にしかし井上集団司令は守備隊の窮乏に同情し、理解しつつも守備隊の奮起は陸海全軍および一億国民を鼓舞するものであり、万策を尽くして軍旗を奉じ、将兵心をひとつにして苦難を突破し、神機到来を待つべしと返電する。

井上集団司令も手をこまねいていたわけではない。西カロリン航空隊に上空からの物資投下を要請する。あるいは海上遊撃隊の編成と訓練を命じるなど可能なかぎりの対策は講じていた。西カロリン航空隊は零式水上偵察機をしばしば夜間発進させ、竹カゴで梱包した手榴弾、無線機用の乾電池、真空管などの物資をパラシュートで投下した。ただ夜間であり守備隊の正確な位置も不明などから目標をはずれ、米軍陣地に落下するものもあった。零式水上偵察機は、時には米軍向けの抗戦ビラもバラ撒いた。

「かわいそうなヤンキー諸君、日本軍は大海戦で米空母や戦艦航空機を撃破した。貴殿らの投降勧告はありがたく頂戴するが、われわれに投降する理由などまったくない。なぜなら貴殿らは数日中に撃滅される運命にあるからだ」——

海上遊撃隊は集団司令部直轄部隊として早くも七月下旬に編成され、隷下の第十五、第五十九各連隊から水泳が達者な少尉三名が抜擢された。三名は司令本部に出頭し、多田参謀長から、米第三艦隊はサイパン、テニアン玉砕後パラオ諸島に向かう公算が大きい、したがって海上遊撃隊をもって敵艦撃沈に具するため奇襲戦法の研究と訓練を行なってもらいたいとの説明を受けた。五十九連隊第二大隊第六中隊の小隊長であった君島文夫少尉は水泳が得意というほどではなかったが、仲森玲司郎大隊長の推薦で海上遊撃隊に派遣された。多田参謀長からさらに訓練期間は一ヵ月、現地召集の沖縄出身兵をつける、宿舎は南洋神社裏の台地に一棟確保してあるなどの説明を受けた。

君島少尉にはやや不安もあった。爆薬の知識も遊撃戦の訓練も皆無のなかでしかも一ヵ月間と限定された期間中にはたして満足な成果が得られるかどうか自信が持てなかったからだ。けれど開戦間近い緊迫した情勢下では悠長に構えてはおれず、最善を尽くすことで腹を決めた。昼間は潜水、遠泳、立ち泳ぎ、平泳ぎ、音を立てずに敵艦に接近する隠密泳法訓練や体力増強についやした。二十数名の沖縄出身兵はもともとパラオ諸島で漁師をやっていただけに水泳も達者なら水中に五分ぐらい潜っても平気だった。夜間はコロール島の南洋神社裏の宿舎で爆薬の製造法と運搬法の研究に議論をかさねた。どのような爆薬をどのように運び、敵艦のどこにどう設置するか、これが課題だった。運搬方法は軽量で波の影響が少ないことから竹製の筏にすることで決まった。問題は爆薬だった。小型で軽量、けれど破壊力が強く湿気にも強い、さらに水中でも発火するものでなければいけない。これらの条件をいかに満たすか、君島少尉らは知恵をしぼった。

議論を交わしながらとる夕餉の味はひとしおだった。集団司令直轄だったため部隊ではめったにありつけない米、乾燥肉、鶏卵、乾燥味噌などの給付を受け、これに沖縄出身兵が訓練の合間に捕まえた魚介類が加わるから豪華な夕餉になった。議論をもとに試作品の有効性を高めるため改良を加えながら一ヵ月後、多田参謀長に提出した爆薬の研究結果は次のようなものだった。防水加工した縦横二〇センチの正方形の木箱の中に黄色火薬と導火線のコイルを詰める。導火線は手榴弾用の信管につなげる。爆薬は縦横一メートルの竹製の筏の中央に乗せて三名で運び、敵艦に接触後爆薬をスクリューの心棒ないし羽根に設置。信管をはずしてから爆発まで五分間。したがって三名は設置後すみやかに現場を離脱するというものだ。

君島少尉の研究成果に多田参謀長は満足の意を示し、成果を実施に移すため改めて正規の遊撃隊編成を命じるのだった。ここで海上遊撃隊集団司令直轄から連隊長直属となり、君島少尉は五十九連隊の各中隊から選抜された下士官兵三五名を編成し、アイライ湾に侵入する米艦船の爆破任務に就いた。けれど君島少尉の出番は来なかった。米艦隊はバベルダオブ島を通り越してペリリュー島沖に集結し、アイライ湾侵入がなかったからだ。そのため君島少尉は研究成果を試す機会もないまま任務解除となり、君島少尉ら三五名は漁労隊と名を変えて魚介類調達に任務変更となった。食糧欠乏から連隊の将兵に栄養失調や餓死者が出始めていたのだ。ただし海上遊撃隊による米艦船襲撃作戦自体は継続していた。

井上集団司令は十一月二日、第十五、第五十九各連隊長に対し集団司令直轄の海上遊撃隊を再編成し、マカラカル・ウルクタープル両島の配備ならびに米艦船のペリリュー島からの北上阻止を命じた。ここに再び海上遊撃隊の新たな陣容が整った。すなわち小久保荘三郎少佐を隊長とする第十五連隊の田村竹男大尉率いる第一海上遊撃隊、第五十九連隊の柳沢己末男中尉率いる第二海上遊撃隊だ。兵員はいずれも一五〇名で、田村隊はマカラカル島に、柳沢隊はウルクタープル島に配置した。ここには君島少尉の名はなかった。戦術も、爆破攻撃にかわって敵艦に乗り込んで急襲する日本軍伝統の斬り込み夜襲であった。

再編後の準備が整ったところで小久保隊長はさっそく第二海上遊撃隊にガラコン島の米軍基地破壊を発令した。小隊長の高垣勘二少尉は武器を筏に乗せて九名の兵とともに十一月八日深夜、マカラカル島の岸を離れてデンギス水道を横断し、ガラコン島東海岸に上陸した。三ヵ所の米軍幕舎を発見後三組に分散して急襲。米兵九名を殺傷したほか比嘉定四郎一等兵は単身敵陣に突っ込み、キャノン砲の腔口に手榴弾をほうり込んで破壊する豪胆さを見せた。このほかさらに探照灯を破壊し、武器も捕獲して退却した。けれど米軍に潜入を探知され、斬り込み隊も三名が帰らず、比嘉一等兵もそのなかにいた。小久保少佐はつづいて十一月十七日深夜、海上遊撃隊第二陣の発進を命じた。

この日ペリリュー島では山猫部隊が大山陣地の南北三〇〇メートル、東西一〇〇メートルの地点にまで達していた。そのため中川守備隊長が掌握する戦闘可能な人員はさらに減少し、十一月十六日の段階で二五〇名であった。このほか食糧も弾薬も底を打ち、無線用乾電池も十一月十五日以降の受信が不可能なまでに消耗していた。南征山の飯田隊も十月二十八日には羽鳥好簡中尉が戦死し、十一月五日には奥山明中尉、十日には岡本武中尉、鈴木清大尉らが戦死した。飯田大隊長は残る兵力でなおも南征山を守護するもののじり貧は隠せなかった。

戦局転換は望めないまでも悪化を阻止し、米軍に一矢報い、ペリリュー島守備隊の無念を晴らしたいとの思いから小久保少佐はふたたび柳沢隊に出撃を命じた。茨城県出身の小久保少佐も第二連隊が原隊だった。潜入地点も前回と同じくガラコン島であった。ただし前回の高垣隊の破壊工作で損害を出したことから米軍は遊撃隊根拠地のマカラカル島に連日艦砲射撃を続行し、ジャングルの樹木はことごとくなぎ倒され、赤い地肌をさらしていた。第二陣の破壊工作はこのような艦砲射撃や小船艇の警戒網をくぐり抜けて敵の駆逐艦ないし潜水艦に夜襲をかけ、さらにこれを拿捕して日章旗を掲げ、マカラカル島まで曳航することで局地的制海権を奪還するという一か八かの作戦だったから前回の破壊工作より大胆な行動になった。

破壊工作要員も前回出撃した高垣少尉のほか三上義市少尉ら三五名に増え、大発動艇を敵艦に見立て、夜間訓練を繰り返した。訓練は敵艦の船尾に鉤爪を引っかけてよじ登り、甲板上の警備兵を刺し殺してハッチを開き、すかさず手榴弾を艦内に放り込む。虚を突かれて騒然とするのに乗じて躍りかかり、機関室、通信室、銃座などの破壊と兵員殺傷を想定したものだ。まさに忍者もどきの不敵な奇襲戦法だが、首尾よくやるにはまず敵艦に忍び込めるかどうか、これが鍵になる。

十一月十七日、訓練の成果が試される。三十数名の遊撃隊員は小久保隊長より注がれたグラスのウィスキーを飲み干し、必勝を誓ったところで各自に配られた五個の手榴弾を下帯びにしっかりと結わいつけ、短剣を背に負い、五個の爆薬を筏に乗せて深夜、マカラカル島の海岸を離れた。

けれど奇襲戦法は失敗した。敵艦に接近し、鉤爪を引っかけたまではよかったが、物音に気づいた警備兵が「ジャップ、ジャップ」と叫んだことで一斉射撃を受けた。後続組も、まだ敵艦にたどり着かず遊泳中であったところを撃たれ、捕虜になったものもおり、マカラカル島の根拠地に帰還したのは高垣少尉ら数名にすぎなかった。

村井権治郎少将は自軍の反撃能力の低下を認め、最悪の場合は軍旗を処置して玉砕を、との電報を井上集団司令に送ったが、中川守備隊長の思いも村井少将と同じであった。これは電文の変遷から読み取れる。中川守備隊長は開戦以来電報で集団司令部に戦況を報告している。電文の最後に、「元気百倍ニシテ士気マスマス旺盛」「一同キワメテ士気旺盛」などの決まり文句でたいがいは締めくくっている。

ところが十一月十三日の電報では、「士気旺盛イヨイヨ決死敢闘シアリ」。十六日の電報では、「士気旺盛誓ツテ上司ノ期待ニ副ワンコトヲ期シアリ」、さらに十八日の電報では、「一同士気旺盛、最後マデ現在地域確保ニマイ進」と意気盛んな電報から悲愴感をにじませるものに変化している。

じじつ戦局はいよいよ切迫し、最終局面を迎えようとしていた。士気旺盛といいながらも、ある軍医のように白旗をかかげ米軍の投降勧告に応じる、あるいは海軍兵士のように海軍司令部跡の地下壕に潜伏中、隠匿されたカルピスを発見し、「こんなところで初恋の味を見つけるなんて……」といいながらガブ飲みし、別の海軍兵士はウィスキーをラッパ飲みしてほろ酔い気分になり、地上では激戦を展開しているというのに鼻歌を歌い出すありさま。さらには、中隊から離れ、置いてきぼりにされた兵員が集団投降するなど必ずしも士気旺盛とは言いがたいものもいた。これらは自軍の末路を知り、戦意を放棄したことを表わしたものだ。

大山に陣取る守備隊本部も夜襲をかけるたびいく人は戻らず、出撃回数も兵員もしだいに減っていった。豊富な物量に頼む山猫部隊はあたかもあざ笑うかのようにまたしても新兵器で武装しはじめた。一〇〇メートル前方の標的まで届く長距離火炎放射器を投入したのだ。大山の守備隊本部壕まで一〇〇メートルという地点に達していた。ところがここで足踏み状態となった。大山は山岳地帯のなかでもっとも標高があり、ペリリュー島全体が一望できる。そのため東西南北は険しい断崖に囲まれ防護壁になっている。並の銃砲では効果もなく、戦車も火炎放射器搭載の水陸両用戦車の侵入も遮断されている。

大山の完全制圧を目前にしながら有効な手が打てない。ポール・ミューラー第八一歩兵師団長はだから記者団を前に、勇敢な日本軍守備隊に敬意を表する余裕を見せながらも、「穴の中を焼くよりは突撃してくれたほうがこっちとしては撃ちやすいし、楽なのだが」と苛立ちの表情で答えている。バンザイ突撃を封じた日本軍守備隊の執拗さが悩ましかったのだ。

海上遊撃隊が敵艦破壊のためマカラカル島を離れた同じ夜、中川守備隊長は各方面に点在する地区守備隊を大山の本部壕に集結させた。最後の決戦に臨む措置だ。すでに山猫部隊は一〇〇メートルまで接近し、米兵たちは一番乗りを果たそうと先陣争いを見せている。ブルドーザーも戦車侵入路拡張にエンジンをフル回転させて、工事が終わりしだい攻撃に打って出ること必至だ。事態の急迫を察知する中川守備隊長は十八日早朝、井上集団司令に向け、ついに決別の電報を打った。

「大命ヲ拝シ軍旗ヲ奉ジテペリリュー島守備ノ任ニ就キ戦闘開始以来ココニ二箇月余コノ間カタジケナクモ十度ノゴ嘉尚ノオ言葉ヲ拝シマコトニ恐縮感激惜ク能ワズ（略）全員護国ノ鬼ト化スルモ七度生マレテ米奴ヲ殺セン　ココニ皇軍ノマスマスゴ隆昌ヲ祈念スルトトモニ皇軍ノ必勝ヲ確信シマスマス発展ヲ祈ル（略）最後ニ集団司令官閣下ノゴ武運長久ト集団ノゴ発展ヲ祈ル　本電報ハ最後ニ発信スベキモノナルモ通信ノ断絶保シ難キ現況ニアルヲモッテ発信スルニツキ　ソノママ保管セラレ最後ニ公開相成タシ」

このとき村井少将も最後の電報を発信していた。

「重任ヲ拝シ正ニ二箇月　地区隊長以下将兵奮闘ヲ重ネタルモツイニ任務ノ完遂ヲ果シ得ズ申シ訳ナシ　七生報国アルノミ（略）」

十一月二十日、大山に集結するため南征山を脱出した飯田義栄大隊長は移動中、山猫部隊の攻撃を受け、戦死した。このとき深谷正己主計中尉、百瀬員芳軍医大尉もともに戦死した。二ヵ月間にわたる南征一心隊の抵抗も、指揮官を失ったことでほぼ壊滅した。

戦車道の拡張、破壊した洞窟陣地の再利用防止のため埋めもどし、あるいは長距離火炎放射器の無差別攻撃などから中川守備隊長は二十五日以降、再度米軍は総攻撃に打って出るものと判断した。じっさい二十二日、山猫部隊は戦車、火炎放射器などに支援され、包囲網の全域から前進をはじめた。一部は断崖をよじ登り守備隊本部壕まで数十メートルの至近に迫った。本部守備隊はこれに猛射を浴びせ、最後の死力戦に出た。とはいえ戦闘可能な兵力も弾薬も底を尽き、完全に押し戻す余力はない。あるものは声もなく絶命し、あるものは丸腰となって逃亡し、あるものは武器を捨てて捕虜となる。しかも捕虜は米軍の尋問に、日本軍は一五〇名ほど生存、このほか六、七〇名ほどの負傷兵がいる。食糧も水もなく、飢えと渇きに苦しんでいる。けれど全員最後まで戦う覚悟。投降の意志はないなど守備隊の苦境を答えている。むろんこの程度の情報ならすでに把握している範囲を超えるものではなく、戦局を左右するものではなかった。

戦車隊の激烈な砲撃、悪魔の舌先のような火炎放射器の炎が大山守備隊本部壕を破壊し、焼き尽くす。洞窟内から悲鳴に混じって轟音が響いた。負傷兵たちが手榴弾を点火し、覚悟の自決をはかったのだ。最終局面に達したことを知る中川守備隊長は十一月二十二日早朝、つまり山猫部隊の総攻撃開始直後、集団司令部高級副官橋本少佐宛に打電した。

「ツウシンダンゼツノコリダイトナルヲモッテサイゴノデンポウハサキノゴトクイタシタクシヨウチアイナリタシ

一、グンキヲカンゼンニシヨチタテマツレリ

二、キヒミツシヨルイハイジヨウナクシヨリセリ

ミギノバアイ「サクラ」ヲレンソウスルニツキホウコクアイナリタシ」

集団司令部に着信するのと同じとき、この電文を傍受するものがいた。三上義市少尉だ。三上少尉は海上遊撃隊の任務遂行後、多田参謀長からマカラカル島の監視哨長を命じられ、ウルクタープル島やペリリュー島の米軍の動静を多田参謀長に逐一打電していた。傍受はこの過程で得たものだった。三上少尉は驚きとともにペリリュー島守備隊のこれまでの健闘を讃え、瞑目するのだった。

十一月に入ってから二度、天皇よりご嘉尚の言葉を賜わった。通算で一一回にもおよぶ。この回数はまったく前例がない。それだけに、本土防衛の防波堤としてペリリュー島死守の責任はほぼ果たし得た、と中川守備隊長の内心には充足感があった。顧みれば満州から南方戦線に転出し、島嶼防衛の大任を命じられた時点で歩兵第二連隊の運命は決したともいえた。緊迫の度合いが濃厚になるにつれ日本軍の戦局は攻勢から守勢に転じていた。一九四三年一月、ガダルカナル島から撤退。およそ三万一〇〇〇名の日本軍を投入して企図した奪還作戦は戦死者二万一〇〇〇名を出し、失敗に喫した。つづいて同年五月にはアッツ島守備隊も全滅した。これらを契機に八月末、絶対国防圏が設定され、北は千島から南はビルマに至るまで楕円形で結んだ範囲を防衛線とした。けれど翌年七月、サイパン島が陥落したことで絶対国防圏の一角が崩れ、この責任をとって東條英機内閣が退陣した。

連合艦隊も「あ号作戦」を発動し、戦局挽回のマリアナ沖海戦に臨んだものの空母「大鳳」など三隻、航空機四〇〇機が海没し、有能な航空兵員も多数失った。陸空海の戦力は日増しに劣化し、制海権、制空権ともに米軍に制覇されたなかに歩兵第二連隊は絶対国防圏の前衛としてペリリュー島守備の任に就いた。けれど連日にわたる米軍の仮借ない空爆、艦砲射撃、あるいは新兵器などで全島まさに裸の島と化し、風光明媚な南国の島はたちまち修羅場に変貌した。

米軍の物量戦術に対し日本軍守備隊は伝統的な水際戦術から複郭陣地戦に転換し、斬り込み夜襲、神出鬼没の奇襲戦法を主体とする遊撃戦で徹底抗戦した。補給路を断たれ、武器弾薬食糧兵員の損耗いちじるしく、孤立無援。餓死するもの、逃亡するもの、投降するもの、さまざまいるなかでなお士気旺盛に二ヵ月半、将兵の確固とした敢闘精神のもとに当初の目的をほぼ完遂し、国家国民の御楯となり得たと中川守備隊長は自負するのであった。そのため十一月二十四日十時三十分、集団司令部参謀長多田督知大佐に宛てた決別の電報も明快であった。

「一、敵ハ二十二日来ワガ主陣地中枢ニ侵入　昨二十三日各陣地ニオイテ戦闘シツツアリ本二十四日以降特ニ状況切迫　陣地保持ハ困難ニイタル

二、地区隊現有兵力　健在者約五十名　負傷者七十名総計百二十名　兵器小銃ノミ同弾薬二十発　手榴弾残数糧秣オオムネ二十日ヲモッテ欠乏シアリ

三、地区隊ハ本二十四日以降統一アル戦闘ヲ打チ切リ残ル健在者約五十名ヲモッテ遊撃戦闘ニ移行　アクマデ持久ニ徹シ米奴撃滅ニマイシンセシム　重軽傷者中戦闘行動不能ナルモノハ自決セシム　戦闘行動不能者約四十名ハ目下戦闘中ニシテ依然主陣地ノ一部ヲ

死守セシム
四、将兵一同聖寿ノ万歳ヲ三唱 皇運ノ弥栄ヲ祈念シ奉ル　集団ノマスマスノ発展ヲ祈ル
五、歩二電第一七二号中ゴ嘉尚ヲ十一回ト訂正サレタシ」

発信後、中川守備隊長は根本甲子郎副官など残る将兵を召集し、苦難に耐え、激戦を顧みず、明治天皇より親授された軍旗とともに歩兵第二連隊の矜持を全うした今日までの敢闘に謝意を示し、さらにこのように述べて訓辞の締めくくりとした。

「本官および村井少将は軍旗とともに行動する。だが諸君らは根本大尉の指揮に従って行動し神出鬼没の遊撃戦に徹してもらいたい」

軍旗は烏丸洋一中尉が奉じていた。将兵が見守るなか軍旗を奉焼。七〇余年にわたる歩兵第二連隊の伝統と栄光はここに終わった。この後中川州男大佐、村井権治郎少将の両名は本部地下壕に入り、自決を遂げた。守備隊本部通信隊員の久野馨伍長は中川守備隊長がいままさに地下壕に向かおうとする直前、通信電源の中途断絶も覚悟して集団司令部に打電した。

「サクラ サクラ サクラ ワガシユウダンノケントウヲイノル ワレクノゴ ワレクノゴチヨウ……」

受信したのは集団通信隊分隊長の伊藤敬人軍曹だった。伊藤軍曹は開戦と同時に「ウメウメウメ」を受信し、米軍撃退に沸く守備隊とともに意気高陽させたものだった。けれどそれから二ヵ月後、今度は「サクラサクラサクラ」の電文に接する皮肉さに思わず天を仰がざる

を得なかった。人にたとえれば臨終に際し、静かに息を引き取った、というものになる。久野伍長の最後の通信はそのようなものだった。あとにはザーザーと乾いた雑音だけが続いた。

中川守備隊長の遺命を受けた根本大尉はただちに遊撃隊を編成した。残る将兵は五六名。このうち将校は根本大尉、坂本要次郎大尉、烏丸洋一中尉、片波見信少尉など二〇名であり、これを一七組に分散した。出撃を前に、根本大尉は集団司令部に最終電報を発信し、弔い合戦に臨んだ。

「二四日一七〇〇遊撃隊一七組ノ編成ヲ完了セリ（略）モッテ守備隊長ノ遺志ヲ継承シ持久ニ徹セヨトノ集団司令閣下ノ意図ニ副ワン（略）神出鬼没敵ノ心胆寒カラシメン必ズ夜鬼トナリテコレガ粉砕ヲ期ス通信断絶ノタメ本日以降連絡期シガタクゴ了承ヲコウ」

遊撃隊の標的はペリリュー飛行場破壊であった。二十四日夜半を期して順次大山の本部壕から出撃し、斬り込み夜襲をかけて敵陣突破をはかった。けれど武器も弾薬もない、ほとんど徒手空拳でありことごとく撃退され、二十七日の出撃を最後に全員玉砕した。

大山の北面から攻めのぼった米第八一歩兵師団第二大隊、南面から攻め込んだ第三大隊は十一月二十七日、大山守備隊本部壕の完全制圧を成し遂げ、壕内入り口の前で手を取り肩を抱き合い、互いに健闘と無事であることを讃えた。同日、第三二三連隊長のアーサー・ワトソン大佐も、ペリリュー島の日本軍守備隊壊滅と組織的抵抗は完全に終わったことをポール・ミューラー師団長に報告した。

井上貞衛集団司令も十二月三十一日、ペリリュー島守備隊全員戦死と認定した。中川守備隊長あるいは根本副官から届いた決別の電報のほか海上遊撃隊を率いてペリリュー島の米軍の動静に当たらせていた小久保荘三郎少佐からの、照明弾の打ち上げ回数や砲煙の減少などの報告から勘案した結果であった。ところが実際はまだ戦闘は終わっていなかった。天山に立て籠もる第二大隊および海軍の残余兵がなおも執拗に遊撃戦を展開し、米軍に痛撃を加えていたからだ。

第十章　潜行

大山から立ちのぼる黒い砲煙は見えず、砲声も聞こえなかった。大山はペリリュー島でもっとも高い山であり、周囲は珊瑚岩の断崖をなしているから守備隊本部に異変が生じればわかる。けれど天山を守備する八〇名の第二大隊残余兵はとくに不審におもわなかった。天山から大山まで小一キロほどの距離があるうえ途中には観測山、中山などがあるため遮られている。砲煙が見えないのもそうだ。弾薬の欠乏上、有効に使うには無駄撃ちはできず、ままあることだった。そのため砲煙も砲声も途絶えたのは中川守備隊長および村井少将はともに自決し、残る六十数名の将兵は根本甲子郎大尉の指揮のもと、一七組の遊撃隊を編成してペリリュー飛行場に最後の斬り込み夜襲をかけて全員玉砕した、戦闘不能な負傷兵は手榴弾で自決したなどの事実を知らず、想像しようはずもなかった。

第二大隊長代理の関口正中尉はだから大山守備隊本部はいまだ健在であるものと信じ、九月二十一日に受けた中川守備隊長の天山死守の厳命にしたがい、大隊副官園部豊三中尉とともに各中隊のほか工兵隊、海軍大谷部隊の一部海軍兵を加えた約八〇名の残余兵を従えて引き続き天山を守り、山猫部隊に痛撃を加えていた。とはいえ九月末時点ではまだ一五〇名の兵力を保っていたから二ヵ月あまりで三分の一に減ったことになる。加えて武器も九九式小銃と手榴弾だけとなり追撃までは不可能だった。

けれど小兵力とはいえども関口部隊はなおまだ継戦中であった。これには第二大隊の残余兵はイシマツ地区守備だったのがさいわいした。米第一海兵師団指揮下の各海兵連隊は九月十五日早朝、ペリリュー島でもっとも長いなぎさがひろがる南西海岸から上陸を開始した。この地点からの上陸を予想した日本軍守備隊は南西海岸を西からイシマツ、イワマツ、クロマツ、アヤメ、レンゲの名称をつけて歩兵第二連隊第二大隊および歩兵第十五連隊第三大隊が守備についた。予想どおり米海兵隊はイワマツ地区からレンゲ地区にかけて上陸した。そのためクロマツ地区を守備する第一中隊長川又広中尉はただちに反撃を加え、水際阻止を展開した。けれど当日中にほとんどが全滅した。

イシマツ地区はこれらの地点から北西に二〇〇メートルほど離れていた。これが幸いして米海兵部隊との直接的な戦闘は回避され無傷。かえって第五中隊長中島正中尉はイワマツ、クロマツ地区隊の退避を受け入れるほどだった。ただしこの後米海兵隊は上陸直後の混乱や無防備状態を脱し、態勢の立て直しをはかったことでイシマツ地区守備隊も反撃を受け、開戦翌日には中島中隊長、合流した富田大隊長ともに倒れ兵力も半減した。そのためイシマツ地区隊は水際陣地を放棄し、第二大隊が詰める富山に退却。富山もけれど米海兵隊の猛攻で接近できないだけでなく富田大隊長戦死後、大隊長代理となった大場孝夫中尉および川又中隊長を失うという痛手を受けた。

大場大隊長代理の後を継いだ関口大隊長代理は富山から守備隊本部の大山に退避を変え、このため烏丸洋一中尉が携行する無線機と交信を試してもいた。ところが電波を発信すると米側に傍受され、集中砲火のまとになるため通信は伝令に頼るしかなかった。ここでイシマツ地区残余兵は守備隊本部の連絡兵から、「断固として天山を死守せよ」との中川守備隊長の伝令を受け、天山に転進する。一九四四年九月二十一日であった。

関口中尉は富田大隊長の副官であったから第二大隊の全般的な動向も掌握していた。開戦当初第二大隊は六三〇名ほどの兵力で南西海岸の防御についた。けれど開戦から一〇日あまりで早くも一五〇名にまで減った。おびただしい死体が海岸あるいは崖下に打ち捨てられ、埋葬のいとまもないまま腐乱し、朽ちるにまかせている。

天山死守は厳命であった。残余兵一五〇名は天山に集結した。天山には西カロリン航空隊や海軍部隊が使用していた洞窟陣地があった。ただ入り口はせまく、鍾乳洞のため鍾乳石がツララのように下がっている。けれどこれがかえってよかった。ツララも、狭い入り口も偽装になるからだ。壕内は石がごろごろして足元を邪魔した。これもどければ歩行に問題はなく、七、八〇名は収容できる広さがあった。収容しきれない兵は天山北部、山頂、西部の三地区、八ヵ所の洞窟陣地に分散した。

山猫部隊は海兵隊がやり残した日本軍残余兵部隊掃討作戦の継続に加えて掃討後のペリリ

ュー島防衛も負っていた。それだけに早期の日本軍守備隊制圧が要求され、そしてこれに応えるため海兵隊より強力な破壊力をもつ武器を投入した。このような山猫部隊の侵攻を遮断するには正攻法では限界がある。そこで関口中尉は斬り込み夜襲に加え、山岳をよじ登る敵を山頂から狙撃する、さらに工兵隊には航空用爆弾の有効利用を命じ、使える手段はすべ使って対応した。

工兵隊も狙撃隊も要請に応えるため戦術を練った。工兵隊は陣地構築や道路整備などが通常の任務だが、米軍上陸にともない第二大隊に配属されイシマツ地区の守備についていた。けれど五十畑貞重大尉、久保田忠夫中尉の両中隊長が相次いで戦死し、開戦当初二五〇名いたものが一〇日後にはわずか四〇名にすぎない。工兵隊は工夫をかさね、電気式地雷改造に漕ぎつけた。改造地雷はそして三両の戦車爆破、七十数名の米軍殺傷で効果を発揮した。さらに工兵隊は遊撃戦でも果敢なところを見せていた。西地区を攻略した敵陣に手榴弾夜襲をかけ、迫撃砲一一門粉砕、多数の人的損害を与えていた。山頂の狙撃隊も、使用に限りがある弾薬のなかで確実に狙撃し、山猫部隊を恐怖させるなどの戦果を挙げていた。少数の残余兵ではあれ関口隊は中川守備隊長の厳命に従い、東西約一五〇メートル、南北およそ三〇〇メートルの天山陣地から一歩も引かず、徹底抗戦を貫いた。

それにもかかわらず中川守備隊長は第二大隊残余兵の動向を把握していなかった。通信不能だったからだ。中川守備隊長はバベルダオブ島の集団司令部とは海底ケーブルを通じ、自決するまで交信をつづけた。これは海底ケーブルが米軍掃海艇に発見されなかったのがさいわいしたからだ。けれど肝心の島内各地区隊との交信は寸断された。そのため各地区隊の動向を集団司令部に伝えるにしても、「詳細不明ナリ」「……思考スルモ細部不明ナリ」と曖昧な電文にならざるを得なかった。第二大隊残余部隊にも同じことがいえた。守備隊本部との通信が途切れているため米軍の侵攻に関する全般的な情報が入らないからただ目前の米軍の前進をいかに阻止するか、これで精一杯だった。

十一月末には八〇名まで兵力が低下していた。けれどここには負傷兵も含まれているので戦闘可能な兵力は五〇名ほどだ。天山陣地を持ちこたえるのにこの兵力では不可能だった。そこで関口中尉はふたたび守備隊本部合流をここみた。天山を一旦退却し、兵力をたくわえたうえで奪還をはかる腹づもりだった。十二月中旬、大山に斥候兵を送り、守備隊本部との接触にあたらせた。無論中川守備隊長は指揮系統を保っているものとの判断からだ。ところが斥候兵が持ち帰った報告は関口中尉の期待を覆すものだった。守備隊本部壕に人影はまったくない、米軍の包囲網もすっかり解除され、攻守ともに交戦の痕跡がない——斥候兵はこのように説明した。

関口中尉は肩を落とした。斥候兵の報告は、中川守備隊本部は玉砕し大山陣地は米軍に制圧されたことを伝えるものでもあったからだ。砲煙も砲声もなかった理由もこれでようやくわかった。ただ、いつどのように玉砕し、中川守備隊長ら将兵はその後どのようになったのか、知るすべがないのが無念だった。

守備隊本部が陥落し、指揮系統も完全に消滅した。関口中尉はペリリュー島で生き残っている日本軍守備隊はもはや自分たち八十数名だけとわかり、孤立無援を覚悟せざるを得なかった。したがってこのさきの行動は自分たちの判断で決めるしかないとも思った。関口中尉は残余兵の分散化を決めた。島内各所に深く潜行し、敵の兵力を寸断するというねらいもあった。守備隊本部が消滅したとなれば集団司令本部からの援軍も物資補給も望みようもない。であればなおさら兵力を分割し、行動の自由をはかったほうが攻撃力は弱まるが抵抗には効果があり、兵力損耗防止の面からも妥当な措置と考えた。

じっさい集団司令本部には兵力も物資もペリリュー島守備隊を支援するだけの余力はなかった。マラカル島に派遣し、ペリリュー島の戦況捜索にあたらせた小久保荘三郎少佐から中川守備隊長の玉砕、組織的戦闘の終結、残余兵の確認なしなどの報告を受けた井上集団司令は自陣営の態勢固めをはかった。井上集団司令はペリリュー島を占領した米軍は次にバベルダオブ島に矛先を向けてくるものと確信した。アイライ飛行場をねらっているからだ。三月三十一日の米機動部隊による猛爆で在泊中の船舶一七隻、航空機約一五〇機を喪失し、市街地も灰燼に帰した。アイライ飛行場も被害を受け、機能低下に陥ったものの一四〇〇メートルの滑走路を修復すれば発着は可能だ。

バベルダオブ来攻必至と予測した井上集団司令は隷下の第十五、第五十九各連隊に第四大隊の新設を下命し、さらに戦車隊の再編、調査研究隊の編成、現地召集の兵力配分などを矢継ぎ早に実施した。バベルダオブ島は南地区を第五十九連隊、西地区は十五連隊、東北地区は独立混成第五十三旅団という陣容で守備を固めていた。独立混成第五十三旅団はバベルダオブ島に残留していた一万余名の兵員と半個分の兵器を統合して旅団編成を期すため士官学校付きであった山口武夫少将を本土から派遣し、一九四四年三月に新設されたものだ。
部隊再編と並行して井上集団司令は複郭陣地構築、現地召集兵員の教育、戦闘訓練を加速させて防御面の強化をはかった。むろん食料確保も急がれた。米軍に制海権制空権ともに奪われ、海上輸送を遮断された各島嶼守備隊は銃砲から農機具に持ち替え、自給自足の生活を迫られた。パラオ集団司令部も例外ではなかった。バベルダオブ島上陸から六ヵ月過ぎたあたりから食糧欠乏が顕著になり、食糧補給所で受け取る食糧の分量をめぐって中隊同士が小競り合いになる、あるいは栄養不良で餓死するものも続出した。調査研究隊はこのために編成されたものだ。名称はいかめしいがなんのことはない、同部隊は将兵らのアゴを確保するため多田督知参謀長みずから先頭に立ち、農作物の育成栽培、漁労、製塩、タピオカの調理および有効活用を業務とするものだった。

第二大隊残余兵の分散化は兵力の温存だけでなく居住面からも迫られた。海軍の鍾乳洞壕は広いだけに潜伏兵も多かった。けれど壕内は死体の腐敗臭や大小便の臭いとの同居でもあった。負傷兵の傷口にハエがたかり、やがてそこから蛆虫が沸き出す。

「ちくしょうー、ウジむしなんかたかりやがって。ちかちか痛んでしょうがねぇ……」

蛆虫を口で啜ってはペッペッと吐き出し、足で踏みつぶす。丸くふとった蛆虫はブジュッとつぶれる。けれどこのような悪態がつけるうちはまだ意識が明瞭な証拠。数日後には腹が風船のように膨張した死体に変貌している。膨張は体内に腐敗ガスが溜まったせいだ。糞尿にしてもそうだ。一歩でも壕の外に出れば山猫部隊に発見されかねない。見つかろうものなら壕内に火炎放射器がぶちこまれ、いぶし焼きにされる。夜まで待てばいい。けれど待てないものもいる。小便はいたるところ便器になった。

異臭に耐えられず、とうとう脱出する兵もいた。土田喜代一海軍二等兵曹はそうだった。鍾乳洞壕からやや離れた場所に横穴を見つけ、潜り込んだ。とはいえ安心はできない。悪臭や上官の身勝手な振る舞いから逃れられたが米軍の巡視は厳重だからだ。じっさい土田二曹は横穴に潜り込んだ四日目の十一月二十八日、巡視隊に発見され、ふたたび横穴を脱出することになる。

巡視隊は両手ほどの石を横穴に放り投げた。潜むものがいればなんらかの反応がある。やや間をおいてさらに数個、つづけてほうり込んだ。穴の中から飛び出してきたところを狙い撃ちするつもりだ。ところが反応はなかった。しかもそのときちょうど正午を告げるサイレンがペリリュー飛行場から聞こえたので巡視隊は穴捜しを切り上げ、昼食をとるため宿舎に立ち去った。あわやというところで命拾いした土田二曹は横穴を脱出し、別の隠れ場所を探した。巡視隊がほうり込んだ石を手榴弾と勘違いし、あわてて飛び出していたらたちまち体中蜂の巣になっていたところ。それを思うと土田二曹は身震いした。

日本軍守備隊の組織的戦闘終了後のペリリュー島掃討は米陸軍第八一歩兵師団から徐々に第一一一歩兵師団に移行していた。ペリリュー島上陸に先陣を切った第一海兵師団はすでに十月末、第八一歩兵師団に後事を託してソロモン諸島のバブブ島に移動し、古参兵と新兵を入れ替えるなど新たな作戦に備えた編成替えに取り掛かっていた。第一一一歩兵師団も山猫部隊同様容赦なかった。日本軍の残余兵をたたき出すため島内の洞窟をダイナマイトで爆破する、コンクリートで出入り口を封鎖し、生き埋めにするなどの掃討作戦を強化した。そのため関口第二大隊長代理ら五十数名が立て籠もる鍾乳洞壕にも掃討作戦をかけた。掃討部隊は壕の周辺に立ち込める糞尿の悪臭から残余兵の所在を突き止めたのだ。掃討部隊は攻撃を仕掛けるまえに日本語で投降を呼びかけるのだった。

「ニホンノヘイタイサン、ハヤクデテキナサイ。ショウコウサンヤ、カシカンサンニカマワズデテキナサイ」

呼びかけているのはおそらく日系二世に違いない。たどたどしく、妙な日本語だった。

「ハヤクデテキナサイ。ゴフンカンマチマス。ソレマデニデテコナイトコウゲキシマス」

むろん投降する兵などいない。「生きて虜囚の辱めを受けず」――日本軍兵員はこの戦陣訓に忠実であることが要諦だった。呼びかけから数分後、紅蓮の炎と黒煙を舞上げ火炎放射器が噴射。つづいて砲弾が撃ち込まれ、鍾乳洞の狭い入り口は崩れ、ぱっくりと口を開いた。日本軍守備隊が壕内から飛び出せば、正面の高台に設置した機関銃が一斉射撃する手筈だ。

関口中尉は壕内の将兵に分散行動に移る方針を告げるとともに一人一殺主義、彼我の識別をはかるため、「照」と問えば「神兵」と答える合言葉を全員に訓辞した。第二大隊付きであった園部豊三中尉は一八名の部下に分散行動を命じた。

「糧秣は壕内に残し武器だけを持って出ろ。出るときは二、三人で組みをつくり、さきに出たものから応戦してあとの出壕を支援しろ。敵を撃退したらまたここに戻ってくる」

けれど園部隊はふたたび鍾乳洞壕には戻ってこなかった。脱出できたのは八名。けれどこのうち五名は出壕を待ち構えていた米軍に射殺。成功したのは結局三名だけだった。残った一〇名も負傷兵や病人は自決し、六名は出壕できずに壕内に閉じ込められた。掃討部隊は鍾乳洞壕の入り口をコンクリートで固め、完全封鎖したからだ。ただし六名は二ヵ月ほどのち、わずかな隙間をみつけて脱出に成功している。この間昼夜の区別もつかず、歩行困難で脚力も減退していた。食糧と水に不足しなかったのが幸いした。脱出直後六名は米軍に発見され、三名は射殺された。残る三名も本隊の行方がつかめないため鍾乳洞壕周辺に身を隠し、園部中尉の言葉を信じて味方が壕にもどるのを待った。壕内にはまだまだ食糧が残っている。じっさい出壕から六日後、三名は岩陰から鍾乳洞壕に接近する人影に目を凝らした。夜陰にまぎれ、相手の動きは慎重だった。けれど体格や行動からどうやら日本兵らしかった。そこで片岡一郎陸軍兵長はためしに合言葉を発した。通じなければ手榴弾を放って逃走する腹づもりだった。

「照」

不意のことに相手はたじろいだ。けれどすぐさま応答した。

「神兵」

片岡兵長も不安が消え、続いて誰何した。

「第五中隊のものだ。貴様らは……」

逆に聞かれた。片岡兵長は二人の名を伝えた。鷺谷平吉一等兵、川畑一等兵であった。

「おぉ、貴様らは元気だったのか。よくぞ生きてた」

第五中隊は第二大隊の指揮下にあり、イワマツ、クロマツ地区を守備していた。けれど米軍上陸直後の激戦で中島正中隊長は戦死。この後塗木正見少尉が中隊長の代理についた。片岡兵長らは第五中隊に加えられたことで生きる望みがわいた。

合言葉は別の場面でも有効に働いた。土田二曹も合言葉で二人の残余兵を助けていた。日時は定かでなかったが、まだ夜明け前、小雨がそぼ降るなかを頭から毛布をかぶり、のろのろと歩くすがたはいかにも落ち武者に見え、日本兵とわかる。土田二曹がさきに声をかけた。

「照」

「神兵」

間髪入れない返答だった。

「海軍二等兵曹の土田です」

「私は通信部隊少尉の刈部というものだ。こっちは部下の森島一等兵だ」

後に分かったことだが、少尉の名は刈部義弘、一等兵は森島通といった。二人とも武器も食糧も持たず、おまけに森島一等兵は靴もなく裸足であった。海軍と陸軍との違いもあり面識もない。そのため土田二曹はためらいもあった。が、すぐに思い直した。同じ日本軍。ペリリュー島を守るため命をかけて戦った仲間ではないか、と。手持ちの缶詰をそれぞれ一個、二人に分けた。森島一等兵はこのあとすぐに土田二曹とともに逃亡していた。

「少尉は身勝手でわがまま。もういやになっちゃいますよ。いっそのこと巻いちゃいましょうよ」

土田二曹にしても上官が相手では窮屈。森島一等兵の誘いに乗り、刈部少尉を置き去りにして二人がもぐれる洞窟に逃げ込んだ。分散行動に移った関口部隊はそれぞれ小グループに別れ、富山の西側に面したマングローブの湿地帯や周辺の洞窟に潜伏した。けれど分散化を契機に統率がゆるみ、戦闘集団から物取り集団と化していた。狙いは米軍の食糧かっぱらいだ。生きるためにはなによりもまず食糧の確保が先決。これは将校も兵卒も同じ。武士は食わねどなどとやせ我慢をいっている場合ではない。したがって上官といえども自分の食いぶちは自分で調達するしかない。

土田二曹は米軍がまだ就寝中の夜明け前、森島一等兵と洞窟を這い出して缶詰あさりに出掛けた。目星はついていた。道路わきの湿地帯に埋められた缶詰だ。道路工事を始めた米工兵隊が食べきれず、あまった缶詰を土砂と一緒に湿地帯に埋めていた。それを掘り出すというのだ。まさに昔話に出てくる花咲か爺さんのここほれわんわんだ。土田二曹が土を掘り返すと案の定、缶詰がザックザックと出てきた。泥にまみれていても缶詰だから中身に影響はない。「うへぇー」「うっひょうー」、嬉しい悲鳴をあげながら二人は用意してきた南京袋に夢中で放り込んだ。敵に発見されたら一巻の終わり。この場であの世行きだ。ところがあやうく見つかるところだったのは敵ではなく、同じ海軍仲間だった。

「なにか食い物はねーか土田。なんでもいいぞー」

高瀬正夫水兵長も六人の仲間と食糧あさりに歩きまわっていたのだ。

「かえってこっちが聞きたいぐらいです。あったら教えてください」

しれっ、とした表情で土田二曹は答えた。南京袋の中には百個以上の缶詰が入っている。けれど食い物のためなら同じ釜の飯を食べた海軍仲間でも平気であざむく。一個少なくなればその分自分の命が短くなる。

「そーか、そんじゃしょーがねーな。またもやジャブ缶で我慢するしかねーか」

いまいましい口ぶりで高瀬水兵長らは立ち去った。二人は顔を見合わせた。無言だったが、ホッとした表情がにじんでいた。ジャブ缶とは、水をガブガブ飲んで空腹を満たすいわば隠語だ。大量の缶詰をせしめ、ささやかな贅沢にありついたというのに土田二曹は敵襲を受ける羽目になる。小隊規模の米軍二個小隊が一斉掃討を開始した。一九四五年一月二日だった。内地にいれば正月の最中。初詣で正月気分といったところだ。もっとも食糧不足でおせち料理どころでもなかったかも知れない。しかも十一月二十四日にはマリアナ基地から発進したB29爆撃機一〇〇機以上もの大編隊で東京を初めて空襲し、五〇〇人以上の死傷者を出している。これを契機に日本軍の降伏、敗戦の噂がいっそう現実味をおびてきたからなおさら正月のめでたさも半分だった。

ともあれ正月よりクリスマスを重視し、ドンチャン騒ぎで迎える欧米人には一月二日は平日にすぎない。湿地帯を中心に米軍は掃討をかけた。周辺の洞窟に潜伏する残余兵が出没するのをしばしば発見との情報を警備兵から受けていたからだ。小隊は二メートルほどの間隔を取りながら湿地帯を慎重に包囲した。けれど関口隊の不意打ちにあい、激しい銃撃戦となった。関口隊は掃討部隊が確実に小銃の射程内に接近するのを待ったところで一斉掃射を浴びせたのだ。棒立ち状態で前進していた掃討部隊は不意をつかれ、あわてて岩陰や窪地に逃げ込んで応射したが多数の負傷者を出すとともにいまだ士気のおとろえを知らない日本軍守備隊の執拗さに恐れを覚えるのだった。この銃撃戦で関口大隊長代理および園部豊三中尉ほか数名の日本兵が討ち死にした。

一月十八日、ふたたび米軍掃討部隊と残余兵の銃撃戦が展開した。この戦闘ではバベルダオブ島から派遣された六十数名の陸海軍がペリリュー島に上陸し戦闘に加わっていた。ただし彼らも、もともとペリリュー島守備隊だった。米海兵隊がペリリュー島に上陸した当時、ペリリュー島の野戦病院に入院していた。けれど開戦から一〇日ほどののち、頃合いを見計らって将校を含む兵員が二隻の大発動艇に分乗し、バベルダオブ島に大量脱出したのだ。

脱出後、彼らはアラカベサン島の隔離施設に収容され、外部との接触を遮断された。井上集団司令は彼らを戦場離脱、任務放棄と見なした。そのため井上集団司令は彼らにペリリュー飛行場、武器弾薬庫および司令部などの破壊を命じ、生きてふたたびもどるなと厳命し、二隻の大発動艇でペリリュー島に送り返したのだ。大発動艇はペリリュー島の南西海岸に着岸。ここは日本軍守備隊がイワマツ、クロマツなどの陣地を構え米上陸部隊に猛攻を加えたところでまだ激戦の残骸が放置されている。けれど彼らに渡された武器といえば小銃、火炎瓶、手榴弾、日本刀などきわめて貧弱なもの。死ぬために送り返されたのはこれでもわかった。じっさい捕虜になった三人以外、生きてふたたびバベルダオブ島にもどるものはいなかった。

関口隊も栗原三郎少尉や刈部義弘少尉、海軍の楢崎水兵長ら十数名が戦死した。森島一等兵は、敵弾で砕けた岩の破片が頭にあたり、血まみれになったがさいわい生き延びた。土田二曹や千葉兵長はヤシの木に昇り、銃撃戦の様子を遠くに見ていた。

「ちくしょー、機動部隊はいったい何やってんだ。はやく来てヤッらにひと泡ふかせろってんだ」

樹上から見下ろせば海上には無数の敵艦が錨を降ろしている。爆撃機なり雷撃機がそこを狙えば一網打尽は間違いない。千葉兵長はだから何もできない友軍に苛立つのだった。むろんもはや海軍に陸軍を援護するだけの余力を失っていたなど下級兵士の、しかも離島で孤立状態にある千葉兵長に知るよしもない。日本海軍は捷一号作戦発令を受け、米軍のフィリピン・レイテ島上陸を阻止するため一九四四年十月二十三日、レイテ沖海戦に臨んだ。けれど三日間にわたる米機動部隊との海戦で戦艦「武蔵」「山城」、空母「瑞鶴」「千代田」「瑞鳳」など三十数隻が撃沈され、ほとんど立ち上がれないほどの壊滅的敗北を喫した。

日没とともに掃討部隊は宿舎に引き揚げ、戦闘は休止する。土田二曹も安心し、千葉兵長とともにヤシの木から地上に降りた。安心はけれど同時に空腹感を呼び起こす。湿地帯のほとりで夕餉が始まった。二人のほか斎藤平之助上等兵、森島通一等兵、小林八百作一等兵など数名が加わった。彼らも米軍の掃討作戦に生き延び、身を潜めていた湿地帯周辺の穴ぐらから現われたのだ。この夕餉のときであった、千葉兵長が土田二曹の耳元でささやいたのは。

「あわてるんじゃねーぞ。いいか、ゆっくり聞け。じつはなー、あの山のふもとにゃ敵さんの食糧がしこたま山積みされてるんだ」

「えー、ほんと」

「嘘言ってなんになる。小林だって知ってる。おれと一緒にかっぱらってるんだから。こんもりと盛り上がってるが見えるだろ。あれがみんな缶詰の山なんだ」

土田二曹はそれで合点がいった。千葉兵長に缶詰二個の拝借をたのんだところ何も言わずにあっさりと貸してくれた。それは米軍から奪った缶詰を蓄えていたからだ、と。土田二曹は千葉兵長が率いる窃盗団にさっそく加わった。初仕事は深夜二時、まさに草木も眠る時刻を見計らい、野積された米国製缶詰を箱ごと担ぎ出すことだ。窃盗団は夕餉をとった六人全員が参加した。

「いいか、慌てるなよ。慌てるこじきはなんとやらっていうぐれーだ。音は絶対に立てんじゃねーぞ。静かに、静かに運ぶんだ」

古参兵というより泥棒の大親分といったところの千葉兵長はドスをきかせた声でひとしきり出発前の指示を与えた。深夜の山道ではあったが島内の道なら歩きなれている。なにしろ自分たちが陣地構築と一緒に切り開いた道でもある。缶詰の山はうすいシートで覆っただけ。鉄条網で囲うわけでも歩哨兵が立つでもない、まったく無防備だった。窃盗団はやすやすと侵入し、多いものは一人で四、五箱も担ぎ出した。土田二曹も三箱担ぎ出し、初仕事としては上々だった。壕内に運び込み、銃剣のさきで缶詰のふたを開けた。

「おっ、こりゃなんじゃろ。ポキポキして……けっこううまかぁー」

土田二曹は缶に指を突っ込み、引っ張り出した中身を口に放り込んだ。

「こりゃナバじゃよナバ」

「ナバ？　なんでーそりゃ」

「知らんのかい、きのこの茎たい」

「へぇー、九州じゃキノコをナバっつぅーのげ」

「茨城ではいわんと、ナバって」

土田二曹は聞き返してくる森島一等兵を怪訝に思った。森島一等兵は茨城県北部の醸造会社の息子だった。明治大学商学部卒業後稼業を受け継いだが召集を受け、水戸の歩兵第二連隊に入営した。もちろん缶詰はきのこの茎などではない。ウインナーソーセージだった。日本でも製造していたが地方の農村部に住むものにはほとんどお目にかかれない。だから土田二曹はナバといい、森島一等兵もきのこの茎と信じて疑わない。この後彼らはカリフラワーの缶詰を手に入れるが、酢漬けのおしんこと勘違いするのも無理はない。

米軍の食糧にありついた窃盗団は日本製の缶詰など食べる気になれず、放り投げた。味が違うのだ。この後数回、窃盗団は深夜になると忍び込み、そのつどごっそりとせしめた。ただ、すべての盗品を持ち込むほど壕内は広くない。必要な量だけ手元に置き、残りは岩の隙間や窪地に分散し草や木の枝で偽装した。けれど米軍も食糧の減少に気づかないほど間抜けではない。今度は一個中隊を出動させ、残余兵の徹底捜索を命じた。捜索隊に遭遇した十数名の残余兵がまたしても銃撃戦で射殺された。

窃盗団も、山ふもとの缶詰の山はほかの場所に移されたことや捜索が迫ってきたなどで別の壕に移動した。新しく見つけた壕は奥行きが八〇メートルほどあり、途中には六畳ほどの空間が二ヵ所あった。そのうえ二〇センチほどの水たまりが点々としている。鍾乳石からしたたり落ちる水滴が溜まっていたのだ。ここを新たな潜伏場所にするにはもってこいだった。六名のほかペリリュー島で現地召集された沖縄出身の軍属なども加わったから千葉兵長のもとには通信兵、工兵、海軍兵らが集まった。ここで千葉兵長は新たな壕に名をつけることにした、「工兵隊壕」と。工兵隊壕は浜街道から八〇メートルほど、北海岸まで一五〇メートルの、中間点の湿地帯にあった。小一週間ほど過ぎたころ、海軍の残余兵もやってきた。高瀬正夫水兵長、塚本忠義上等水兵、浜田茂上等水兵、高田誠上等水兵、亀谷一等水兵ら五人だった。海軍組も米軍の捜索を逃れるため壕を探すなかで偶然工兵隊の近くに新たな壕を見つけたのだ。そのため土田二曹らは五人組を「海軍壕」呼んだ。

山口永少尉も第六中隊の梶房一上等兵、石井慎一一等兵、さらに第五中隊の福永一孝伍長、鬼沢広吉上等兵、勢里客宗繁軍属などの生き残りを率いて東海岸から二〇〇メートルほど内陸部の洞窟に潜伏した。山口少尉はペリリュー島守備隊のなかで最後まで残った唯一の将校だった。一九四五年一月二日、十八日の掃討戦で関口大隊長代理、園部副官など主な将校が戦死した。そのため第二大隊第六中隊小隊長であった山口少尉が残余兵の指揮を執ることになった。ほかの中隊も第六中隊と事情はかわらず、ほとんどの将校を失い、准尉や伍長が引き継いでいた。けれど下級は上級に従うという軍律から暗黙のうちに山口隊に合流していた。

　さらに館敬司軍曹率いる大隊本部付き通信隊の滝沢喜一上等兵、飯岡芳次郎上等兵、石橋孝夫一等兵らも湿地帯に潜伏した。ただし通信隊は洞窟ではなかった。湿地帯周辺を覆うマングローブジャングルを利用し、マングローブの樹上にトタン屋根をかけ、ヤグラ風の高床式小屋をこさえて住み着いた。したがって他の潜伏組は薄暗く、湿度と蒸し暑さに悩まされる穴ぐら生活なのに対して館部隊は快適なオープンハウスであった。そのため後には穴ぐら組も館部隊をまねてマングローブの樹上生活に切り替えるものもいた。

　期せずして湿地帯周辺には本部通信隊壕、工兵隊壕、海軍壕、中隊壕の四グループが三〇〇メートルほどの円内で潜伏生活をはじめることになった。各グループともろくな武器も弾薬もない生き残り部隊であった。ペリリュー島は完全に米軍の占領下にあり、単独では生き残れないのは誰もがわかっている。残余兵は山口少尉を隊長とすることに異論はなかった。山口隊長は友軍の到着を待ち、あらためて長期持久戦の決意を示すとともに残余兵をもって「持久作戦部隊」と名付け、中隊壕を「本部壕」とした。

　長期持久戦に耐えぬくには食糧確保がなににも増して優先される。中隊組はとくにそうだった。開戦以来衣食住ともになく、被服はぼろぼろに破れ、食糧は敵味方の陣地跡をあさり、蛆虫がたかった缶詰の食べ残しや生ガニをつぶしたものでしのいでいた。住処も岩陰、草むら、小さな洞窟を転々とし、定まるところがなかった。けれど湿地帯にたどりついたことで定住の場を確保し、ひとまずこれは解決した。本部壕の入り口は背をまるめて入るほどの狭さだったが奥行きは二〇メートルほど、高さは約二メートル。立って歩けるゆとりがあった。本部壕は五中隊、六中隊がひとつ穴に同居したが、寝食や普段の生活は別々の空間を保っていた。

いずれの部隊も住処は決まった。残るは食糧をいかに確保するかだ。先住組の工兵隊から食糧確保の方法が伝えられた。米軍の物資を横取りすることだ。とはいえ中隊組には物資のありかまでは知らない。そのため工兵隊や海軍組の食糧調達に三、四人の食糧班を同行させ、夜道の歩行、米軍の警戒の様子、盗み出す手口、運搬方法などを学習させ、箱ごと運び込むことに成功した。けれどいつまでも彼らに同行はできない。米軍に発見されれば命はない。だれもが命懸けで食糧集積所を探りあて、運び出しているのだ。相手の発見に便乗するのは縄張り荒らしに等しく仁義に反する。

調達方法を学んだことで中隊組も独自の行動を取った。山口隊長は数名の偵察要員を送り、食糧集積所の探索にあたらせた。さいわい向島に野積状態で山をなしている食糧集積所を発見したとの情報を得た。中隊組は穴の中で深夜を待った。米軍がすっかり夢心地のころ、男たちが穴ぐらからぞろぞろ抜け出し、偵察要員を先頭に夜道を小走りに急いだ。夜間行動が常態化すると人間でも夜目がきくものだ、ということを山口隊長は知るようになった。

向島はペリリュー島の西側、一の字半島の湾内に面していた。そこにはガルトロロコ波止場があったから偵察要員が見つけた食糧の山は波止場に陸揚げしたものに違いない。向島は潜伏場所とは正反対の方向にある。途中、富山、天山、中山などの山々を越え、東海岸からさらに短波方位観測所跡を越えなければならず、三、四キロを歩くことになる。けれど米軍の珍しい食いものが手に入るとなれば危険も覚悟のうえだ。食糧集積所はまったくの無防備。見張りもいない。山口隊長らにすれば、まるで好きなだけお持ちくださいといっているようなものだった。だから言葉に甘えてしこたま運びだし、あらかじめ用意していた細引きで手早く縛り、肩に担いで壕内に運び込んだ。細引きも米軍から奪ったシートや自動車の幌を細く引き裂いて縒りあげたものだ。

中身はなにか。缶詰のフタが開くのを全員が固唾を呑んで見守り、中身があらわれると、「おぉー」と歓声が沸いた。中隊壕のグループもハムもソーセージも知らない。中隊のほとんどは茨城県の農山村出身。米国産の加工肉に接するなどめったにない。だから、土田二曹がナバといったウインナーを中隊壕組は「犬のチンポコ」などといい、にやにやしながら頬張った。

住処が決まり、食糧の蓄えもできた。残りは被服だ。けれどこれもそろった。米軍のもの干し場から洗濯物を失敬する。あるいはシートや幌を裁断し被服に仕立て直した。四〇名ほどの残余兵がいれば手に職を持つものも少なくない。鷺谷一等兵は東京浅草の床屋で修行したから散髪は彼に任せた。金属加工や工具の扱いなら大阪の機械製造会社で旋盤工として働いていた土田二曹が手慣れている。

やがて壕内には火が灯された。壕内は日中でも陽が射さない。まして入り口は米軍の探索をかわすため石や木の枝で偽装しているので薄暗い。ペリリュー飛行場に近い山のふもとに燃料補給所があるのを発見したのも偵察要員の手柄だった。

ただし、どのようにドラム缶からガソリンを抜き取るか。問題はこれだった。このような場合のために工兵隊がいる。陣地や道路工事だけが工兵隊ではない。爆弾造りもやればガソリンの抜き取りもやる。銃剣のさきを錐揉みしながらドラム缶に小さな穴をあけ、そこに針金を通す。針金を伝わって落ちてくるガソリンを瓶に入れるという寸法だ。瓶も針金も偵察要員が東海岸のごみ捨て場から見つけてきたものだ。米軍にとってはごみでも残余兵には宝の山。自動車のスプリングや鉄パイプ、針金などの金属類、フライパン、ナベ、大小の空き瓶、工具、トーチカなどのほか英字新聞や雑誌等々、掘り出し物が埋まっているのだ。

日中は穴ぐらに籠もり、夜間に行動という昼夜逆転の生活だったから時間はたっぷりある。工具もそろっている。根気よく時間をかければたいがいのものは加工できた。スプリングをトーチランプで切断して引き伸ばし、ヤスリで研磨すれば立派な日本刀になった。ベーコンの缶詰の巻棒の先端をヤスリで尖らせれば、やや太いものの縫い針になる。これでゴム底に厚手のシートを縫いつけて地下足袋をつくった。灯火は小さな薬瓶にガソリンを入れ、灯芯にしみこませてランプにした。灯芯はシートの糸をほぐして紙縒りにしたものだ。瓶底の厚い部分を上手に割ればカミソリの代用になり、伸びた無精髭を剃るのに具合がよかった。ごみも工夫しだいでさまざまな生活用品に再生できた。すべてが米軍からの盗品だった。味方の援助も情報も遮断し、孤立したなかで生き延びるためにはやむを得ない手段だった。

衣食住がそろうと余裕も生まれる。山口隊長は、木箱を重ねて造った戸棚に祭壇を設け、「米英撃滅」と認めた布を垂らし、朝夕の礼拝を欠かさなかった。月日の経過は月の満ち欠けで見当をつけ、日めくり式のこよみもつくった。ほかの壕も中隊壕にならい、神棚やこよみを壕内に設けていた。毎月八日の大詔奉戴日には中隊壕に全員召集し、神前で第二連隊の反攻および戦勝祈願を行なうのだった。第二連隊は玉砕し、組織的戦闘は終結したなど残余兵は知らなかったのだ。


米軍も、食糧集積所が頻繁に荒らされ、洗濯物が消えてなくなっていることなどから島内にはまだ日本軍が潜伏しているのは知っていた。けれど追跡は避けた。残余兵は少数なだけに自在な行動がとれ、島内の地形や道路も彼らのほうが精通しているためワナにはまりかえって危険ということから深追いはしなかった。

このうえ米軍はペリリュー島攻略に少なくない代価を払ったにもかかわらずそれに見合うだけの戦略的価値が高くないことにも気づきはじめていた。ペリリュー島を制圧したころにはすでに米陸軍はフィリピン上陸を達成していたからだ。十月十七日、米レンジャー部隊がミンダナオ島を素通りしてフィリピンのホモレホン、ジナカット、スルアン各島に強襲上陸を開始した。翌十八日にはウィリアム・ハルゼー第三艦隊司令長官隷下の第三八機動部隊が空母九隻、戦艦六隻などを従えてレイテ島に猛烈な艦砲射撃と一〇〇〇余機による空爆を加えた。そして十月二十日にはダグラス・マッカーサー南西太平洋方面軍最高司令官が四個師団を率いてレイテ島東海岸のサンペドロ湾に上陸し、一年半前の一九四二年三月、フィリピン・マニラからオーストラリアに撤退するに際して言い残した「アイ・シャル・リターン（私は必ず戻ってくる）」との言葉を現実のものにした。マッカーサー総司令官の上陸によってペリリュー島占領はほとんど意味のないものになった。

米軍は、三〇〇〇メートルの滑走路を持ち大型爆撃機の発着が可能なペリリュー飛行場を奪い、これを足場にフィリピン攻略を十二月二十日とし、マッカーサー最高司令官のフィリピン上陸を支援する計画だった。この計画は早期に実現した。日本軍の反撃が微弱だったからだ。九月九日、十日にわたって第三八機動部隊はパラオおよびフィリピン南部の日本軍航空基地を空襲した。味方の損害は八機なのに対して日本軍は船舶一一隻、航空機二〇〇機を失った。これでハルゼー司令官は日本軍の反撃能力の劣化を見抜き、旗艦ニュージャージーからニミッツ米太平洋艦隊司令長官に、ミンダナオ島上陸を飛び越してレイテ島直接上陸、中部太平洋の陸軍部隊はマッカーサーの指揮下に置く、レイテ島上陸は当初計画より二ヵ月繰り上げて十月二十日実施、と緊急電で進言した。

この進言はニミッツ司令長官から米統合参謀本部に回送され、同本部はこれを容認し、マッカーサーのレイテ上陸となった。この段階でペリリュー島攻略の必要性は高くないものとなった。じっさいペリリュー飛行場はフィリピン攻略の支援基地としてではなく、バベルダオブ島やヤップ島の爆撃あるいは輸送機の中継基地に利用された。

バベルダオブ島守備隊は敵機来襲の警報が発せられるたび農機具から銃器に持ち替え、陣地に飛び込む。けれど敵機はそのまま上空を通り過ぎ、太平洋を北の方角に向かってゆく。空爆回避に胸をなでおろすものの素通りする敵機の真意をはかりかね、いぶかりもした。それぐらいだから敵機は硫黄島攻略、さらには沖縄攻略に向けた作戦準備の一環であるなど知るよしもなく、ふたたび農機具に持ちなおして農作業に汗を流した。農作業はバベルダオブ島守備隊の、日ごとに悪化する食糧逼迫を打開する措置だった。第十四師団がパラオに上陸した当初の食糧は陸軍平時定量であり、陣地構築や物資揚陸に携わるものは三分の一増量された。けれど戦局の激化、ペリリュー、アンガウル両島への物資補給などで次第に減少し、十一月ごろになると慢性的空腹に将兵は悩まされた。そのため井上集団司令は調査研究隊を設置して現地自活要綱を定め、自給態勢の確立をはかるのだった。

これを契機に隷下の連隊は独自に耕作隊あるいは漁労隊を編成し、食糧の自給自足に取り組む。これが功を奏し、第五十九連隊の将兵は上陸後初めて迎える元旦にはタピオカ餅とコンブ、お頭つきに赤飯、さらにわずかばかりの日本酒がふるまわれ、いつしか故郷自慢の民謡に手拍子が加わるなど、半袖姿で迎えた南国の正月気分にひたるのだった。けれど正月をさかいに食糧事情はいっそう悪化し、主食の米は一食さかずき一杯というありさま。すまし汁のなかに自分の、げっそりと落ち窪んだ黒い目玉が浮かぶ、それをタニシと間違える落語の「たにし」そのものだと、兵員は苦笑いする。それぐらいだからパラチフス、アミーバ赤痢、デング熱などの感染症、栄養失調、脚気などでアイライ野戦病院に運び込まれる患者が続出した。じっさいバベルダオブ島などパラオ地区では戦死六五〇名に対し傷病死は二三〇〇名。じつに四倍もの多さだった。

渡辺静二郎砲兵中隊長が陸士同期の加藤保第四大隊長に、新兵教育と並行して現役兵の体力増強もはかるべきとの意見を述べたのはこのような憂慮からだった。意見はさらに江口八郎連隊長に達し、容れられる。

新兵教育は現地召集したパラオ在住の在郷軍人や沖縄出身者に行なったものだ。これはアンガウル守備隊の玉砕で第一大隊が消滅したため江口連隊長は一九四四年十一月、加藤保大尉を大隊長に第四大隊を新たに編成した。各大隊から将兵が第四大隊に転属し、中隊再編とともに新兵教育にあたった。けれど兵員の増加は欠食に拍車をかけるものでもあった。空腹はまっさきに島内のバナナ、ドリアン、パパイヤなどを食べ尽くした。さらにタピオカの根っこを掘り出し、これも食べ尽くす。根っこは豊富な澱粉を含んでいるかわり猛毒で、たばこ箱ほどの根を食べるとただちに即死。だから十分天日干しして食べるのだがこれを待ちきれず、ひどい下痢にやられる。甘藷もそうだ。三ヵ月もすれば収穫できるものを待てず、熟するまえに食べ切ってしまう。

欠食の常態化はもっとも懸念された事態を現実にさせた。餓死者の出現だ。体力の衰弱は行動が緩慢となり、思考力も低下し、無気力状態になる。これが高じると手足にむくみが生じ、全身に浮腫があらわれ、排尿排便も悪化。二〇代の若い兵員が七〇代に老化したように急速に衰え、死相が現われる。これが餓死に至る主な症状だ。そのため第四大隊第九中隊長の宇賀神美喜夫大尉はいつしかアイライ野戦病院から部下の遺体を引き取るのが日課になっていた。同中隊では脚気が多発し、一九四五年三月から終戦後の十一月までのあいだに脚気一二五名、パラチフス七名が死亡している。このほかにも飢餓に耐えられず手榴弾で自決する、あるいはほかの島に逃亡するものも少なくなかった。渡辺砲兵中隊長が欠食対策を具申したのは看過できないこのような事情からだ。

江口連隊長も思いは同じだった。連隊が集計したところ一ヵ月間に一〇〇名もの餓死者が出たとの報告を受け、慄然としたからだ。そのため江口連隊長は集団司令本部に出頭し、農耕の戦闘作戦採用を井上集団司令に進言。集団命令として受領するのだった。昨秋までは戦闘集団第一線部隊が農耕などまかりならんという強硬姿勢だった。けれど食糧悪化は士気にも影響するとの江口連隊長の再度の進言には切迫したものがあり、井上集団司令も無下にはできなかった。かくして一九四五年四月、第五十九連隊における農耕作業は正式な戦闘作戦となった。正式といったのは、中隊のなかには独自に耕地を開墾し、すでに一定の成果をあげていたからだ。

四月下旬、江口連隊長は連隊旗を奉じ、各大隊の鍬入式に臨むとともに一ヵ月以内に所定の目的完遂を期すよう訓辞する。所定の目的とは各大隊に示された、つまり第二大隊は約一七町歩、第三大隊は約一四町歩、第四大隊は約一七町歩、砲兵大隊は約一二町歩という農地開墾のことだ。けれど開墾は難儀した。栄養不良で将兵たちの体力は減退。持たされた道具も円匙とじつに貧弱なもの。そのうえ未踏のジャングルは大木とシダ類の根っことの格闘であったからだ。このため完遂は一ヵ月延長された。開墾と同時に順次木の葉に糞尿を混ぜた肥料をほどこし、甘薯、かぼちゃ、タピオカなどの苗を植えつけた。この作業期間中にも脚気などで倒れ、病院に担ぎ込まれる将兵は絶えなかった。

農耕のほか沖縄出身の兵員を中心に漁労班が編成された。漁労は敵機飛来を避けるため薄暮作業となる。水中メガネをつけた兵員が海中にもぐり、魚群を探索。黄色火薬を詰めた空き缶の導火線を蚊取り線香の火で点火。魚群めがけて投げ込むとやがて海面に無数の魚が白い腹を見せて浮上し、まさしく一網打尽だ。どれもが珍しいさかなばかりだが、なかでも沖縄出身兵が〝人魚〟と呼ぶそれはとくに珍魚。長さ一・七メートル。重さ二五〇キロにも達する大型の魚だった。漁労班はこれを塩漬けにして江口連隊長に献上した。かわりにパラオ銘酒の「照の光」が贈られる。パラオにもこんなうまい酒があったのか、連隊本部の連中はこいつで毎晩晩酌か、などと想像しながら漁労班はめったにありつけない「照の光」にしばし酔った。

カタツムリ採取班も組まれた。カタツムリといってもかわいいデンデン虫ではない。巻き貝のようなものだ。しかも甘藷の葉が大好物。一晩で畑の葉っぱを食い尽くすという大食い虫。そのためカタツムリ採取は兵員の貴重なタンパク源確保と退治の一挙両得となる。採取したカタツムリは海水を沸騰させたドラム缶に容れたのち皮をむく。さらに火力で乾燥して食する。けれど三ヵ月もすると取り付くし、コロール島からカタツムリがすっかり消えていなくなった。

製塩班もつくられた。糖分は甘薯から摂取し、塩分は海水を沸騰させ水分を取り除いたあとの結晶を利用した。けれど炎や煙を出せば敵機の標的になり、築窯には工夫がいった。まずドラム缶をタテに切断。左右を玉石で積み上げ、ドラム缶を左右に渡す。空間部分に薪をくべて燃やすのだが、排煙は築窯の周囲と上部をヤシの葉で幾重にも密閉し、防いだ。火力だけでは完全蒸発しないのでザルに入れ替えて天日乾燥。苦味が強く、上等とはいえないが二、三日後には塩ができた。

とはいえ各大隊が総動員して食糧増産に取り組むものの好転せず、将兵の腹を満足させるほどの収穫はなかった。このため他の部隊が植え付けたイモの熟成を待って野荒らしに出るといった狼藉者もいた。食い物を求めて軍隊が夜盗と化す。あるいは仲間喧嘩を始める。規律は崩れ、統制は乱れる。じつに由々しき事態だが、守備兵たちに残された道は餓死か自決か、ここまで追い詰められていた。それだけに米軍のささやきは魅惑的だった。

米軍は、バベルダオブ島守備隊の食糧が極限に達している事実はすでに見抜いていた。一九四五年春ごろになると米軍は上空からチラシを投下し、さかんに投降を呼びかける。海上からも、国際法に則り、捕虜に対する優遇措置に加え、郷愁をそそる童謡や日本の歌謡曲を大音量で流した。そしてとどめは、日本人には馴染み深い家庭料理のかずかずを挙げ、「日本の兵隊さん、トカゲやネズミ料理でご苦労さん。われわれにはコメもサカナも肉もたくさんあります。餓死するよりおいしいものをたくさんたべて投降しましょう」、と呼びかける甘い誘惑だ。むろんこれは守備隊の離反や動揺をねらった心理戦であることを知らないものはおらず、したがってその手に乗るものもいなかった。むしろ、「ちくしょー、小馬鹿にしやがって……」、と敵愾心を強くし、肉弾戦法に名乗り出る兵員の人選にかえって指揮官は苦慮するほどだった。

海上遊撃隊は井上集団司令直轄部隊として編成され、米艦隊に遊泳接近し、爆破工作をたびたび実施していた。とくに一九四五年三月の高垣勘二小隊長らの撃沈一隻を含む敵艦五隻破壊は大川内伝七海軍中将から賞詞が授与されるほどだった。井上集団司令はそこで七月上旬、第一海上遊撃隊に再出撃を命じた。これを受けた瀬高鋭三少尉は三〇名の部下をしたがえてマカラカル島に渡る。瀬高小隊長は「マ号作戦」と名付け、同島で遊泳、夜間上陸、夜襲斬り込みなどの訓練をかさね、出撃命令を待った。けれど瀬高小隊長に「マ号作戦」は発令されなかった。八月十五日を迎えたからだ。

山口永少尉にはけれどバベルダオブ島守備隊の飢餓状態も海上遊撃隊も知るよしもない。もっとも集団司令本部の動向を知るなどそれほど重要でなかった。集団司令本部が食糧難に苦慮し、自給生活でしのいでいたころ、ペリリュー島の残余兵は三年間は安泰と思われる量の食糧を備蓄したことで、持久作戦部隊と名付け、長期戦の覚悟もできていたからだ。一九四五年になるとペリリュー島の戦闘は散発的となり、五月ごろには山口部隊だけが生き残ったため交戦場面はいっそう減った。そしてこのころから残余兵の意識は戦闘態勢から次第に生存態勢に変化していった。つまり戦うことよりいかに生き残るか、こちらを選択しはじめたのだ。

　食糧は箱ごと担ぎ込んでいる。この場合、館敬司軍曹は米軍が投げ捨てていった自動小銃の銃帯を拾って再利用した。米軍は陣地や幕舎を撤去するとき小銃や手榴弾など軽い携行品は惜しげもなく捨ててゆく。館軍曹らは米軍が去ったあとに忍び込み、武器や弾薬を拾ってくるのだ。自分たちの九九式小銃は油が切れて錆つき、まったく使いものにならなかった。

　缶詰が入ったダンボール箱は蝋紙で包装され、防水加工されている。そのためこれも無駄にせず、厚紙を裁断して花札や将棋の駒をつくった。色は色鉛筆で山口壕の片岡一郎兵長が描いた。色鉛筆といっても赤と青だけだが、これもごみ捨て場で見つけたものだ。

　空腹が満たされると花札や将棋に興じるゆとりも出てくる。むろん勝負ごとに賭けはつきもの。缶詰やタバコを賭けた。賭ければますます夢中になる。だから横田亮一等兵は、「おらーやんねぇー。バクチなんつぅーもんは勝っても負けても後味が悪いもんだ」といって加わわらなかった。ところが傍らでわーわーはしゃぎ声を聞くうち首を突っ込み、やがて横田一等兵もとりこになった。その点勝負ごととなると森島一等兵は達者だった。明治大学の学生時代、マージャン、トランプ、将棋、ビリヤードなどたっぷり修行を積んでいたからだ。

「どーれ、一丁やってみっぺ。俺は一応田舎二段だけんと……」

「なんだ、二段だと……でかく出やがったな」

　土田海軍二曹も負けてはいない。けれど勝負はあっけなくついた。飛車角抜きでも森島一等兵が勝った。山口壕や海軍壕からも指しにやってきた。そのためこちらにはないが相手にはあるといった缶詰もたがいに手に入った。土田二曹がバターを初めて見たのもこの時だった。だからバターを石鹸と間違えても無理はなかった。

昼間は洞窟の奥深くに身を潜め、もぐらのようにひたすら静止。けれど夜になるとにわかに動きが活発になる。とくに満月の夜はそうだ。米軍が寝静まった深夜、食糧調達に洞窟からぞろぞろと這い出す。満月は泥棒を助けただけでなく月日のめぐりも教え、日めくりの暦をつくった。さらにたばこの入手も容易にした。浜街道に出れば米軍が投げ捨てた吸い殻が月明かりに白く反射し、すぐに見つかる。時折り、ジープに轢かれてひしゃげたカニの白い足をたばこと間違えることもあったが。ペリリュー島にはヤシガニ、マングローブガニなどがいた。このほか野ネズミ、トカゲもいた。これらも食糧のたしになった。

たばこのなかに吸い口の部分が赤く染まったものを見つけることもあった。口紅だ。こうなると、まるで宝物を見つけたように壕内はたちまち大騒ぎ。

「うぅーん、たまんねーなぁーこの味……間接接吻っちゃこれをいうんだっぺ」

赤い部分をながめながらいかにもうまそうにふかした。なにしろ残余兵は二十代。おまけに独身。異性に対する関心がもっとも高い年齢だ。けれど口紅のついたたばこだけではなかった。じつはもっと大きな掘り出し物があった。女性の下着だ。これは米軍将校が同伴した女性が履き捨てたものだったかも知れない。じっさい土田二曹は米軍将校が運転するジープの助手席に金髪の女性が乗っているところを岩陰から見ており、「ちくしょー、ブッ放してやっか」と銃を構えたものだ。

異性に強い関心をしめす彼らだけに千葉兵長のロマンスにも興味を引いた。千葉兵長は二五歳。北海道釧路出身。海軍の志願兵だった。

「例のはなし、たのんまっすよ、兵長殿」

同じ海軍の小林八百作一等兵曹が催促する。

「あぁーいいとも。聞かせてやるか」

もったいつけるような口ぶりだが千葉兵長もまんざらではない。千葉兵長がものにした彼女とは女優の花柳小菊に瓜二つ。やや面長で器量よしというのが自慢。同じはなしをもう何度も聞いていながら、それでも性の経験がほとんどない彼らには興味深いものだった。花札や賭け将棋で歓声を揚げ、先輩下士官の艶話にニヤニヤする。洞窟のなかは九州弁、茨城弁、関西弁、琉球弁などそれぞれの出身地のお国なまりが飛び交いなごやかだった。

笑いや冗談が出るのも腹が満たされていればこそだ。これはマングローブ組も同じだった。むしろ快適さでいえばこちらのほうが勝っていた。洞窟壕は太陽も風もあたらないうえに高温多湿。蒸し暑く、体臭や缶詰の臭いがよどんでいる。マングローブ壕は屋外の高床式だから太陽にも風にもめぐまれ、そのうえ海の幸にもめぐまれた。

マングローブ壕は湿地帯に面していた。だから満潮時になるとマングローブの根本まで海水が流れ込み、ボラの大群が寄ってくる。そこを狙い、ヤシの葉で編んだ手製の網ですくうとおもしろいほど捕れた。米軍の缶詰は肉類が多いなかでマングローブ壕は刺し身や天日乾燥した干物にもありつけた。洞窟組にとってさかなは珍重。そのため洞窟組がやってくれば魚をふるまい、逆に洞窟壕を訪れたときには珍しい缶詰と物々交換した。食糧は確保し、飢えに苦しむことはない。時間もたっぷりある。交戦の危険性も徐々に減少していた。

館軍曹はふと物思いにふけることがあった。マングローブの樹上に登ると前方に太平洋が望める。海はあくまで青く、水平線のかなたまで遮るものもない。海の向こうはそして内地だ。

「……どうしてるか、親父やお袋は」

茨城県西部の農家に生まれた館軍曹は、陸軍中尉であった叔父の影響で職業軍人に憧れ、一八歳で陸軍に志願し、一九三九年一月、第二歩兵連隊に入営した。新兵教育を受けたのち満州に渡ったため六年数ヵ月、一度も故郷に帰っておらず懐かしいのは当然だった。

けれど緊張感まで緩んではいない。だからとくに排便排煙には神経を払った。米軍は軍用犬を使って島内捜索を続けている。そのため臭いを嗅ぎ取ればたちまち吠えたて、異変を伝える。だから残余兵たちは一斗缶の中に用便し、夜間海に捨てに行く。煙も、土の中に長い煙道を掘った。こうすると煙が土に吸い込まれて外には漏れない。

うすうすながら山口小隊長は情勢の変化を感じ取っていた。それはまず、海上を往来する艦船でわかった。開戦前後には空母、戦艦など無数の敵艦が海上を覆い、まるでひとつの島が突然出現したとの錯覚さえ覚えたものだ。ところがそれがなく、わずかな駆逐艦と給油艦、輸送船が見えるだけだった。

砲声も銃声も聞こえず、味方はおろか米軍の姿もめっきり減った。ただ上空は相変わらず爆音をとどろかせながら米軍機が頻繁に通過する。けれどこれにしてさえペリリュー島を爆撃するものではなかった。このようなことと合わせて千葉千吉兵長と塚本忠義上等水兵がもたらした報告で山口少尉は情勢変化が事実であることをほぼ確信した。千葉兵長らは島出身の女性二人に偶然出くわし、「日本人か」と問われ、「そうだ」と答えたとたん女性は走って逃げた。自分たちも、これはまずい、敵に通報されたら、と思い急いで壕に逃げ帰ったというのだ。

開戦に先立ち、中川守備隊長は女性、子供、老人は島外に移転させていたからペリリュー島には女性はいないはず。それがいるということは戦闘が下火になり、開戦前の、平穏な島にもどったからに違いない。だから女性たちは避難先の島からふたたび自分たちの家に帰ってきたのだ。山口少尉に考えられるのはこれ以外なかった。すでに工兵隊壕などは昼間の行動もとっていたが、敵情偵察も兼ね、山口少尉は正式に夜間行動から昼間行動に緩和した。

第十一章　降伏

いないはずの女性がペリリュー島にいる。これは何を意味するか。ペリリュー島は米軍に占領され、戦闘が終わったということか。そのため島民の帰還も許されたのか。山口永少尉はあれこれ想像してみた。けれど確かな情報はない。中川守備隊長の自決も、日本軍守備隊の玉砕も、まして日本軍が無条件降伏し戦争は終結したことも知らなかったからだ。

一九四五年八月十五日正午、終戦を伝える玉音放送が日本全国に流された。ラジオのスピーカーを通じ、雑音まじりの、聞き取りにくい天皇陛下の詔勅にあるものは学校の校庭で、あるものは機械油と埃にまみれた軍需工場で、あるものは練兵場で、あるものは本土防衛に備えて構築した陣地壕で耳をそばだてた。

玉音放送はそしてさまざまな波紋を国民におよぼした。長かった戦争からようやく解放されたとの安堵、あるいはまさに国破れて山河も荒廃した国土に落胆。さらには無条件降伏を容認せず、聖戦貫徹、徹底抗戦を訴える――など。

日本本土から南に三六〇〇キロ離れたバベルダオブ島においても同様だった。天皇陛下の詔勅をめぐってパラオ集団司令部は騒然としていた。なかでも江口八郎第五十九歩兵連隊長は唇を震わせていた。そして井上貞衛集団司令以下参謀、連隊長、各部隊長らに対し、「天皇と英霊に対して責任を取り、ここに出席する全員、割腹自決してお詫びすべきだ」、と強硬に主張するのだった。

江口大佐はちょび髭をたくわえ、いかにも謹厳実直な陸軍軍人然としていた。ところが半面なかなかの酒豪で洒脱なところもあった。酔いがまわるとはやりの「満州娘」を歌い、さらには手拍子に合わせて踊りまで舞ってみせる。白い手拭で姉さんかぶり、扇子をひらひらさせながら巨体を左右に振って腰をくねらせ、艶っぽいすがたを披露するなどひょうきんな面もあった。

井上集団司令が終戦の報に接したのは八月十五日、同盟通信からの情報だった。

「本十五日宮中において御前会議を開かせられ、天皇陛下におかせられては一二〇〇御親ら米英ソ支四国のポツダム宣言を受諾すべき大詔を渙発あらせられ、之を御親ら御放送遊ばされた」

この情報を得た多田督知参謀長はただちに泉来三郎後方参謀、中川廉作戦参謀、大島俊彦情報参謀らとともに幕僚会議を開き、今後執るべき照集団司令部の方針を協議し、その結果を井上集団司令官に伝えた。ここで井上集団司令は各部隊長を司令本部に召集し、翌十六日に合同会議を開くよう多田参謀長に指示した。井上集団司令はポツダム宣言受諾をめぐって大本営があわただしい動きを見せていることはすでに知っていた。八月十一日、阿南惟幾陸軍大臣より、「巷間の浮説に拘ることなく挙軍重任に邁進せられよ」との電報を受け取っていたからだ。阿南陸相のいう「巷間の浮説」とはつまりポツダム宣言や敗戦に関する流言飛語だ。井上集団司令は広島・長崎に原子爆弾が投下された、ソ連が対日宣戦を布告したとの情報も得ていた。そのため八月十一日付け「快勝日報」はこの事実を報じている。「快勝日報」は照集団司令部発行の公式新聞であった。

ポツダムはドイツ・ベルリンの郊外にある町。七月十七日、ここにトルーマン米大統領、チャーチル英首相、スターリンソ連首相の三首脳が集まり、戦争終結後の対日統治政策について会談。そして七月二十六日、戦争終結の条件を示す共同宣言、いわゆるポツダム宣言を採択、発表される。

ポツダム宣言は全文で一三条。このうち六条から一三条は戦争終結の条件を示している。たとえば第六条では、「吾等は、無責任なる軍国主義が世界より駆逐せらるるに至るまでは平和、安全および正義の新秩序が生じ得ざることを主張するものなるをもって、日本国国民を欺瞞し、これをして世界征服の挙に出づるの過誤を犯せしめたる者の権力および勢力は、永久に除去せられざるべからず」。第九条は、「日本国軍隊は、完全に武装を解除せられたる後、各自の家庭に復帰し、平和的かつ生産的の生活を営むの機会を得しめられるべし」。第一三条では、「吾等は、日本国政府が直に全日本国軍隊の無条件降伏を宣言し、かつ右行動に於ける同政府の誠意に付、適当かつ充分なる保障を提供せんことを同政府に対し要求す。

右以外の日本国の選択は、迅速かつ完全なる壊滅あるのみとす」などがそうだ。

ポツダム宣言は七月二十七日早朝、サンフランシスコからラジオ放送され、日本外務省もこれを受信した。日本政府および軍部はただちに対応を迫られ、同日午後閣僚会議を開催する。東郷外相ら政府側は交渉の余地があるとしておおむね受諾の方向だった。けれど阿南陸相や梅津美治郎参謀総長は猛反対した。ポツダム宣言は天皇制や国体護持に触れておらず、敵の謀略である、本土決戦で敵に一撃を加えたうえで停戦交渉をと主張し、ゆずらなかった。このことが七月二十八日の定例記者会見における鈴木貫太郎首相の、「ポツダム宣言は黙殺する」との回答となった。

けれどこの後情勢は急変する。八月六日広島、八月九日長崎それぞれに原子爆弾が投下され、甚大な被害をだす。さらに八月八日、和平工作に望みを託していたソ連までが日ソ不可侵条約を一方的に破棄して対日宣戦布告し、ソ満国境を攻め込んだ。日本政府はますますポツダム宣言を受諾せざるを得ない窮地に立たされる。八月十日の第一回御前会議につづいて八月十四日午前十時三十分、第二回御前会議が皇居内の防空壕の一室で開かれた。ここでも政府側は受諾に変わりなかった。軍部もこのころには軟化し、「本土占領はしない」「在外日本軍隊の武装解除はしない」「戦争犯罪人の処罰は日本が行なう」この三点を満たすことを条件にポツダム宣言受諾に同意する。軍部の要望を述べさせたところで天皇はおもむろに、最後の決断を示した。

「この際、先方の回答をそのまま受諾してもよろしいと考える」

かくして聖断は下された。同日午後十一時、外務省は米英中ソ四ヵ国に、「天皇陛下におかせられては、ポツダム宣言の条項受諾に関する詔書を発布せられたり」との緊急電報を発信するのだった。

はるか南方の絶海にあるパラオ諸島の守備隊将兵に内地の政治情勢や軍部の動向を詳細に知る手段はない。ポツダム宣言は日本軍の武装解除ならびに無条件降伏を要求している。これを阿南陸相や梅津参謀総長は容認した。つまり日本軍は戦争に負けたのだ。だから江口連隊長は割腹自決をもってペリリュー・アンガウル両島で散華した一万一〇〇〇余名の英霊に責任を負うべきというのだ。むろん井上集団司令をはじめ各参謀とも責任を痛感しており、反論するものはいない。司令本部の会議室にはしばらく沈黙がつづいた。

「すべての責任は本官にある。よって本官と中川作戦参謀がこの責任を引き受けるので各部隊長は自重されたい」

強硬姿勢の江口連隊長を慰撫するように井上集団司令は責任のすべてを背負う覚悟を示した。けれど結果的には自決したものはいなかった。八月十六日、寺内寿一南方軍総司令官より隠忍自重を求める電報が照集団司令部に送信されたからだ。

「ひたすら天皇陛下のご命令のままにこれを随わんとす。大命とあらば内に血涙を堪え長恨を呑みつつ一兵一軍属をも剰さず全員を引具して、陛下の御許に帰還せしむるが是れ本職がまず第一に行うべき真固の忠節なりとの決意を固めたり。挙って神州不滅の大確信に毫末の揺るぎもなく愈々日本民族の団結を強化し、国体護持のため苦難の道を直進すべきを期すべし」

井上集団司令に渡されたのち参謀、連隊長らが回し読みする。ふたたび電報が井上集団司令の手にもどされたところで新たな決意を示した。

「もとより命を惜しむものではない。しかし祖国復興に生涯をささげ、皇国の再建に貢献するのも英霊に報いるものではないか」

むろんこれにも反論はなかった。集団司令本部でのポツダム宣言受諾、全軍祖国帰還の決議が隷下の連隊将校に伝えられたのは八月十七日であった。そのため紺野義雄少尉らは敵機の集中攻撃をかわすため各人分散してジャングルの中を走り、アイミリーキの第一五連隊本部に急いだ。けれど紺野少尉はなんのための非常呼集かは知らない。だから、「いよいよ最後の奇襲作戦命令か……」と想像した。軍服帯刀で集合せよともいうからなおさらだった。暑い南方では軍服などほとんど着ることはなかった。

敵艦爆破遊撃隊の小隊長であった瀬高鋭三少尉もマカラカル島の中隊本部集合に急いだ。瀬高少尉も集合理由は知らされておらず、怪訝な思いで遊撃隊を束ねる小久保荘三郎少佐の訓辞を待った。紺野、瀬高両少尉が受けたこの時の訓辞はけれどほとんど同じものだった。つまりポツダム宣言受諾の聖断が下されたこと、目下日本は米英ソ中と戦争終結の交渉中であること、敗北を喫したが我々には引き続き祖国復興の御柱になる、よって今後の命令があるまで各小隊は整然とし、軽挙妄動は厳につつしむこと――などだ。

不滅日本皇軍の敗北――。訓辞を行なうもの、受けるもの、まったく信じがたく、全員が号泣した。嗚咽をこらえる瀬高少尉は敵の宣伝はデマでなかった、ほんとうだったことに気づいた。

八月十五日正午ごろ、米軍の駆逐艇がマカラカル島守備隊陣地まで接近したうえ拡声器の音量を上げて突如、童謡の「花嫁人形」や「雨々ふれふれ」などを流暢な日本語で歌い始めたからだ。瀬高少尉はむろん、童謡を流して日本軍の郷愁をそそる米軍の見え透いた心理戦などに惑わされるものかと聞き流した。それでも童謡につづく宣伝はこころに引っ掛かった。「日本軍は無条件降伏した」とはっきり断言したからだ。いままでもデマ宣伝は絶えなかったが、さすがに米軍もこうまで言い切った宣伝はしなかった。「ソ連が日本に対して宣戦布告した」「広島・長崎に原子爆弾を投下した」「日本は連合国に対し無条件降伏した」――。

これらを伝え終わると駆逐艇はふたたび童謡を流しながら海岸を離れた。米軍は日没ごろにもやってきて、同じ宣伝を流して立ち去った。小久保隊長の訓辞は米軍の宣伝がデマでなかったことを裏付け、瀬高少尉は日本軍の敗北を認めざるを得なかった。瀬高少尉ら小隊長はそれぞれ小隊に戻り、事実をありのままに伝えた。

兵員にはまだ正式に天皇の聖断は伝えておらず、日本の敗北を知らない。だから中隊集合所に集められた第五十九連隊第五中隊の館野正吾伍長の予想は、多少の差はあれ下士官・兵に共通するものだった。大型潜水艦に乗ってふたたび満州にもどり、ソ連軍と戦う、きっとそうに違いない。ソ連軍は国境を突破して満州に侵入した。俺たち関東軍の出番がようやくやって来たのだ、そのため中隊集合は満州転進命令に違いない、そう思ったからだ。けれどこの予想ははずれた。集会所で告げられたのは日本軍の無条件降伏だった。館野伍長は呆然とし、言葉もなかった。

ポツダム宣言受諾から一週間後の八月二十二日午前九時、バベルダオブ島のアイライ飛行場に米軍機が飛来し、金属製の通信筒を投下するとふたたびペリリュー島方向に翼をひるがえした。通信筒は、アイライ地区防衛についていた大里信義大尉指揮下の独立歩兵第三五一大隊の兵員が拾い上げ、大里大隊長から集団司令部に届けられた。

通信筒はパラオ諸島米軍司令官ロジャース海兵少将からパラオ集団司令官井上貞衛陸軍中将に宛てた親書であった。親書は、日本政府に対して行なった連合国の停戦に関する姿勢を七項目にまとめたものだった。

(一)一九四五年七月二十六日、連合国は日本政府に降伏宣言書を送付した。(二)一九四五年八月十日、日本政府は天皇の存続を条件に降伏を正式に受諾した。(三)一九四五年八月十一日、連合国は日本政府の提案を受諾した。(四)一九四五年八月十五日、日本政府は条件を受諾した。よって連合国と日本国との戦争は公式に終局を告げた。(五)連合国と日本帝国との戦争終結を告げた現在パラオ諸島の戦争継続は停戦条件を当然のことと受け取られたい。(六)よって閣下および指揮下にある部隊との降伏成就の準備は調っている。(七)貴殿の代表者が会議に提出する議案は貴殿の高位にふさわしい敬意をもって扱われる――。

親書は(六)について、協議を円滑におこなうため井上集団司令側から次の意思表示されることを望んだ。すなわち八月二十三日午前中、アイライ飛行場に大きな白十字の幕をおかれたい。それは閣下が協議の意志を示す信号と理解する。白十字の信号を確認後、午後二時、非武装の参謀将校五名をバベルダオブ島東南に停泊する船に迎え、そこで我が参謀長が名誉的かつ秩序ある休戦方法を伝達する。協議終了後、貴殿の代表はただちに送還する――。

米軍の対応がしめされたことで集団司令部の動きも慌ただしくなった。八月二十二日から九月十一日の武装解除に至るまでの主な動きを時系列的に挙げると以下のようになる。

親書の通信筒が投下された翌日の八月二十三日、アイライ飛行場に白十字幕を掲げて協議応諾をしめすとともに井上集団司令の親書を携えて作戦参謀中川廉中佐のほか三名の将校がアイライ沖に停泊する米駆潜艇に向かい、米参謀長フワイク大佐と停戦協議を行なう。深夜十一時、集団司令部に帰還し、井上集団司令に協議結果を報告する。

八月二十五日、参謀長多田督知大佐、後方参謀泉来三郎中佐両名が米駆潜艇でフワイク参謀長ら一〇名と現地協定を開始。午後五時集団司令本部に帰還。九月一日午前六時三十分、多田参謀長、泉参謀が米駆潜艇に向かい、フワイク参謀長と停戦交渉の実質協議を開始。

米側は九月二日正式調印とする案を提示。これに対し日本側も要望を示す。午後八時三十分、集団司令本部に帰還。日本側がしめした要望とは、武器の引き渡しについては米側の要請を了承。パラオ諸島に散在する数千名の日本軍隊の治安確保のためバベルダオブ島移転の許可、食糧確保のため農業漁労を許可、将校の軍刀および拳銃所持、兵員の帯剣の許可、祖国帰還まで日本軍自身による自治許可であった。これらはすべて、そしてすんなりと認められた。

九月二日午前七時、パラオ集団司令官井上貞衛陸軍中将ならびに多田督知参謀長、泉来三郎参謀ら五名が随行し、午後一時、アイライ沖に停泊中の米巡洋艦「エミック」艦上において、パラオ諸島米最高司令官ロジャース海兵少将とのあいだで現地停戦協定が調印され、午後六時、集団司令本部に帰還した。ただちに井上集団司令の名で隷下全軍に停戦調印の結果が伝えられ、各部隊は戦闘行動を停止し、和平条項の遵守、詔勅必勤、皇軍の真姿堅持などを訓辞する。

九月三日、陸軍部隊の指揮下にあった海軍部隊の指揮解除および原隊復帰が命じられた。

九月六日午前十時、集団司令本部において隷下各部隊長に対し、停戦協定調印の経過が説明された。各部隊より現有人馬掌握数の公開要望があり、多田参謀長より、八月一日現在として次のように報告された。陸軍将校六二三名。准士官一四七名。下士官三八三三名。馬匹日本馬一九七匹、大陸馬八匹。このほか現地召集将校一一名。下士官五七名。兵三八八三名。海軍は将校一四四名。准士官一四七名。下士官一四五二名。兵一八五五名。

九月十一日、米側との停戦協定にもとづき隷下各部隊に対し武器弾薬資材引き渡し命令を発令する。米側のフワイク大佐らがマラカル波止場に到着。兵器引き渡し状況を視察した。

下士官兵たちにしても、よもや日本軍が負けるなど予想せず、中隊長の説明には驚き以外なかった。それだけに敵愾心までたやすく消せるものではない。ペリリュー島とアンガウル島では一万数千名の仲間が倒れた。ジャングルに入れば飢えと伝染病で死んだ戦友の墓標が薄闇のなかで亡霊のように立ち現われる。このようなところに武装解除の追い打ちである。

これで完全に敵の軍門に下り、皇軍の矜持さえ剥奪された。丸腰になった軍人ほど哀れなものはない。そのため兵員たちは「おぉ八月十五日」の歌に託し、耐え難い無念さを精一杯、歌で返すのだった。

「大和民族絶やそと仇が／遂に落とした原子弾／友よ伝えよ子々孫々に／屈辱の日の血の涙／おぉ忘れてなるか八・一五」

八月三十一日、第十五、第五十九両連隊はともに軍旗奉焼が挙行された。これは、八月二十九日に集団司令部から出された、八月三十一日までに軍旗を奉焼せよとの下達による。

第五十九連隊は副官の森本庄一郎少佐と旗手の日高真作少尉とが連隊長宿舎前の丘を平坦に整地して準備をすすめた。午前十時、整地されたそこに日高旗手が軍旗を奉持。江口連隊長が決別の辞を述べたあと点火された。点火に先立ち、江口連隊長の特別許可を得て軍旗の一部を小さくちぎり、奉焼を見守る将校一同に分配された。そこには軍旗の栄光を心の守りとして祖国再建に邁進せよとの思いがこめられている。

第十五連隊の軍旗奉焼は深夜零時に挙行された。ジャングルを伐採して五メートル四方の祭壇を設営し、純白の布を敷き詰めた。祭壇の中央に薪木を積み上げた。旗手は奈良四郎少尉であった。

じつは奈良少尉の旗手抜擢には福井連隊長の配慮があった。奈良少尉はペリリュー島派遣軍として飯田義栄少佐とともに逆上陸するはずだったが米軍の攻撃などから上陸を断念する。

そのかわりとして、援軍無用との飯田少佐の伝令を携えて遠泳のうえふたたび連隊本部にたどり着き、無事伝令の大役を果たした。けれどこれがために奈良少尉は後れを取ったとの自責の念からふたたびペリリュー島に引き返し、死に場所を求めるのでは、との懸念が持たれた。そのため福井連隊長は奈良少尉を旗手につけた。軍旗のそばに置けば迂闊な行動はとるまいとの配慮からだ。

パラオ諸島に分散配備された守備隊もバベルダオブ島の原隊に順次撤収をはじめていた。ウルクターブル、マカラカル両島の海上遊撃隊にも撤収命令が出された。瀬高少尉も敗戦を伝えられたときは動転し身も心もうつろだった。直前まで敵艦爆破の夜襲訓練をかさね、仲間と必死必中を誓い合っただけになおさらだった。けれどそれから二週間が経ち、落ち着きを取り戻した。

九月三日、先頭を行く小久保隊長の大発動艇の舳先には白旗がはためき、瀬高小隊長もあとに続いてバベルダオブ島に向かった。宇賀神美喜夫中隊長の指示でバベルダオブ島北部のオギワルでヤシの実採取についていた第九中隊の中川義雄上等兵にも原隊復帰が命じられた。ただし終戦が伝えられてから三ヵ月も過ぎていた。

中川上等兵もポツダム宣言受諾といわれても意味も内容もわからなかった。無条件降伏したとの説明で日本が負けたとわかったが、すぐには信じられなかった。日頃から冗談好きの隊長だったから、「また冗談いって笑わせるつもりか」、と思った。けれど考えてみれば、たとえ冗談でも日本が負けたなどいえるはずもなく、言えばたちまち懲罰ものだ。

終戦は、米軍の攻撃がなくなったことより島民が戻ってきたことで中川上等兵は実感した。バベルダオブの島民は戦闘回避のためコロール島に退去していた。それが戦争が終わり、島民はもとの家にもどってきた。パラオ諸島は一九一四年八月の第一次世界大戦で戦勝国となった日本はドイツが統治する赤道以北の南洋諸島の権益を委譲され、統治していた。以来日本政府は親和的政策でのぞんだ。とくに島民の祝祭など習俗儀礼には配慮した。ドイツは統治時代、伝統的な歌や踊りをいっさい禁じ、民族の尊厳抹殺をはかったからだ。日本統治後はこれを解禁した。これで島民も日本に信頼感を寄せるようになり、戦争が終わり、もとの家にもどった島民はだから時折日本兵を集落の広場に招き、パパイヤ、ドリアン、タピオカなど豊富な食べ物と伝統的な歌や踊りで歓待するのだった。島民とのなごやかな交流が三ヵ月ほど続いた。原隊復帰命令でオギワルを去るときは名残がつきず、涙で見送る島民たちもいた。

バベルダオブ島もむろん米軍の占領下にあった。艦船が島を包囲し、四六時中監視を続けている。けれど一兵たりとも米軍を上陸させなかった。米側との停戦協定にもとづく措置とはいえ終戦処理はすべて日本軍によって実施された。武器はすべてコロール島のマラカル埠頭に集められ、米軍によって廃棄処分された。敗軍の悲哀は隠しようもなかったが、それでも軍規を守り整然とした行動を保っていた。不穏な動きなどいささかもなく、自治は完全に掌握された。

八月十五日をさかいに島は静かになった。空からの攻撃も猛烈な艦砲射撃もぱったりと止み、空には夏雲がひろがる。そして夜には南十字星がまたたき、夜光虫が海面を青く照らしている。このようなことも将兵のこころを癒し、秩序維持を助けたのに違いない。とはいえ食糧不足は容易に好転しなかった。バベルダオブ島守備隊の食糧事情は一九四五年春頃より一段と悪化し、五月には集団司令本部命令で本格的な自給態勢に入らざるを得ないほどに逼迫した。

各連隊は中隊ごとに野草採取、農耕、漁猟、製塩などの班を編成した。自分たちの食い物は自分たちでまかなうということだが、いずれも兵員の腹を満たすものではなかった。骨と皮だけのやせ細った兵員は脚気でばたばたと倒れ、野戦病院に担ぎ込まれる。けれど病院も治療するところではなかった。死を待つ収容所であった。医薬品も器具も欠乏しているからだ。このため第五十九連隊第九中隊の、一九四五年三月から十二月にかけて三五名の脚気死亡、七名の赤痢、急性脳炎死亡というような例は程度の差はあれ各隊に共通するものだった。

病人にとってだから祖国帰還は九死に一生を得るに等しかった。日本軍将兵の祖国帰還はポツダム宣言第九条で認められている。帰還は米軍の上陸用船艇でおこない、用意ができ次第実施される手筈になっている。ところが現有船艇に限りがあり、帰還事業は遅れがちだった。そのため引き続き食糧増産に取り組む、あるいは第五十九連隊などは連隊週報「新日本」を発行し、祖国の現状や復興の認識を深める学習にあてた。

帰還は病弱者、古参兵、妻帯者という優先順位になった。けれど帰還がいよいよ現実となると必ずしもそうでなかったから兵員のあいだから、「古参兵からさきに帰すといいながら、じっさいは我々十五年入営のものより十七年、十六年入営の兵がさきじゃないか」「将校が我先に帰還し、隊長のいない部隊が混乱してるじゃないか」など不満や不審の声が少なからずあった。

上陸用船艇の手配がついたところで一九四五年十月十二日、まず第一次帰還が開始。二十二日、第二次帰還が後に続いた。上陸用船艇がマラカル埠頭に接岸すると、帰還するもの、見送るもの、悲喜こもごもの光景があった。

「帰ったら無事でいることを家族に知らせてくれ。住所はこの紙に書いてある」
「すまん……さきに帰る。あとはよろしく頼む」
「おたがい元気でな。内地に戻ったらまた会おう」

船艇に限りがあり、継続的に帰還とはいかず、復員は滞りがちだった。このため第十五、第五十九両連隊からそれぞれ五五〇名、海軍一一五〇名、沖縄出身約六〇〇名が残留となり、次の復員船が出航するまでのあいだコロール、アラカベサン、マラカル各島の清掃作業に駆り出された。コロール島には一万三〇〇〇人ほどの日本人が居住し、南洋庁、気象観測所、放送局などの官公庁のほか映画館、飲食店、花街などもあり、パラオ諸島唯一の都市だった。このため一九四四年三月、米軍の大規模空襲を受け、市街地はことごとく破壊された。それから一年が過ぎても復旧のめどは立たず、都市機能はなお麻痺状態にあった。

清掃作業の正式な指示は一九四五年十二月二十一日、各連隊長の名で出された。作業員はバベルダオブ島からコロール島に移動すると海岸線に八錐形の天幕を設営し、中隊ごとに入った。移動後、作業員には米側から携行食糧が給付され、朝昼は携行食糧、夕食は和食というメニューになった。重労働に耐えるには体力増強を、という配慮からだが、このとき初めてチーズやウインナーソーセージを食べたという将兵も少なくなかった。そしてさらに食後の一服にはラッキーストライクが配られた。

清掃作業は倒壊した家屋や樹木の撤去と焼却。砲弾による道路陥没の埋め立てと整地。このほか不要となった施設の解体処理がおもだった。これらの作業に与えられた道具は各自にスコップ、グループごとにチェーンソーといった単純なもの。まったくの手作業だった。しかも作業とはなんのことはない、結局戦場の後片付けだった。

もともと瓦礫は米軍の爆撃でできたもの。日本軍のせいではない。それなのにその後始末を炎天下、防暑用半ズボン、上半身裸の日本兵がやらされているという矛盾した気持ちもあったから不満も絶えなかった。米軍側もこの不満を察し、ブルドーザーやトラックを援軍に送った。これで作業も円滑にすすみ、不満も徐々に解消した。

日本兵にとってしかし米兵との共同作業は国民性の違いを知るいい機会にもなった。たとえばそれは相撲とボクシング、時間厳守などだ。作業は請負制であった。だから作業員は与えられた業務が完了すれば自由時間となる。そこで米兵相手に相撲を挑む。相撲は日本古来の武道。日本人の体に染み込んでいる。いかに身長体重でまさる米兵でも四つに組めばもろい。米兵も負けてはいない。ボクシングでかかってこい、と腕を構える。ボクシングは米国の代表的な格闘技。腕の長さや身長差で米兵が断然有利だ。休憩時間ははからずも日米両国の伝統的な技の大会になった。

時間厳守とは、作業開始、終了とも、いささかも時間的くるいがないということだ。そのためある中隊は出発直前、雨が降りだしたので雨脚が弱まるのを待って出発したから現場到着も作業開始時間も遅れた。これに米軍の現場責任士官が激高した。いかなる理由も認めないのが米国流だからだ。反対に、あとひと押しすればすべて完了とわかっていても終了時間に達すればさっさと引き上げるのも米国流。日本人の習慣からすれば、ひと決まりつけてから引き上げるものだが、時間に対する日米の違いを作業員は知るのだった。

南洋神社も撤去の対象になった。南洋神社は官幣大社として一九四〇年十一月に建立され、コロール島駐在邦人や軍人の精神的な拠りどころとなっている。けれど米軍の占領下となればば必要もなく撤去を、との申し出が宮司から集団司令本部にあった。撤去は爆薬で爆破したのち油をかけて焼却するため米軍の許可を受け、五十九連隊の佐藤芳太郎第二工兵中隊が作業にあたった。宮司が祝詞を捧げたのちロウソクの灯で導火線に点火。爆発と同時に本殿、拝殿、神楽殿が相次いで崩壊し、やがて油がまかれて火炎につつまれた。作業終了後、佐藤工兵中隊長は江口連隊長に任務完了を報告するのだが、このとき江口連隊長から妙な質問を受けるのだった。すぐにはなんのことか分からなかったから佐藤中隊長は返事に窮した。

「持ち帰ったか」

「いえ、そのまま……」

質問には深い意味がありそうだった。そのため佐藤中隊長は完全に燃えて灰になったとまではいえなかった。

「そうか。惜しいことをした。内地にもどったら表札にしてわが家のお守りにするところだったが、仕方がない」

江口連隊長は、敗戦の責任を取って各部隊長に自決を迫るなど豪気な軍人魂を見せる一方、ユーモラスな一面もあった。それは、終戦翌年の一月、正月祝いをかねて、ポツダム宣言後に進級した新任のいわゆる「ポツダム」将校や下士官四十数名を歓迎する祝宴が元海軍部隊の施設で催され、先任将校をはじめ集団司令本部の泉来三郎参謀も同席したときだった。酒が振る舞われ、酔いがまわるにつれて歌え、舞えとなり、泉参謀がダミ声で「ギッチョン節」を歌うほど。そしてついには、「江口さん、あんたもなにかやれ」と催促。将校のあいだからたちまち「満州娘」、と声がかかり拍手がわき起こる。泉参謀が差し出した手拭で姉さんかぶりに扇子を持ち、全員の歌と手拍子で身をくねらせ、腰を振りながら小器用に舞うその艶やかなしぐさに全員大爆笑。

正月が過ぎ、二月になると清掃作業もあらかた終わり、米軍の物資運搬に変わった。同時に、「帰還が近いようだ」「もうすぐ復員らしい」とのささやきも聞こえるようになった。じっさいささやきは現実となる。一九四六年二月九日、まず歩兵第五十九連隊、これより十七日遅れて二月二十六日、歩兵第十五連隊それぞれが米軍の上陸用船艇に乗船し、コロール波止場から日本に向け出航する。出航に先立ち、両連隊の将兵全員に米軍司令官ロジャース海兵少将から感謝と敬意をこめた証明書が渡された。証明書とはこのようなものだった。

一、降伏ノ日以来、貴官指揮下ノ日本軍ハ最モ模範的ナ行動ヲ取レリ。コトニ「コロール」「マラカル」「アラカベサン」各島ニ於ケル戦場清掃作業ニ於テシカリ

二、日本帰還ノ暁ニ、日本占領ノ米国軍ト接触スル場合、昭和二十年九月二日ヨリ昭和二十一年二月二十日迄ノ貴下ノ行動ヲ示ス証拠トシテ此ノ書簡ヲ自由ニ使用セラレタシ

日本軍の規律正しさに米軍は一様に驚嘆した。作業においても宿舎生活においても整然とした行動に徹し、いささかの乱れもない。戦いには敗れたが、皇軍としての魂までは失っておらず、将兵の精神的ささえにもなっていた。軍人としての矜持は浦賀に上陸してさらにいっそう真価を発揮した。

一九四六年二月九日、歩兵第五十九連隊将兵五五〇名を乗せた米上陸用船艇はバベルダオブ島アイライ埠頭を出航後一〇日間ほど太平洋を北上し、二月十七日、横須賀港浦賀埠頭に接岸した。歩兵第十五連隊はこれより八日遅れて二月二十五日、同じく浦賀に帰還した。岸壁には復員兵を出迎える人々で埋まっていた。

「お帰りなさーい」「ご苦労さまー」「ばんざーい、ばんざーい」

さまざまな歓声がこだました。将兵たちも五年、いや、もっと長く祖国を離れていたものもいたから胸に熱いものが込み上げてくること、押さえようもなかった。しかしとりわけ五十九連隊の将兵たちの行動はなおも毅然たるものがあった。そしてこの時の将兵たちの行動こそが出迎えた人々の感動と畏敬を喚起するのだった。

下船した将兵五五〇名は江口八郎連隊長を先頭に各中隊ごとに隊伍を組み、宿営先である元海軍重砲隊兵舎に向かった。このときであった、人々が驚きを覚えたのは。喇叭手が吹奏する進軍喇叭に足並みをそろえ、隊列を組む第五十九連隊将兵たちは陸軍の星章をつけた戦闘帽、階級章をつけた軍服を着用し、さらに背嚢を背負い、武器こそ持たないが完全軍装で行進を始めるのだった。これだけでも人々は大いなる感動を覚えた。このうえさらに隊列のなかに遺骨箱を胸に抱えた兵士のすがたもあったからすすり泣く声ももれた。遺骨箱は戦病死した戦友の遺品などを納めたものだ。一〇センチほどの小さな木箱だが、海軍航空隊からもらい受けたパラシュートを裁断して木箱を包装し、ともに祖国に帰還したのだ。

出迎える人々とは逆に復員局の担当職員は五十九連隊の行動を苦々しく見ていた。浦賀に上陸する復員兵は大体が米軍支給の服装で船を降りてくる。ところが五十九連隊の将兵には消滅したはずの大日本帝国陸軍が現存しているのであった。

職員はこれに慌て、江口連隊長の宿舎を訪ね、ただちに階級章をはずすよう要請するのだった。むろん江口連隊長は拒否し、帝国軍人としての矜持を示す。復員手続きを済ませ、全員そろって宿営地を出るまで連隊は解散しておらず、帝国陸軍軍人であるとの信念があったからだ。そのため江口連隊長は、復員局の横やりを受けたせいもあり、作戦主任の井上英雄大尉の指揮のもとで、喇叭手の吹奏に合わせて起床、点呼、消灯というように、平時の営内生活そのままの行動を守らせ、将兵の士気と規律を保っていた。天皇陛下歩兵第五十九連隊の毅然とした行動はけれど予想外の反響をもたらすのだった。

の上聞に達し、復員部隊は上陸三日以内に解散する規定になっているが、天皇が行幸されるまで宿舎にとどまっていただきたいと、逆に復員局から懇願されるからだ。浦賀帰還から三日目の二月二十一日、軍服で正装した第五十九連隊将兵は宿営中庭に整列し、陸軍礼式令に則って天皇陛下に敬礼する。最前列に立つ歩兵第五十九連隊長江口八郎陸軍大佐は同連隊およびペリリュー、アンガウル両島における帝国陸軍将兵の歴戦を伝え、しかし戦いに敗れ、連隊長としての付託をまっとうできなかったことを涙ながらに報告するのであった。

復員部隊に対する天皇の行幸は後にも先にも歩兵第五十九連隊に対してのみ、一度かぎりであった。ただし天皇の五十九連隊行幸やお言葉を賜わったことなどほとんどの国民は知らない。日本は連合軍の占領下に置かれ、連合国軍最高司令官総司令部（ＧＨＱ）によって新聞などの報道が規制され、公表されなかったからだ。天皇のお言葉とはこのようなものだった。

「パラオ集団ハマコトニ善ク統率力徹底シテ立派ニ戦闘シ復員モ善ク出来テ満足ニ思ウ」

第十二章　帰順

日本軍は無条件降伏した。第十四師団隷下の各連隊将兵は全員日本に引き揚げ、パラオ諸島にはひとりの日本兵もいなくなった。山口永少尉を小隊長とする三十数名の残余兵はけれどこれを知らない。これは集団司令本部も同じだった。ペリリュー島守備隊は玉砕し、生存者はいないとして一九四四年十二月三十一日をもって全員戦死と認定したからだ。ただしこの認定はペリリュー島を調査したうえでのものではない。砲声が下火になった、通信が断絶した、星条旗が掲げられたなどの状況判断によるものだった。したがって認定には事実誤認があった。ペリリュー島にはなおまだ三十数名の将兵が生存し、島内の鍾乳洞や燐鉱石の採掘跡などに潜伏していたのだ。

戦死扱いされた三十数名の生き残り部隊。けれど彼らはこのことも知らない。それどころか島内にはまだ小隊単位で分散した仲間が潜伏しているとさえ思っている。とはいえまともな戦闘になれば勝ち目がないのもわかっている。錆止めの油がないので小銃はすでに使用不能となり、弾薬もろくにない。軍服も一年以上着たままだったから破れぼろきれをまとっているようなもの。軍靴もそうだ。底が抜け、ぱくぱく口を開けている。

いかに常夏の島、寒さ知らずとはいえ山賊や野武士とはちがう。かりそめにも日本帝国陸軍軍人。裸や裸足では戦えない。このため残余兵の意識はしだいに戦闘態勢からいかに生き延びるか、この方向に傾き、自分のほうから攻撃を仕掛けるなど無用な行動は控えるようになった。

山口少尉は小隊をさらに分散化した。これは洞窟事情や行動の安全性を勘案した措置だった。島内にはいたるところに洞窟がある。とはいっても人が潜り込める洞窟はそうない。住むために作ったものではないからだ。まして三十数名も入れるだけの奥行きや幅をもった洞窟などあるはずもない。仮にあったとしてもまず避けるに違いない。複郭陣地での不快な潜伏生活にこりているからだ。米軍の執拗な攻撃に行動は遮られ、日中はほとんど複郭陣地に身を潜めている。けれど戦わなくても腹は減り、のども渇く。腹が減ればものを食い、水も飲む。そうすれば当然糞も小便も出る。だが陣地の外に出れば敵に撃たれるので陣地のなかで用を足すしかない。ひとりや二人なら我慢もできる。けれど陣地には数十人も潜んでいるからたまったものではない。かくして陣地は糞尿の肥溜めと化し、だれかが踏み付けた靴あともある。複郭陣地と同じ経験はだれもがこりごりだった。

迅速な行動からも分散化は効果的。山口少尉はそこで、すでに形成されているグループごとに別れ、それぞれ潜伏場所を設けて行動することにした。ただし緊急事態には同一行動がとれるように視界が届く距離に潜伏するよう全員に指示した。

これによって各グループは人数分に見合った洞窟を探し、立て籠もることになる。グループ行動はそして一九四七年四月、米軍に帰順するまで変わらずに続く。福永一孝伍長が潜伏場所に選んだ鍾乳洞を第五中隊壕と名付けた。これに対して山口少尉の潜伏場所は第六中隊壕と呼ぶことにした。福永伍長は中島正中尉が指揮を執る第二大隊第五中隊におり、山口少尉は大場孝夫中隊長の第六中隊にいたからだ。じつは双方の壕はつながっていた。つまり一つの壕に双方が同居していたのだ。

相川勝海軍二曹が潜んだ洞窟は工兵隊壕と称し、高瀬正夫海軍兵長らが潜り込んだ洞窟は海軍壕といった。そしてさらに館敬司軍曹らが潜伏した壕は通信隊壕と名付けた。館軍曹は富田保二大隊長のもとで通信兵を指揮していたからだ。けれど通信隊壕は洞窟壕ではなく樹上生活だった。つまりマングローブの樹の上に丸太を組み合わせて床板をつくり、屋根は天幕を張って雨露を防いだ。要するにパラオ島民と同じ高床式住居だった。だから高温多湿な洞窟とちがい、樹林を伝ってそよぐ海風にあたり、夜は南十字星が天井にまたたく快適さだった。むろん、敵の攻撃を受けなければだが。

山口少尉は日本軍が無条件降伏したことを知らない。したがって降伏もしていなければまして武装解除もしていない。いまだ米軍とは戦闘継続中であった。しかし戦闘を続けるには武器も食糧も極度に不足している。これを満たすには、ではどうするか。おのずと答えは決まっている。敵から奪い取る、つまりかっぱらってくるということだ。さいわい米軍の宿舎が並ぶペリリュー飛行場や物資の揚陸場所になっているガルコル波止場周辺には物資が野積み状態になっており、おまけに警備もほとんど手薄だった。

本隊からはぐれ、援軍もなく、自分たちは孤立している。したがって洞窟ぐらしの長期化は避けられないことは、だれもがうすうす感じていた。日米双方とも攻撃は散発的となり、銃声も砲声も聞かない日もある。長期化はけれど定住化を意味するものでもあった。定住化がすすめばけれどこまごましたものが必要になってくる。

物資のありかはだいたい目星がついている。宿舎の周囲には必ずあるものだ。けれどその分敵に見つかる確率も高く、危険も多い。そのため山口少尉は満月の深夜を期して行動開始とした。満月の夜と決めたのは、物資が集積するペリリュー飛行場に行くにはジャングルの中を歩かなければならず、月明かりが必要。あるいは物資を探すにしても明るいほうがよいという理由もあった、がこれ以上に月日を確認するという意味もあった。満月を起点に月日の経過を記憶するということだ。じっさいのちに残余兵は月の満ち欠けをもとに日めくりカレンダーまでつくっている。

深夜になると洞窟の中はにわかにざわつく。昼間は身動きもせずじっと息をひそめているが、夜に変わった途端、あたかも夜行性動物のように活気づく。食糧調達に出撃するのだ。洞窟の中からひとりふたりと飛び出し、ジャングル道を走る。これに続いて海軍、工兵隊、通信隊壕からもつぎつぎと飛び出してゆく。ただしねらう場所はちがった。それぞれ目星をつけたところに向かうからだ。

敵の物資を分捕ることは犯罪ではない。むしろ多ければ多いほど称賛され、大いなる手柄だった。物資は缶詰、パン、チーズなどの食糧のほかマッチ、蝋燭、たばこなどもあり、それぞれ個別に段ボール箱に梱包されている。しかも段ボールは湿気を防止するため蝋で防水加工されている。そいつを館軍曹は一度に数箱ごっそりと背負って盗み出す。背負う紐も米軍が打ち捨てた銃帯を利用したものだ。

米軍は幕舎などを退去するとき小銃など軽い携行品は惜しげもなく捨ててゆく。そのため土田二曹はそれを拾い、第六中隊壕に戻って銃身を短くしたり銃床をなおしたりして片手でも撃てるように改造するのだった。土田二曹は旋盤技術者だったから金属加工はお手の物だった。工具も敵のブルドーザーやトラックには必ず備え付けてある。分捕った食糧は必要な分だけ手元に残し、あとは別の場所に隠した。

館軍曹はしかし梱包を開封し、米軍の食糧の豊富さにあらためて目を見張った。米軍は戦闘の最中でも戦車が缶詰や缶入りジュースやコーヒーを地上に落としながら走る。米兵はそれを拾い、正午のサイレンが鳴ると戦闘を休止してさっさと食べはじめる。この様子をいく度か見ている館軍曹はうらやましがったものだ。米兵は戦闘中であろうと飯どきになれば休止して飯を食う。日本軍ではまずあり得ないことだ。さらに食べているものも日本軍とはまるで違う。まずい乾パンに数粒の金平糖が自分たちに与えられた食糧だった。

備蓄するほど食糧も手に入り、満腹になるとしだいに行動も大胆になる。夜間行動に備えて昼間も偵察行動に出た。この時だった、土田二曹、千葉兵長、森島一等兵らは二〇メートルほど前方、ジャングルを移動中の米軍小隊を発見したのは。土田二曹は咄嗟にマングローブの樹によじ登り、千葉兵長は岩陰に滑り込み、小銃を構えた。森島一等兵は素早く逃げた。見つかれば射殺はまぬがれない。さいわい三人とも助かった。これを契機に土田二曹らは浜街道から十数メートル、密林で見つけた洞窟を自分たちの壕にした。食糧調達はなおも続いた。備蓄にし過ぎはない。千葉兵長はまたしても耳寄りな情報を持ってきた。山のふもとに食糧が野積みになっているというのだ。

「けどみんな一緒にいっちゃだめだ。この前みてぇーになる。二人ぐれぇーがちょーどいい。度胸があるもんから先にいき、様子を見てからあとにつづけばいい」

千葉兵長がこの前のようになるといったのは、米軍の掃討作戦で二人の仲間が戦死したことが念頭にあったからだ。

「いいか、これからが肝心だ。コソコソやってちゃだめだ。すぐに日本兵と思われるからかえって堂々と歩け。ヤツらの裏をかくんだ。まずオレと兵長殿が行くから頃合いを見てついてこい」

ただし敵だけではない、中隊壕や通信隊壕にも気をつけろ、と付け加えることも小林八百作海軍一等兵は忘れなかった。

食糧の確保は生存を左右する。だから階級の上下はない。上のものも下のものも自分の食いぶちは自分で算段するしかない。そのためたとえ仲間といえども食糧のありかは秘密。見つけたものは自分だけのものだった。

千葉兵長と小林一等兵が壕から抜け出し、月明かりのジャングル道を小走りにすすんだ。やや間を置いて相川二曹と土田二曹が続いた。千葉兵長が言った通り食糧は野積みの状態だった。ただし歩哨兵がいるとまでは言ってなかった。相川二曹は歩哨兵の動きを探った。歩哨兵は二人。懐中電灯を照らして集積場所を巡回する。一巡に八分から一〇分とわかり、運び出すにはこの時間内にかぎった。相川二曹は後続の土田二曹にもこのことを教え、食糧箱を背負い直し、ふたたび壕内に引き返した。食糧調達はまさに命懸け。土田二曹は御金蔵破りが役人に追われ、大立ち回りを演じるチャンバラ映画を職工時代によく見たが、これは映画ではない、現実だ。歩哨兵に発見されたら一巻の終わり。それだけにねぐらで開封するときの気持ちはあたかも玉手箱を開けるような、期待と緊張で格別だった。

千葉兵長と小林一等兵はどちらもカリフラワーの酢漬けだった。相川二曹はといえば缶入りのトマトジュースだった。そして土田二曹はウインナーソーセージだった。銃剣の先端で缶蓋をこじ開け、中身を摘まみ出す。どれもが初めて見るものばかり。缶のラベルをしげしげと見るが横文字。そこで森島一等兵の出番になる。森島一等兵は明治大学卒業だったからインテリ。英語も読解した。

山口小隊は本隊からはぐれた兵員たちの寄せ集めだったから出身地も茨城、大阪、北海道、九州、沖縄とまちまちであり、壕内ではそれぞれのお国訛が飛び交った。山口少尉らの第六中隊壕でもさかんに食糧のお披露目がおこなわれていた。そこでもやはりウインナーソーセージが含まれている。けれど中隊壕は大阪出身の福永伍長、沖縄出身の軍属勢理客宗繁、上原信蔵のほかは茨城出身で編成されていたから土田二曹のようにきのこの茎を意味するナバとは言わなかった。ただし名前を知らない点では同じ。だから太さや色が赤いことから「犬のチンポコ」と呼び、笑いながら口に放り込んだ。

時折偵察に出掛けるものの日中はほとんど壕内に潜んでおり、大してやることもない。だから千葉兵長のラブロマンスは何度聞いても飽きなかった。口火を切るのはいつも、同じ海軍仲間の気安さから相川二曹だった。

「おい、千葉、あれをやれ。チョンガー時代のロマンスってやつを」

そう言われれば千葉兵長もまんざらではない。なにしろ恋女房との馴れ初めをはなすのだから。ニャッと笑うその表情に若い連中は引き込まれ興味津々。すでに何度か聞いており、ストーリーは分かっているはずなのにまた聞きたがる。けれど工兵隊壕にはもうひとり、隠れたロマンスの持ち主がいた。森島一等兵だ。明治大学の学生時代、日活撮影所でアルバイトをしていた。そのうち女優の宮城千賀子と親しくなり、結婚を前提に交際を始めたという。このことを両親に伝えたところ、「女優なんてとんでもねぇ。浮気っぽくてだめだ。苦労するのはおめぇーだ。やめとけ」と猛反対にあったという。彼にも人知れぬロマンスがあったのかと思いながら土田二曹は聞いた。けれど森島一等兵のロマンスを知るのは土田二曹だけだった。

ロマンスを聞くのも語るのもそこには郷愁があった、肉親や故郷をしのぶという。そして郷愁が深ければ深いほど孤独感、絶望感も深くなる。第五中隊の飯島栄一上等兵は、同年兵の手榴弾自決はそのせいであると、疑わなかった。盗み取った食糧を担いで仲間の先頭を行く同年兵が突如、「敵だ敵だっ。早く逃げろ」と叫び出した。彼の声に後続も急いで走りだした。けれど敵が追いかけてくる様子はまったくない。息を切らしながら飯島上等兵は確かめた。「敵は本当にいたのか、姿を見たのか」、と。けれど、「おかしいなー、確かに敵の声がしたんだがなー」と曖昧な返事だった。同年兵の奇妙な行動は重機類の集積所にガソリンを奪いに行ったときもそうだった。何を思ったか突然、着剣した小銃を「エィッヤー」と気合を入れて突きまくり、「何をぼやぼやしてんだ飯島、敵だ。敵に囲まれてるんだぞー」と叫びはじめたのだ。むろんこの時も敵などおらず、単なる妄想だった。けれど声を上げ、騒ぎ始めたので本当に米軍に発見される危険があったから飯島上等兵は彼を放置して中隊壕に逃げ戻った。ところが、彼は壕に戻ってこなかった。心配になり、飯島上等兵は翌日、昨夜と同じ場所に確かめに行ってみた。頭部が吹っ飛んだ死体が転がっていた。同年兵は長い逃亡生活や敵の脅威、あるいは望郷の念などから「戦場恐怖症」に陥ったに違いないと飯島上等兵は思った。

浜田海軍上等兵も同年兵の手榴弾自決は他人事ではないと思っている。

「万一内地に戻ったら遊びに来いよ。俺の在所は山口県の岩国で、錦帯橋で有名なところなんだ」

海軍壕の仲間にこう漏らしていた。これは偽らざる浜田上等兵の本心だった。故郷を思う気持ちがありながら口に出せば弱音に思われ言い出せないだけ。じつは誰もが抱いているものだ。それが浜田上等兵の場合、米軍から奪ったトランクの中身を切っ掛けに本音が出たのだ。

浜田上等兵は二五歳。三〇代の残余兵もいるなかで彼は若い兵士だった。そのせいかやや無鉄砲なところもあった。ペリリュー飛行場近くの米軍幕舎に忍び込み、トランプに夢中の米兵の隙を狙ってまんまとトランクの引き抜きに成功する。海軍壕に持ち帰った浜田上等兵は、

「おいみんな、敵のトランクだぞ。泥棒してお国のためになるんだから、こんなうまい商売、ほかにねぇーだろ」

こう嘯き、仲間が凝視する前でトランクを開いた。だれからともなく溜め息が漏れた。中身が現われたからだ。針、糸、ドル紙幣、ポマード、櫛、革靴、ライター、若い女性のポートレート……。日用雑貨がほとんどだった。塚本上等兵がさっそく頭にポマードを塗り、革靴を履き、すましたポーズをとりながら言った。

「まぁーこれは内地帰還用だな。履かずにとっておけ、浜田」

これに答えて浜田上等兵は故郷の錦帯橋のことを話した。

塚本上等兵は東京出身。都会育ちだが彼にも両親が待っている。けれどもはたしてじっさい帰還できるどうか確信はない。それだけに日頃の思いが米兵のポマードや革靴を履いておどけて見せたのを切っ掛けに本心が口に出たのだ。

館軍曹もやはり人の子だ。戦闘となれば軍曹として部下を叱咤するが、平時になれば故郷

を思う。マングローブの樹上から水平線を見つめればはるか彼方に日本があり、故郷がある。〈この島と日本はひとつの海でつながってるっていうのに、なんでだ……〉繰り言のようにもう何度も同じことを思った。

館軍曹らの通信隊壕は中隊壕とは三〇〇メートルほど離れた湿地帯のマングローブにやぐらを組み、樹上生活をしていた。マングローブの下は浅瀬になっており、さざ波が寄せる。そのため樹上から大小便を落としても波にさらわれて跡が残らない。洞窟壕との違いはまだあった。通信隊壕は屋外だからどの兵も日焼けし健康そうだった。洞窟壕の兵たちは青白い顔をしている。日中は穴ぐらに籠もり、日の光を避けているからだ。魚介類が豊富な点も違う。満潮になるとマングローブの周囲には大小さまざまな魚が寄ってくる。それを掬いとり、焼き魚あるいは刺し身にした。

海軍壕の塚本上等兵や浜田上等兵はこれをうらやましがり、とうとう別荘をつくってしまった。通信隊壕の浅野三郎上等兵や石橋孝夫一等兵らもときどき工兵隊壕あるいは海軍壕に将棋の武者修行に出掛ける。駒を打ちながら二人からマングローブのターザン生活を聞かされるうち塚田上等兵らはジャングル少年になったような気分になり、二人が壕に帰るのに合わせてついてゆき、通信隊壕を下見するほか魚料理までふるまわれるのだった。食糧は缶詰ばかり。しかも肉類が多いから別の食べ物もほしいと思っていたところに魚の刺し身だった。

「うひょー、刺し身じゃねーか。こいつぁー高級料理だ」

思わず声を上げ、塚田上等兵は久しく忘れていた新鮮な海の幸をしみじみと味わうのだった。魚が食べられ、潮風や太陽のひかりを浴びる。これが普通であり、洞窟生活のほうが不自然なのだ。洞窟のなかは高温多湿。服など着ていられないから素っ裸。フリチン姿のものもいる。これだけでもまともでないのに、昼間は寝ており、夜起きるというのはもっと異常。塚本、浜田両上等兵は樹上生活がすっかり気に入り、やぐらを組んで海軍壕から引っ越した。

一九四六年になると米軍の掃討作戦も島内巡視も減少しただけでなく、週末になると米兵たちはペリリュー飛行場近くで催される野外映画を楽しむなどのんびりした雰囲気が流れていた。じつは残余兵たちも野外映画を楽しんでいた。台詞は英語でありわからない。しかも裏側からスクリーンを見ているから右に動く場面も左に動き、逆に見ている。けれどそれでもよかった。本来の目的は映画より、米兵が立ち去ったあと、彼らが吸い散らかしたたばこを拾うのが目当てだったからだ。

戦闘継続中であれば映画など見ている余裕はない。けれど彼らはいまそれを見ている。このほかにも千葉兵長や塚本上等兵が島民に遭遇している。日本の無条件降伏や終戦、投降を呼びかけるチラシが木の枝に吊り下げられるようになった。これらはただの偶然ではない。戦争終結は本当かも知れない。山口少尉はそう思った。

深夜を待って壕を抜け出した千葉兵長と塚本上等兵はパパイヤ採取に出た。缶詰は肉類が多く、やや食傷ぎみ。青果物がほしかったのだ。じっさい夕顔のツルを海水で塩揉みし、鉄兜で押し漬けにしたこともあった。千葉兵長と同じ思いを抱くものは別にいた。ただし兵隊ではない。島民だった。パパイヤの実は井戸の近くにあった。井戸といっても自然にできた水たまり。浜街道から十数メートルほど陸側に入ったところにあった。この水を飲みたくて近づいた日本兵が何人米軍に狙撃されたか。それを思えば恨みの井戸だった。パパイヤの木には千葉兵長が一足早くたどりつき、採取に取り掛かった。この最中に島民もやってきた。けれどこのとき塚本上等兵は島民とは知らず、敵兵と勘違いしたためパパイヤを放置したまま急いで海軍壕に走った。

「兵長がやられた。銃を寄こせ。早く早く」

せっつくように改造銃を受け取り、数名の仲間とふたたびパパイヤの木に引き返した。深夜ながら複数の人影が揉み合っているのが見えた。

「頭を撃て」

塚本上等兵が命じ、一斉射撃。人影は消え、地面にうずくまる千葉兵長だけが残った。ひどく暴行されて顔はむくれ、足はみみず腫れになっていた。海軍壕に担ぎ込み千葉兵長に事情を確認したところ、相手は島民でリーダー格の若い衆は元府立中学卒で、柔道剣道の段持ちという。終戦で内地から島に帰って来た、日本は負け、戦争はとうに終わった、早く出てきて内地に帰れ――このように告げられたというのだ。

山口少尉のもとにはこのほか、塚本上等兵が満潮時の魚取りに出掛けたところ海岸で島の女性と鉢合わせ。「日本の兵隊さんか」と聞く相手の言葉につられて「そうだ」と答えたとたん、女性はジャングルに逃げ込んだ、あるいは森島一等兵がごみ捨て場から拾ってきた英字新聞や雑誌の『ライフ』の記事を訳し、日本軍は降伏しマッカーサーが日本に上陸した――などが伝えられていた。木の枝に終戦を告げ、投降を勧告するチラシが吊り下げられるようになったのも、いくつかの偶然が重なった後であることを思えばチラシの文面は敵の単なるデマでないとも思いはじめた。とはいえ軽々に従うわけにはいかない。全員の生命にかかわるからだ。

牛島准尉も思いは山口少尉と同じだった。けれど山口少尉は思いを言葉にしなかった。牛島准尉は言葉に出した。この点が違った。じっさい土田二曹もこのように聞いている。

「なぁー土田、みんなはなんだかんだいってけんと、本当に戦争は終わってかも知れねーよ。俺が敵んとこ行って真相を確かめてくっぺ。もし本当だら敵と一緒にここさ戻ってくる。そんときはおめもみんなに声かけてくれや。敵の呼びかけは本当だ、みんな出てきて内地さ帰えっぺってな。もしチクだったら俺は二度と戻ってこね。自決したと思ってくれ」

牛島准尉が迂闊だったのは警戒心をもたず同じことを複数の兵員に話し、それが佐藤准尉に漏れたことだ。牛島准尉が射殺されたのはこのせいだった。

満月の夜、小高い丘の上にある二つの岩の間に二本の棒を渡し、向こう側に、左から小島一等兵、牛島准尉、鈴木二曹、こちら側に土田二曹だけの四人が向かい合い、夕涼みがてらおしゃべりを楽しんでいた。この時だった、小銃を携行した山本一等兵が三人の背後に接近し、すこし遅れて佐藤准尉も近づいてきた。

「なんだ山本、今夜も出稼ぎかえ、銃なんか持って」

土田二曹は怪訝に思った。物盗りなら武器はかえって邪魔だからだ。けれど山本一等兵は返事をするかわり、土田二曹が銃に手を触れるのを咄嗟にさえぎった。

「さわんでねぇ、弾ぁへぇってから」

土田二曹はますますわからなかった。実弾を装填しているとはどういうことか。けれど真相はほどなくして理解できた。予想もしない事態が目の前で展開したからだ。山本一等兵と佐藤准尉は牛島准尉の背後、二〇センチほど離れて立った。牛島准尉は背後に人の気配を感じたものの真向かいの土田二曹との雑談をつづけた。よもや直後に、はずむ会話が遮断されるなど予想もせずに、だ。

佐藤准尉は山本一等兵に目配せした。むろん無言であった。けれどそれがなんであるか山本一等兵は知っている。事前に佐藤准尉と打ち合わせてあり、そのための携行だった。牛島准尉はなおも四方山話をつづけ、土田二曹も相槌を打った。しかし一瞬、会話が途切れた。牛島准尉の背後で銃声がこだましたからだ。とっさに土田二曹は身を伏せた。敵襲か。けれど違った。ドサッと、牛島准尉が前のめりに倒れ、後頭部から血しぶきを挙げていた。

「わかったかー土田ぁーっ。俺たちの命を守るためだー」

チラシを鵜呑みにし、米軍に真相を確かめるとは残余兵の生命を敵に売り渡す裏切り行為に等しく、佐藤准尉には看過できなかった。山本一等兵に射殺を命じたのはそのためだ。牛島准尉の遺体は担架に乗せ、土田二曹、塚本上等兵、小林一等兵の三人によって埋葬された。

土田二曹はけれど牛島准尉の行動は裏切りどころかむしろ三十数名の命を救うためやむに

やまれぬ心情から発したもの。自分だけ助かれば仲間など知ったことないと思うぐらいなら自決も辞せずなどというはずがない。第一ひとに相談する必要もない。ひとりでこっそり抜け出し、米軍に駆け込めばいいのだ。土田二曹は牛島准尉の遺志を引き取った、次は自分だと。むろん口外も気ぶりも見せず、慎重に機会を待った。機会はけれど予期しないかたちで到来した。一九四七年四月十日であった。

夕暮れを利用して野外で夕餉をとりたくなった斎藤平之助上等兵は缶詰を袋に入れて工兵隊壕を抜け出したところを敵兵に発見された。けれど敵兵は銃撃せず、かえって日本語で、「日本の兵隊さん、偉いひとがあなたがたを迎えにきてます。早く出てきて日本に帰りましょう。日本は負け、戦争は終わりましたよ」、と呼びかけすらしたという。

急いで工兵隊壕に引き返した斎藤上等兵はこの呼びかけを壕内のものに告げ、さらに潜伏場所が敵にバレた以上長居は危険、中隊壕に合流することを急ぐのだった。工兵隊壕の危険は隣接する海軍壕の危険でもある。そのため横田一等兵が中隊壕に合流することを伝令する。中隊壕は六畳二間ほどの広さがあった。とはいっても工兵隊・海軍両壕十数名を受け入れる余地まではない。けれど両者ともあらたに潜伏場所を探す時間的余裕もない。発見された以上敵は掃討に出ること予想できる。山口少尉を拝み倒し、同居の理解を得た。ただしこれは緊急避難的措置、一時的なもの。そのため山口少尉を中心に残余兵が採るべき今後の行動について協議した。けれど妙案はない。もっとも知りたい守備隊本部の有無やペリリュー島の現状に関する情報は遮断され、確認の術がないからだ。しかも中隊壕も安泰とはいえなくなっていた。

上間正一二等兵が血相を変えて中隊壕に逃げ込んできたのだ。

「大変です隊長。こんなもんが壕の入り口にあったんです。たぶんたばこでは……匂いでわかります」

上間二等兵は沖縄からパラオに移住したのち現地で召集された兵で、年齢も三〇歳を過ぎていた。山口少尉は包装紙を開いた。じっさい一〇本入りたばこ五箱、そして文書が一枚入っていた。文書はタイプ打ちの和文だった。「ペリリュー島生存者諸君に告ぐ。今日まで頑張ってまことにご苦労であった……」で始まる文書はつづいて日本の無条件降伏、広島・長崎に新型爆弾投下、天皇陛下の安泰、マッカーサー総司令官の日本統治、病気や負傷の治療、生命の保障、肉親が早期帰還を切望等々を詳細に伝え、最後に文書を作成した人物の、「元海軍第四艦隊参謀長澄川道男少将」の署名が記されていた。

第四艦隊は中部太平洋方面艦隊の隷下にあった。けれど中部太平洋方面艦隊の実働部隊はサイパン島陥落で全滅した。第四艦隊は全滅をまぬがれたものの補給を断たれて作戦行動がとれず、各部隊は陸に揚がって農業をはじめるなど自給生活を余儀なくされる。トラック島で終戦を迎えた原忠一艦隊司令長官や澄川参謀長はグアム島に連行されて戦犯容疑で軍事裁判にかけられ、原中将は禁固六年に処せられた。けれど澄川参謀長は不問となった。戦犯に問わないことを条件にペリリュー島の残余兵の説得工作を引き受けたからだ。

一九四七年三月上旬、澄川参謀長は通訳の熊井泰一海軍二曹をともなってペリリュー島に赴き、残余兵の説得を開始する。狭い島とはいえ洞窟は無数に点在し、どこに潜んでいるか皆目見当もつかない。澄川参謀長は米兵とともにジャングルを分け入り、拡声器を使って帰順を呼びかけ、木の枝や岩の上にチラシを置き残余兵が現われるのを待った。牛島准尉が米軍の真相確認を思い立ったのは澄川参謀長が枝に吊るしたチラシを見たからだった。澄川参謀長の説得工作は小一週間ほど続いたが結局不発に終わった。したがって土田二曹が呼びかけに応え、牛島准尉の遺志を実行に移したのは澄川参謀長の、二度目のペリリュー来島の時だった。

中隊壕は今後の対策をめぐって協議を続けた。協議はもっぱら上間一等兵が持ってきた文書についてだった。けれど当然ながら文書を信用するものも、まして説得に応じるものもいなかった。

「こいつはデマだ。うそに決まってる」

「んだども、日本が負けるわけねぇー。スパイ野郎にだまされちゃだみだ」

「必ず友軍が迎ぇーにくる。そりまで戦いぬくんだっちゃ。持久戦部隊っち名乗ってんのもそいがためでねぇーが」

土田二曹はしかし、本心は言葉ほどではないと見抜いていた。本心を口に出せば牛島准尉と同じ目にあうことを恐れているのだ。けれど強がったところでもはや味方に反撃能力はなく、長期化すればするほど自滅をたどることになる。じっさい牛島准尉射殺を命じた佐藤准尉も戦死している。土田二曹は意を決し、けれどあくまで冗談混じりに切り出した。

「本当に日本が負けたのか、戦争は終わったのか、とにかくこのままじゃーわからんよ。もし、もしもだが、俺に確かめてこいと命令されれば行ってもいいがね……」

反対するものはいなかった。あれほどチラシを疑っていたにもかかわらず。ただし命令もなかった。かわりにしばらく敵の出方を見るということで協議は終わった。十数名が合流したことで中隊壕は一気に大所帯になった。食糧は三年分ほどの備蓄があるが燃料は足りない。人数が増せば消耗も早い。まずは燃料確保がさきだ。壕内はガソリン抜き取りに夜を待った。ただ、足を負傷し、歩行が困難な片岡一郎兵長は残らざるを得なかった。この機会を土田二曹はすかさず捕らえた。牛島准尉の遺志を継ぐなら今しかない、と思ったのだ。

「壕には怪我人もいるし、状態もよくないので隊長殿、私は残ります。もしもの時はひとりでも守ります」

「あぁーそうだな。よかろー」

むろん山口少尉に土田二曹の、言葉と意図は別であるなど読み取れない。全員ガソリン抜き取りに出払い、壕内は二人だけとなった。今こそ絶好の機会。

「紙と何か書くものはないですか」

「これでいいか」

ランプの修理中だった片岡兵長が差し出したのは青い色鉛筆と長さ三〇センチほどの紙一枚だった。どちらもごみ捨て場で拾ってきたものだ。土田二曹はそれとなく書きはじめた。さいわい片岡兵長はランプの修理に集中している。ガソリンが届くまでには直しておく必要があった。土田二曹はけれど考えている余裕はない。一気呵成に書き上げた。

「隊長以下その外の者に私の行動をお許し下さい。私は飛行場に突っ込むことを思いました」

このような書き出しではじまる走り書きは世話になった仲間への感謝、島伝いに泳ぎながらバベルダオブ島の集団司令本部に行き、現状を確認後ふたたび戻ってくる、それまでは壕から移動せず待機を——などの要点だけを紙の表と裏に書き込んだ。書き上げたところで一息入れる振りをみせ、壕の外に出た。片岡兵長はまったく怪しむ風もない。だから土田二曹は壕の入り口に紙を置き、風に飛ばされないよう重石をしたうえで一気にジャングルの中を突っ走った。

〈ついに俺は脱走した。たったいま持久作戦部隊から脱走したんだ。脱走兵は最高の罪だ〉

何度もこのことが心によぎった。けれど後悔はない。確信があったからだ。仲間の生命を守るとは洞窟に潜伏しつづけることでも持久戦に耐えることでもない、事実を知ることだ。それを知るには誰かが突破口を開かなければならない、だから俺は脱走した。もし文書がデマ宣伝ならば二度と壕にはもどらず自決する、という確信だ。

ジャングルを抜けると東海道に出る。道でたばこを拾って火をつけ、草むらで仰向けに寝た。半かけの月夜だった。土田二曹はこれからのことを考えた。まず島民に見つかり、事情を聞くことに気づいた。島民なら何か知っているはずだからだ。千葉兵長が島民に見つかり、日本が負けたといわれたのを土田二曹は思い出した。いくぶん気持ちも軽くなった。こうなると行動も堂々となる。島民の集落に向かった。ところが集落はあいにく無人。

「だれかいないかー」

銃を構え、叫ぶがまったく応答はない。

ここで土田二曹の腹は決まった。米軍のジープを止めるということだ。敵に遭遇すればすべてがわかり、手間もかからない。けれど命懸けだ。ジープを止めるためふたたび東海道に出た。珊瑚岩の夜道は月明かりで白く反射している。道路脇に改造銃と銃剣をならべ、草むらに身を隠した。ジープが来たなら飛び出すつもりだ。とはいうもののいざとなれば覚悟がいる。北のアシヤス波止場から南に向かうジープを見つけながら止められなかったのはそのせいだ。けれど躊躇していられない。ガソリン抜き取りから壕に戻ればだれかが書き置きを見つけるだろう。そしてただちに追跡隊を差し向けるに違いない。捕まれば脱走兵として銃殺、すべては水の泡だ。

ほどなくして同じ方向から二台目のジープがきた。今度こそはと両手を高く上げ、道路に立った。ギギッと急ブレーキをかける音と砂埃をあげ、数メートルほど過ぎたところでジープは停車した。すぐに数人の人の声も聞こえた。それでいっそう土田二曹は振り返るのは危険と思った。

米兵は四人。自動小銃を腰だめに構え、取り囲んだ。正面の米兵が土田二曹のポケットをさぐり、所持品がないのを確かめると両手を降ろせと指図した。そこで土田二曹は道路に並べた改造銃を指さし、敵意がないことを示した。米兵もすぐに納得し、ジープに乗せた。またもここで土田二曹は身振りで示した、スピードを上げろ、と。仲間はガソリン抜き取りが終わって壕に戻る途中か到着直後だからすぐに追ってはこないもののとにかくこの場を早く離れたかったのだ。

連行されたところは海軍が西カロリン航空隊司令部を置いた鉄筋コンクリート造りの施設だった。土田二曹は、ここが敵に乗っ取られたことを知る。四人の米兵に付き従い、建物の中に入った。ほどなくして当直将校がまぶたをこすりながら出てきた。熟睡中にたたき起こされたようだ。将校が、靴を脱げ、ベルトをはずせ、と指示する。脱走と自殺防止のためと土田二曹は直感した。これだけ指示すると将校はすぐまた奥に消え、土田二曹は肩を突かれ、四人とともに別室に向かった。

そこは捕虜を一時的に拘留する留置所だった。むしろを敷き、金網が張ってあった。米兵は手枕のまねをした。ここで寝ろというのだ。もちろん眠れるはずもない。明日はどうなるか、捕虜収容所に送られ銃殺か。このまま殺されては脱走した意味がない。せめて最後はいさぎよく万歳を叫んで死んでやる、と土田二曹は腹をくくった。

留置所にはテーブルが置かれ、三人の米兵が不寝番をしている。不安げな土田二曹を心配し、米兵が金網越しに話しかけた。片言ながら日本語ができる、気のいい米兵だった。

「いくつ……一九、二〇？」

「二七」

「ほんと？　二〇ぐらいかと思った」

米兵はウィーキ島で日本軍の捕虜になり、大阪の造船所で重労働。食糧不足で空腹に苦しんだなどの体験を話し、さらに紙に鉛筆でペリリュー島と日本のあいだを線で結び、船を描いたところで今度は手の平で波が揺れる仕草を見せるのだった。心配するな、無事日本に帰れる、安心しろ、ということらしい。土田二曹も、わかったとうなずいた。米兵はさらにたばこに火をつけ、土田二曹に渡す。たばこには信頼の意味がこめられている。

翌日、金網の錠がはずされ、カービン銃を構えた歩哨兵に前後からガードされ、食堂にむかった。食事は米兵と同じもの。けれど米国製缶詰ですっかり馴染んでいるので違和感はない。朝食後、ふたたび留置所にもどると間なしに日本人がやってきた。

「わたしは海軍二等兵曹の熊井といい、通訳をやっています。あなただけですか、出てこられたのは。ほかの方はどうして出てこないんですか」

「何を言ってるんですか、誰も信じないからですよ、日本が負けたなんて」

「……近くに参謀長がいますので、これから案内します」

土田二曹はあぁーあれか、と思った。第四艦隊参謀長澄川道男少将の署名があったチラシだ。熊井通訳が先に立ち、留置所から兵舎に移った。四人の軍人が机を囲んで協議中だった。

熊井通訳が澄川参謀長に耳打ちした。

「私は澄川参謀長だ。あなたの姓名は」

「土田といいます」

「あなたも海軍か。仲間は何人いる」

「三十数人ほどです」

「ほう―、そんなにいるのか。それで、全員無事か。病気や怪我人はどうだ」

澄川参謀長の質問をおうむ返しのように答えるが、不審感は消えてない。長身で髪は銀髪、ふさふさしている。日本語は堪能だが顔立ちは日系人らしい。

「失礼ながら、あなたは本当に日本人ですか」

「もちろん日本人だ。間違いない。これが証拠だ」

海軍の開襟シャツのポケットから写真を取り出した。参謀肩章をつけ、作戦を練っている場面の写真だった。澄川参謀長は写真雑誌をテーブルの上に広げ、日本に引き揚げる復員兵の船上写真、岸壁で出迎える家族たちの写真も見せた。けれど土田二曹はまだ信じるにはたりなかった。この程度のことは英字新聞や雑誌を森島一等兵が訳し、聞いていたからだ。

「写真だけでは信用できないし、決定的な証拠がないかぎ日本が負けたなんて思えません」

土田二曹はもどかしかったのだ。自分が納得しなければ仲間を説得できない。納得するには写真やモノではない。もっと確実な、たとえば生き証人なり、証言がほしかったのだ。澄川参謀長は熊井通訳を介し、米軍側とやや長い協議をはじめた。

「土田二曹、あなたの言うとおり写真やもので信用しろといっても無理だ。私があなたの立場に立てば同じことを言うだろう。そこで明朝、アンガウルに行ってもらいたい。あそこにも大勢の味方が亡くなっているが、今は日本人と米人が燐鉱石の採掘で働いているので直接話を聞いてもらいたい。百聞は一見に如かずともいうから、納得するはずだ」

明朝、米軍機でアンガウル島に渡った。飛行場には建物などの残骸が残っているもののほとんど整備されていた。土田二曹は着陸後すぐに採掘会社の日本人主任が紹介された。事前に連絡がついていたようだ。

「まず現場を見てください。私が説明するより確実ですから」

米軍差し回しのジープに乗り、土田二曹は採掘工場に向かった。そこでは日本人、米国人、現地の島民らが働いている。何人かの日本人職員に同じ質問をした。

「日本は本当に負けたのか」「戦争が終わったというが、本当か」「ここにいるみんなは日本人か。米軍の捕虜じゃないのか」

けれどいずれも答えは明快だった。「日本は負けた」「戦争はとうに終わった」「今は日本人も米国人もみんな一緒だ」、と。

「どうです、納得されましたか」

日本人主任が聞き返した。

「よくわかりました。これで十分です」

「ほかのお仲間も理解してくれるといいですね」

日本人労働者のナマの声を聞き土田二曹は確証を得た。チラシに偽りはない、と。あとは残余兵にこの事実をいかに理解させるかだ。ふたたびペリリュー島にもどった土田二曹は澄川参謀長に謝意を述べるとともに今後の対応を協議した。

「仲間のことはあなたが一番ご存じだし、われわれも全面的に協力するので思うようにやってもらいたい」

「じゃーまず、兵隊を集めてください。日本が負けたとわかれば玉砕覚悟で突撃してくるかも知れないので」

けっして虚勢ではない。いざとなればそれぐらいの気概を残余兵はまだ十分備えている。熊井通訳から兵力増強を伝えられたペリリュー島駐留司令官フォックス海軍大佐はグアム島の司令本部に五〇〇名の来援要請を打電するとともに将校の家族や非戦闘員を艦艇に避難させた。

説得工作はまず通信隊壕から始まった。ここには館敬司軍曹のほか浅野三郎上等兵、石橋孝夫一等兵ら六名がマングローブの小屋暮らしをしている。けれど館軍曹は軍人魂のかたまりのような人物。説得に応じるかどうか確信はない。けれどそれだけに、応じたとなればあとの潜伏組は芋づる式に出てくるに違いないことも分かっていた。困難な館軍曹説得から始めたのはこのためだった。

土田二曹を先導に澄川参謀長、熊井通訳、グアム島から派遣された大隊長ケニー中佐と米兵が続き、湿地帯にマイクを向けた。呼びかけたのは澄川参謀長だった。

日本の敗戦、天皇陛下の安泰、内地では家族が首を長くして待っている、生命は保証する、危険はない、一日も早く内地に帰ろう――。

けれど反応はなかった。危険を察知し、別の場所に移転したか、との疑問すらわいた。ただ、高所から広角望遠鏡で通信隊壕を見張っていた米兵は、捜索隊が立ち去ったあと数人の残余兵を発見したと報告してきた。これで手ごたえを得た捜索隊は三日連続、同じ場所で説得をこころみる。けれど声を嗄らし、いくら呼びかけてもやはり応答はない。澄川参謀長もさすがに怒りが込み上げ、やや感情的になった。

「水戸二連隊はそんなに腰抜けかー。勇気のあるやつは一人もいないのかー。いったいどうした、館軍曹、早く出てこーい」

じつは小屋の中では動きがあったのだ。達者な日本語で呼びかけている、いったいどんな人物がやっているのか確かめようということになり、飯岡芳二郎上等兵が確認するはずだった。ところが四日目、待機していたがマイク放送はなく、実現しなかった。

三日間放送したものの期待どおりにはならず、米軍に対する残余兵の敵愾心、皇軍教育の影響力を澄川参謀長は改めて思わずにおれなかった。捜索隊は対策の見直しを迫られた。とはいっても具体策はなく、沈黙がつづいた。寸刻後、土田二曹はひらめいた。

「五人ほどの住所と名前を知ってます。親なり兄弟なり、手紙を出して返事をもらうっていうのはどうでしょう」

「おおーそうだ、そうしよう」

澄川参謀長はパン、とテーブルをたたいた。

「いまパラオから週に二回、内地に輸送機が飛んでるし、厚生省にも至急連絡するから住所を教えてくれ。政府のお墨付きと家族の手紙を見せればいくら頑固な連中でも信用しないわけにはいくまい」

待つというのは長い。とくに期待が大きければなおのことだ。けれどこの間に土田二曹はすっかり英雄になっていた。残余兵として最後まで戦った日本兵、仲間を救出するため死ぬのも覚悟で脱走した――米兵のあいだでこのように語られている。

二週間目、一日千秋の思いで待った書類がようやく届いた。厚生省など政府関連の文書、無条件降伏を報じる新聞記事、肉親の手紙や写真。説得に必要な書類はあらかたそろった。なかでもとくに家族からの手紙には実印まで押され、肉筆であることを示して心強かった。ところがこの時になってふたたび厄介な問題が出てきた。だれが書類を届けるか。猫の首に鈴をかける人物の選定だ。土田二曹に視線が集中した。当然だった。けれど拒否した。

「私は脱走兵です。脱走兵の言うことなど信用するはずないでしょう。そのまえに撃ち殺されますよ、逃亡罪で」

土田二曹の想像は当たっていた。中隊壕では、片岡一等兵の看護を口実にされたくやしさ、書き置きまでしてゆく大胆で周到な手口などから怒りがおさまらず、くちぐちに罵った。

「あのヤローぶっ殺してやる。このままじゃー済まさねー」「畜生め、だましやがって。ただじゃーおかねぇー」

しかし結局土田二曹が鈴をつけることになった。フォックス大佐の、危険は承知、しかし命懸けでやってくれ、成功した時には特別にマッカーサー総司令官から感謝状をもらうように手配するなどの説得に同意したからだ。日本の国内事情を知るよしもない土田二曹にマッカーサーからの感謝状がどれほどの価値があるかわかるはずもない。かえって敵の司令官からもらったとなれば恥にこそなれ褒められたものではないとすら思った。

「あなたは知らないだろうが、いま日本では天皇よりマッカーサー総司令官のほうがはるかに上なんだ。そんな人から感謝状をもらってみろ、大変な名誉だぞ」

澄川参謀長が代弁した。土田二曹は同意した。感謝状がほしかったからではない。誰かが引き受けなければ前に進まないからだ。

「わかりました。やりましょう」

家族からの手紙はおもに中隊壕の残余兵宛が多かった。そのため説得は中隊壕から始めた。捜索隊は前回とほぼ同じメンバーだった。中隊壕は西地区にある。けれど海岸側から接近した。捜索隊の姿が壕内から確認しやすくするためだ。ジャングルを行けば掃討部隊と思われ、攻撃されかねない。壕に接近してからも土田二曹は発砲を避けるため入り口には立たず、壕の真上から呼びかけた。さらに澄川参謀長やケニー中佐らには背後からの攻撃に注意しながら岩陰での待機を指示した。

「山口隊長ー、聞こえますかー。聞こえたら返事してくださーい。日本は本当に負けたんですー。戦争は終わったんですー。もぅー戦わなくていいんですよー。澄川参謀長が迎えにきてるんですー。みんなー、一緒に帰ろー」

壕の真上には珊瑚の裂け目がある。土田二曹はそこに口を当て、呼びかけたので壕内には声が届いているはずだ。ひとしきり呼びかけたあと様子を見た。けれど動く気配はない。通信隊壕捜索で抱いたのと同じ不安がよぎった。警戒してどこかに移転したか、と。念のため、再度呼びかけた。やはり変化は起こらなかった。

「どうやらここにはいないみたいですね。これだけ呼びかけても返事がないんですから」

「そうみたいだなー。けど、もうすこし待ってみよう」

澄川参謀長とともに土田二曹も岩陰から中隊壕の様子をうかがった。けれどじっさい壕内では大きな変化が起きていたのだ。土田二曹の声ははっきり聞こえている。だから、「あのバカ野郎、とうとう気が狂ったか。何やらわめーてる。困った野郎だ」と舌打ちし、誰もが取り合わなかった。これが変わったのは千葉兵長のひとことだった。

「いや、ヤツは狂っちゃいねー。敵と一緒にきてるようだ。ひとまず返事だけしてはどうだろ、隊長」

「あぁー」と山口少尉は気のない生返事。行動にでる風もなかった。千葉兵長はそこでたたみ掛けた。

「やつは裏切るような男じゃないことはよく知ってます。同じ海軍、同じ釜の飯を食った仲ですから」

「よし、わかった。やってみっぺ」

山口少尉のこの返事で壕内の空気は一変した。土田二曹の言葉通り生命の保障があるか、それとも壕の外に出たとたん騙し討ちにあうか。あるいは捕虜となって拷問され、銃殺になるか。運命の境に立たされたからだ。山口少尉は全員に完全武装のうえ待機を命じた。

「土田ー、分かったー」

山口少尉の、たしかな返事だった。俄然捜索隊は勇気づいた。土田二曹にうながされ、今度は澄川参謀長が呼びかけにまわった。

「俺は第四艦隊参謀長の澄川少将だ。おまえたちが機関銃で撃ってきても連れて帰るまでは一歩も引かないぞー。俺の手元に家族の手紙と写真が届いてるー。今から読むからよーく聞けっ。山口少尉、貴公の住所は茨城県だろ」

澄川参謀長は山口少尉、飯島上等兵、森島一等兵らの住所をつぎつぎと読み上げ、壕内にもひびいている。ほどなくして壕内から声がした。

「土田ー、入ってくれー。二人一緒だー」

塚本上等兵の聞き慣れた声だった。土田二曹は一歩ずつ解決に向かっているのを実感し、胸が高鳴った。ただしまだ警戒は緩めていない。そのため壕内から出迎えを寄越し、それに同行することを条件とし、山口少尉に呑ませた。数分ほど待たされた。

「入れ、土田」

出迎え役の浜田上等兵と梶上等兵が壕の入り口から上半身を出した。土田二曹は澄川参謀長に二人のことを伝えた。

「私が澄川だ。梶上等兵、この人を知っているか」

澄川参謀長は大量の書類が入った革製の手提げ鞄から文書を出して梶上等兵に見せた。

「これは由良大隊長の字じゃないですか。自分は満州時代、大隊長殿に何度も判子をもらいに行ったので字にも見覚えがあります」

由良少佐からも残余兵に帰順をすすめる文書が届いていた。二人の案内で澄川参謀長は壕内に入った。土田二曹は同行を辞退した。脱走の後ろめたさがあったのだ。

案内役から山口少尉が紹介され、澄川参謀長は対座した。文書類はすべて山口少尉に渡された。山口少尉はそれにひと渡り目を通し、頷いた。両親からの手紙には偽物でない証拠を示すように実印まで押してあり、妹の写真も入っていた。

「閣下、日本はいまどうなっていますか。陛下はご安泰といいますが。食糧も物資も非常に不足していると新聞に書かれてますが……原子爆弾とはなんですか」

澄川参謀長の説明が間に合わないほど山口少尉はつぎつぎと問いかけた。

「参謀長殿、こいつが第五中隊の飯島栄一上等兵です」

鬼沢広吉上等兵は澄川参謀長に飯島上等兵を対面させた。

「貴公にも手紙が来てるぞ。鹿島灘で生まれたんだな、貴公は」

緊張のあまり飯島上等兵は手がふるえ、鬼沢上等兵がかわりに開封するありさまだった。

「……こんじゃ信用しねげえなんめーよ」

茨城訛りの、けれど飯島上等兵のつぶやきがこの後のすべてを決した。澄川参謀長の説得に応じ、出壕するということだ。

待機する土田二曹はハラハラしていた。説得は難航しているのか、もしや軟禁されたのでは——。悪い予感までした。説得のための交渉時間は午後三時までと入壕前に決め、それまでに決着しなければ交渉は決裂したものとみなされた。土田二曹は約束の三時がせまっていることを告げた。

「分かった。向こうにも連絡してくれ」

向こうとはケニー中佐率いる米軍捜索隊であり、連絡とは、説得が首尾よくいったということだ。土田二曹はすぐさま捜索隊のもとに走った。捜索隊は一斉に歓喜の声を挙げた。

ほどなくしてまず澄川参謀長が中隊壕から現われ、山口少尉と兵員が後につづいた。表情も行動も強ばっている。けれど浜街道に出たところで山口少尉はただちに整列と号令を命じた。敗戦からあらまし一年八ヵ月。けれど上官の命令と同時に二十数名は隊形を整える。米軍は統制された日本軍の真骨頂をそこに見るのだった。

山口少尉はケニー中佐に軽く会釈し、つづいて握手を交わした。儀式はこれで終わった。残余兵は捜索隊とともに軍用トラックに分乗し、駐留軍の司令本部に向かった。土田二曹は一時間ほど遅れて戻った。米兵数名を中隊壕や工兵隊壕に案内し、使用防止のためダイナマイトで爆破したからだ。

司令本部にはすでに交渉成立の連絡が入っている。そのためフォックス大佐は司令本部の前庭でトラックの到着を待った。やがてトラックが帰ってきた。駐留軍は総動員し、口笛や拍手で出迎えたからトラックはまるで戦場から凱旋した勝利軍のような歓迎ぶりだった。

トラックから降りた山口少尉はふたたび整列を命じた。全員一糸乱れぬ隊列を組んだ。頭髪も着衣も乱れがない。散髪は鶯谷平吉一等兵の持ち分だった。浅草橋の床屋で修行していたのだ。衣類はもの干し場から失敬した米軍の軍服だった。山口少尉はフォックス大佐の前に歩み寄り、日本式の会釈をし、さらに残余兵の帰順を示す日章旗と軍刀を渡した。一九四七年四月二十二日であった。

この後残余兵たちはノミ、シラミ駆除のため全身にＤＤＴを浴び、さらに蚊による伝染病の予防接種を受け、幕舎に収容される。ＤＤＴも予防接種も知らない残余兵はそのつど拷問あるいは薬殺と感違いし、脅えっぱなしだった。けれどじきに生命の保障であることを理解する。残余兵たちは明るい電灯の下で久しぶりにゆっくりくつろげる夜を迎えた。枕も毛布も米軍仕様だが、各自にベッドが与えられ、大の字に寝ても咎めるものはいない。

土田二曹にはもうひと仕事残っている。次はマングローブに立て籠もる通信隊壕を救出することだ。けれど館軍曹は一筋縄ではいかない。なにしろ一八歳で陸軍に志願して以来八年以上も第二連隊に所属する叩き上げ。骨の髄まで軍人魂が染み込んでいる。その証拠に、前回はいくら熱心に呼びかけてもとうとう出てこなかった。このことが念頭にあったから土田二曹はそこで澄川参謀長に提案した。通信隊壕の中島裕、滝沢喜一両上等兵と親しかった塚本上等兵と塙一等兵に説得を依頼するというものだ。

中隊壕から通信隊壕まで直線なら三〇〇メートルほどだが、岩場や丘陵を迂回するので三倍ほどかかる。早朝、塚本上等兵、塙一等兵、澄川参謀長の三名は通信隊壕に向かった。まず塚本上等兵が、自分たちが出壕した経緯をひと通り説明し、澄川参謀長の説得がこの後につづいた。

「これは投降じゃない。帰順だ。おまえたちの行動はじつに立派であり、米軍もそれを認めている」

「けど、いまさらおめおめと帰れますか。五人だけ連れてってください。私は死ぬ覚悟でペリリュー島に来た以上ここに残ります」

　館軍曹には軍人として忸怩たるものがあった。このまま生きながらえるにはあまりに多くの戦友たちの死を見てきたからだ。そのため館軍曹がペリリュー島にとどまるということは一人残って英霊の菩提を供養するという意味があった。

「それほどにいたいなら一度もどって両親に元気な姿を見せたうえでまた来ればいいじゃないか。それに、私の言葉は天皇陛下のご命令であり山口少尉の命令でもあるんだぞ。それがおまえにはわからんのか」

　この言葉に館軍曹も折れた。山口少尉とは一日遅れの四月二十三日であった。これでペリリュー島に最後までとどまり、同島守備に生命を賭した第二歩兵連隊の残余兵三四名は帰順した。

　米軍の扱いは丁重であった。幕舎も食事も米兵と同じであり、行動の制約はなく自由だった。むしろ人気者ですらあった。残余兵の所持品はなんでも欲しがり、たばこやライターを持ってきて交換をせがむ。内地帰還は二週間後との連絡を受けた。アンガウル港から横浜港に向けて燐鉱石を輸送する貨物船に便乗することになったのだ。

　一九四七年五月十五日、貨物船は無事横浜港に入港した。待ち焦がれた祖国日本であった。胸にじんわりと熱いものがこみあげてくるのを止めようもなかった。目下の日本は敗戦によって政治も経済も混乱し、人々もどん底生活に陥っていると、出迎えに立った元第十四師団作戦参謀の中川廉中佐から聞かされた。けれど三四名の残余兵たちは、いまは純粋に祖国帰還の感激をしみじみと噛み締めたかった。

あとがき

アジア・太平洋戦争終結から七〇年目である二〇一五年四月八日、天皇・皇后両陛下は戦没者慰霊のためミクロネシア連邦パラオにご訪問され、レメンゲサウ・パラオ大統領らの歓迎をうけた。両陛下による海外の『慰霊の旅』は二〇〇五年の米自治領サイパン島に次いで二度目となる。翌九日には激戦地のペリリュー島を訪れ、『西太平洋戦没者の碑』の御前に立たれて献花と黙祷を捧げられた。さらにアンガウル島に向き直り、ふたたび深く黙祷を捧げられた。このほか両陛下は『米陸軍第一八歩兵師団慰霊碑』を参拝し、花輪を献花される。さらに米第一海兵師団の将兵約一万六〇〇〇名がペリリュー島に上陸したオレンジ・ビーチにも立たれ、日米双方の戦没者に哀悼の意を示されるのだった。

永井（旧姓館）敬司氏は、テレビ画面に映し出される両陛下のご訪問の模様を感慨深く見つめていた。永井氏は本文中に登場する元歩兵第二連隊軍曹。ペリリュー島の玉砕も日本の無条件降伏も知らず、敗戦から一年半、日本軍残留兵となって三四名の仲間とともにゲリラ戦を展開した数少ない生き証人というだけでなく、じつは両陛下のパラオ訪問を控えた三月二十二日、皇居に招かれ、両陛下に会見された。永井氏は私（筆者）に、皇居での会見模様をこのように語ってくれた。

「天皇・皇后両陛下にお会いできたことはこのうえない光栄であり、感激に堪えませんでした。じつは会見に先立って二人の宮内庁関係者が自宅にこられ、私の戦争体験などをひと通り聞かれていったんです。両陛下との会見は午前十時三十分からなので自宅を早朝に出て特急で上京しました。このとき、ペリリュー島や歩兵第二連隊の慰霊などに携わっている事務局長が同行してくれました。

皇居に向かう途中、宮内庁から二度、携帯電話に連絡があったんです。最初は、陛下が風邪気味で体調がすぐれないため会見のとりやめも有り得る、というものでした。二度目の連絡は、予定通り会見される、と伝えてきたものです。やや風邪気味の陛下は五分ほどの会見で退席なされ、その後は皇后様との懇談となりました。四五分ほど話したでしょうか。聞かれたのは私の軍歴、満州時代の軍務などで、ペリリュー島の戦闘には触れませんでした。それから復員後の生活についても聞かれましたので村役場や県立高校の職員、茨城大学の事務官などを努めたことを伝え、退官後に製菓業を始めたと申し上げたんです。『お砂糖を手に入れるのに大変だったでしょう』とおっしゃっていただき、皇后様のねぎらいとお心遣いをひしひしと感じました。

土田喜代一氏もこの会見に臨んだが、彼とは二度、ペリリュー島での慰霊式典で会っている。今回は三〇年ぶりの再会でした。両陛下にお会いでき、これで私もひと安心、思い残すこともありません」

私は二〇一三年十一月、福岡県八女市を訪問し、土田喜代一氏にもお会いしている。このときは中川州男陸軍大佐（戦死後中将に昇進）の墓参も兼ねていた。

中川大佐の戦歴はすでに本文で述べているので、彼が導入した複郭陣地戦や夜襲斬り込みを主体とした執拗なゲリラ戦法は有効な戦術として後の硫黄島作戦、沖縄作戦にも導入されたという点のみ付け加え、その他については割愛したい。

中川大佐の墓所は熊本市郊外の立田山配水池近くにある。立田山は小高い丘陵をなし、眼下には熊本城や市街地が一望できる。墓所は丘陵の中腹にあるため段差をなし、いくつもの墓石が立ち並ぶ。中川大佐の墓石はうっそうと繁る深い木立のなかにあった。二段の台座に立つ一・五メートルほどの墓石の正面右側に『徹心院義道良勇居士』と刻まれて居る。これは中川大佐の戒名だ。左側には、『誠心院徳室貞良大姉』と刻まれ、中川大佐の妻、中川ミツエの戒名だ。

私は献花し、黙祷後、墓石の側面や背面に回った。右側面には、「昭和十九年十一月二十四日於南方ペリリュー島戦死時満四六歳従五位勲二等功二級陸軍中将中川州男」と記されている。背面には「昭和二十八年十一月中旬妻ミツエ建立」とあった。そして左側面には、「俗名中川ミツエ旧姓平野氏」と記されている。

墓石の左脇に白い標柱が立つのにも気づいた。標柱は二〇一二年十一月二十四日に建立されたものだった。正面には、「中川州男大佐之墓」と黒く記され、左側面には歴戦の一端が記されている。「中川大佐はペリリュー島の戦いを指揮し、米軍に史上最大の損害を与えた。その激戦の中に在っても、島民への心遣いを欠かすことはなく、全島民の避難を決行し、軍人以外の死傷者を一人も出さなかった」と。

中川大佐の墓地が立田山にあることを教えてくれたのは鹿児島県在住の烏丸新二氏だった。烏丸氏は、歩兵第二連隊の旗手であった烏丸洋一中尉の実弟。烏丸中尉に関する資料や中川大佐の墓所を示す地図などを郵送して下さったため容易に尋ねることができた。

中川大佐の墓参後、福岡県八女市に向かった。土田氏は元海軍二等兵曹。残留兵であり、同時に残留兵救出の糸口をつくった功労者であった。そのため洞窟での潜伏生活や帰順にいたるまでの経緯について、二日間にわたってお話をうかがった。なお、牛島准尉射殺についてはその場にいた方々のお名前は仮称であることを記しておきます。

私は山口永氏にも数回お会いしている。山口氏は元陸軍少尉。お会いするなかで長期間の洞窟生活、復員して生家に戻ったところ両親はびっくり仰天し、「てっきり戦死したものと思ったから農作業が一段落したらおまえの葬式を出すつもりだった」と告げられたこと、澄川参謀長から受け取った封書のなかに七歳下の妹の写真があり感激で瞼が潤んだなど、知られざるいくつかのエピソードを聞くことができた。けれど山口氏も二〇一五年六月二十五日、九四歳で逝去された。「両陛下のペリリュー島慰霊のニュースは病院のベッドで知りましたが、安堵の表情を見せてました」と遺族は話され、当方を墓所に案内してくれた。『義敬院徳寿永道清居士』。これが山口氏の戒名であった。

残留兵だけでなく、たとえばペリリュー島に逆上陸後玉砕した歩兵第十五連隊第三大隊長の飯田義栄少佐の菩提寺である茨城県筑西市の千妙寺を墓参する。あるいは茨城県かすみがうら市の生家を訪ね、山内晃元陸軍少尉の墓碑を参拝するとともに遺族関係者に話を聞いた。けれど遺族とはいえペリリュー島のどこで、いつ、どのように戦死したのかなど具体的に知り得ることはほとんど不可能であり、断片的というのが実情だ。

これはやむを得ないことだ。日本政府によるパラオ諸島の遺骨収集が始まったのは敗戦から二二年後の一九六七年からであったことや中断などもあって遅々としてすすまず、ペリリュー島に限定しただけでもいまなお二五〇〇余柱が島内の洞窟あるいはジャングルに埋もれ、取り残されたまま。敗戦から七十数年経ってなおこの現状であり、遺骨さえ返らない遺族も少なくないことを思えば戦場での事実を正確に知ることを求めるほうが無理であろうからだ。

このようなことはむろんペリリュー島に限ったものではない。戦場になったすべての地域にいえる。厚生労働省によると国の内外における戦没者は約二四〇万人という。一九五二年から始まった遺骨収集事業などで一二七万柱が収集され、祖国帰還をはたされた。けれど約一一三万柱はいまだ未帰還となっているからだ。この遺骨収集の遅れを踏まえ、政府は二〇一六年四月一日、「戦没者遺骨収集推進法」を施行し、二〇一六年から二〇二四年までの九年間を遺骨収集の集中実施期間と規定した。これによってより早く、より多くの戦没者遺骨が祖国帰還されることを願いたい。

ともあれ、このような元残留兵や遺族関係者、あるいは第十四師団本部および隷下の歩兵第二連隊、第五十九連隊、第十五連隊の衛戍地跡を取材するため九州や関東地方を尋ね、いくつかの事実を得ることができた。たとえば久野馨伍長がバベルダオブ島の集団司令部に打電した、最後の決別を意味する電文がそうだ。ジェームス・H・ハラス著『ペリリュー島戦記』などのように「サクラサクラ」が正しい。また、「サクラサクラ」と記しているのを散見する。けれどじっさいは「サクラ サクラ サクラ」が正しい。また、久野伍長は元満州鉄道の電信職員として勤務してとの事実もわかった。このほかにも、中川大佐と村井少将の自決の模様が明らかになった点もあり、特記していいだろう。両者の自決には拳銃説、軍刀説がある。けれど正確にはわからないといわれていた。私は「栗原新一曹長が両者の遺骸を発見し、中川大佐は拳銃による自決、村井少将は軍刀による割腹自決であることが分かったと証言しています」と、影山幸雄『水戸第二連隊・ペリリュー島慰霊会』事務局長よりお話を得ている。

さきに述べたように残留兵のナマの声、つまり一年半にわたる潜伏生活での知られざる体験やエピソードを得ることができた。これまでも残留兵たちの証言はさまざまに伝えられ、改めて書き加えるものはないとも思われるが、それでもやはり当方の取材で新たに得た証言も少なくない。このような新たな事実、新たな証言は本文に盛り込んだ。さらに第十五連隊および第五十九連隊の、ペリリュー島守備作戦に関係した将兵の証言も書き加え、激戦の模様をより多面的、重層的に浮き彫りにしたが、これらの事実や証言を通して改めて知るのはペリリュー島の戦いは陣地構築から攻防戦に至るまで将校たちよりむしろ下士官・兵たちの懸命な努力と活躍によってささえられ、これが功を奏したからこそ七十数日間もの長期戦に耐え、米軍の上陸阻止をなし得たということだ。

むろん他の地域、海域で展開した数々の戦闘や作戦においても戦いに果たした下士官・兵の任務には計り知れないものがある。犠牲者の数は将校をはるかに上回っているという事実からもそれは理解できる。けれどこのようななかにあってさえもとりわけペリリュー島の攻防戦では際立っている。神出鬼没の夜襲斬り込み攻撃、米艦艇に対する爆薬装着肉弾戦法、逆上陸反攻作戦、あるいは十数日間の遠泳による集団司令本部への伝令、そして玉砕後もなおつづく残留兵たちの執拗なゲリラ戦など、刮目すべき事例が少なくないからだ。

『ペリリュー島戦記』によると、第一海兵師団の戦死者は一二五二名、戦傷者は五二七四名。第八一歩兵師団の戦死者は二〇八名、戦傷者は一〇八五名であった。米軍にこれだけの出血を与え、しかも、「三日、長くて四日」で制圧すると肩をそびやかすリュパータス海軍少将の鼻をあかし、米軍を長期持久戦に引きずり込んだだけでなく、ウィリアム・ハルゼー海軍大将に、「(パラオは)あまりに価値に見合わない対価を払わされたと考えている」と悔恨の言葉をいわせたのも、ペリリュー島守備隊の名もなき下士官・兵たちの果敢な戦いの結果であった。

平和に対する国民世論はかつてなく高まっている。むろん戦争は人類だけでなく地球そのものを破滅に追いやり、絶対悪。あってはならないものだ。そのため戦争による破壊と殺戮を教訓に第一次世界大戦後の一九二八年八月、パリにおいて日本を含む米英主要五ヵ国間で

『不戦条約』が締結され、戦争忌避を誓った。さらにわが国においては第二次世界大戦敗北後の一九四六年十一月、新憲法が公布され、翌年五月に施行された第九条において、「日本国民は、正義と秩序を基調とする国際平和を誠実に希求し、国権の発動たる戦争と武力による威嚇又は武力の行使は、国際紛争を解決する手段としては、永遠にこれを放棄する」と規定している。以来わが国は他国との交戦はなく、したがって戦火による犠牲者の発生もまったくない。

けれど世界に視線を移せば民族、宗教、政治体制、国境、イデオロギーなどを起因とする国際紛争は絶えたためしがなく、『不戦条約』が空虚な言葉にすぎないことを知る。したがって平和とは何かの呪文のように「平和」と唱えていれば叶うというものではないことも理解する。ゆえにペリリュー島の攻防戦における日本軍守備隊の果敢な戦いは現在の日本に生きる私たち国民に、平和とは、守るだけでなくむしろつくり上げるものであり、それは日々の、間断ない備えと心構えによって築かれるということを伝えるためのメッセージであるように聞こえる。このように思えば、太平洋における海軍作戦を統括した米太平洋艦隊司令長官チェスター・W・ニミッツ海軍大将がペリリュー島の戦いで倒れた日本軍将兵追悼のためペリリュー島に建立した石碑の碑文に深く心を致し、平和をつくり上げるためにいま私たちは何をなすべきか、自問せずにおれない。

「諸国から訪れる旅人たちよ この島を守るために日本軍人が いかに勇敢な愛国心を持って戦い そして玉砕したかを伝えられよ」

なお本文中の敬称は略した。登場した方々には当時の階級をつけた。ペリリュー島の戦いからすでに七十数年。歳月の経過はこの戦いだけでなく体験者をも確実に過去の歴史へと追いやる。そのため生還された残留兵たちも大半は他界され、私が取材で各地を訪れた当時でさえ健在者は五名にすぎなかった。本書の上梓にあたって潮書房光人新社編集部の小野塚康弘氏のお力添えを得たことに感謝申し上げたい。

二〇一八年三月

著者

参考文献＊『戦史叢書 中部太平洋陸軍作戦（2） ペリリュー・アンガウル・硫黄島』防衛庁防衛研究所戦史室／朝雲新聞社刊＊『水戸第二連隊史』水戸第二連隊史刊行会編＊『水戸市史（下巻）』水戸市史編纂近現代専門部会編＊『栄光の五九連隊』栄光の五九連隊編纂委員会編／宝木会・栃木県パラオ連合会＊『高崎歩兵第十五連隊史』歩兵第十五連隊史刊行会編＊『日本陸軍の精鋭第一四師団史』高橋文雄著／下野新聞社刊＊『軍旗と共に 高崎十五連隊史』上毛新聞出版委員会編＊『波濤を越えて』田辺昇吉監修／落合地区終戦四十周年記念誌刊行会編＊『栃木県の歴史』阿部明・永村真著／河出書房新社刊＊『昭和天皇発言記録集（下巻）』中尾裕次編／芙蓉書房出版刊＊『玉砕の島』佐藤和正著／光人社刊＊『終戦を信ぜず二年半抗戦を続けた生存兵の手記』土田喜代一著＊『戦場に行った動物たち』杉本恵理子著／ワールドフォトプレス刊＊『ニミッツの太平洋海戦史』チェスター・W・ニミッツ エルマー・B・ポッター著 実松譲・富永謙吾訳／恒文社＊『ペリリュー島戦記 珊瑚礁の小島で海兵隊員が見た真実の恐怖』ジェームス・H・ハラス著 猿渡青児訳／光人社＊『ペリリュー・沖縄戦記』ユージン・B・スレッジ著 伊藤真・曽田和子訳／講談社刊＊『悲劇の珊瑚礁 ペリリューの戦い』ジョージ・P・ハント著 西村建二訳／筑波書林刊＊『泥と炎の沖縄戦』ユージン・B・スレッジ著 外間正四郎訳／琉球新報社刊＊その他の資料○『水戸二連隊ペリリュー島慰霊会』発行パンフレット＊『中川州男大佐の生涯 八女工業学校配属将校』石橋利徳筆／福岡県立八女高等学校同窓会事務局発行＊『修親』都築信明筆／陸上自衛隊現役幹部の会発行

ＮＦ文庫書き下ろし作品

NF文庫

サクラサクラサクラ
玉砕ペリリュー島

二〇一八年六月二十日　第一刷発行
著　者　岡村　青
発行者　皆川豪志
発行所　株式会社　潮書房光人新社
〒100-8077　東京都千代田区大手町一-七-二
電話／〇三-六二八一-九八九一(代)
印刷・製本　凸版印刷株式会社
定価はカバーに表示してあります
乱丁・落丁のものはお取りかえ致します。本文は中性紙を使用

ISBN978-4-7698-3071-9　C0195
http://www.kojinsha.co.jp

NF文庫

刊行のことば

第二次世界大戦の戦火が熄《や》んで五〇年――その間、小社は夥しい数の戦争の記録を渉猟し、発掘し、常に公正なる立場を貫いて書誌とし、大方の絶讃を博して今日に及ぶが、その源は、散華された世代への熱き思い入れであり、同時に、その記録を誌して平和の礎とし、後世に伝えんとするにある。

小社の出版物は、戦記、伝記、文学、エッセイ、写真集、その他、すでに一、〇〇〇点を越え、加えて戦後五〇年になんなんとするを契機として、「光人社NF（ノンフィクション）文庫」を創刊して、読者諸賢の熱烈要望におこたえする次第である。人生のバイブルとして、心弱きときの活性の糧《かて》として、散華の世代からの感動の肉声に、あなたもぜひ、耳を傾けて下さい。

＊潮書房光人新社が贈る勇気と感動を伝える人生のバイブル＊

ＮＦ文庫

回想 硫黄島 小笠原兵団参謀が見た守備隊の奮戦
堀江芳孝
守備計画に参画した異色の参謀が綴る徹底抗戦のための準備と補給——栗林中将以下、将兵の肉声を伝える感動のドキュメント。

新前軍医のビルマ俘虜記 狼兵団 地獄の収容所奮闘録
三島四郎
昭和十九年、見習士官となってビルマに赴任した新前軍医が、敗戦とともに送られた収容所で味わった捕虜の悲哀の数々を綴る。

戦艦「武蔵」 「武蔵」は沈まない。私はそう信じて戦った！
朝倉豊次ほか
設計建造、進水艤装から、その終焉までを体験に基づいて綴る不沈艦の生涯。数々の証言で浮き彫りにされる未曾有の戦艦の姿。

特攻隊最後のことば 祖国に殉じた若者たちの真情
北影雄幸
十死零生の特攻作戦に、青春を捧げた男たちの決意。二五〇人の若き特攻隊員がのこした遺書、日記、手紙に綴られた思いとは。

陸軍潜水艦 潜航輸送艇㋴の記録
土井全二郎
ガダルカナルの失敗が生んだ、秘密兵器の全貌——海軍の海上護衛能力に絶望した陸軍が、独力で造り上げた水中輸送艦の記録。

写真 太平洋戦争 全10巻 〈全巻完結〉
「丸」編集部編
日米の戦闘を綴る激動の写真昭和史——雑誌「丸」が四十数年にわたって収集した極秘フィルムで構築した太平洋戦争の全記録。

＊潮書房光人新社が贈る勇気と感動を伝える人生のバイブル＊

NF文庫

日本人が勝った痛快な戦い　子々孫々に語りつぐサムライの戦術
杉山徹宗
日本国家が面子を賭けて戦った歴戦の数々、元寇、朝鮮出兵、日清、日露から太平洋戦争まで。勝ちのこった戦略の分岐点とは。

実録海軍兵学校　回想のネービーブルー
海軍兵学校連合クラス会編著
明治九年に設立、米国アナポリス、英国ダートマス兵学校と共に世界三大兵学校として評価された海軍兵学校の伝統をつたえる。

航空作戦参謀 源田 実　いかに奇才を揮って働いたのか
生出 寿
国運を賭す大作戦に際し、勝敗を左右する中核航空参謀として活躍したその実像を描く。奇想天外と華々しさを好んだ男の生涯。

陸軍派閥　その発生と軍人相互のダイナミズム
藤井非三四
巨大組織・帝国陸軍はどのような〝人〟によって構成されていたのか。その多様な背景を探り、日本陸軍という集団の実態に迫る。

ソロモン海「セ」号作戦　コロンバンガラ島奇蹟の撤収
種子島洋二
米軍に包囲された南海の孤島の将兵一万余名を救出するために陸海軍が協同した奇蹟の作戦。最前線で指揮した海軍少佐が描く。

軍馬の戦争　戦場を駆けた日本軍馬と兵士の物語
土井全二郎
日中戦争から太平洋戦争で出征した日本産軍馬五〇万頭――故郷に帰ることのなかった〝もの言わぬ戦友〟たちの知られざる記録。

＊潮書房光人新社が贈る勇気と感動を伝える人生のバイブル＊

NF文庫

潜水艦作戦 日本潜水艦技術の全貌と戦場の実相
板倉光馬ほか
迫力と緊張感に満ちた実録戦記から、伊号、呂号、波号、特潜、蛟龍、回天、日本潜水艦の全容まで。体験者が綴る戦場と技術。

生き残った兵士が語る戦艦「大和」の最期
久山　忍
五番高角砲員としてマリアナ、レイテ、そして沖縄特攻まで歴戦し、奇跡的な生還をとげた坪井平次兵曹の一挙手一投足を描く。

戦場に現われなかった戦闘機
大内建二
理想と現実のギャップ、至難なエンジンの開発。量産化に至らなかった日米英独他六七機種の試行錯誤の過程。図面・写真多数。

「愛宕」奮戦記 旗艦乗組員の見たソロモン海戦
小板橋孝策
海戦は一瞬の判断で決まる！　重巡「愛宕」艦橋の戦闘配置についた若き航海科員が、戦いに臨んだ将兵の動きを捉えた感動作。

石原莞爾　満州合衆国 国家百年の夢を描いた将軍の真実
早瀬利之
「五族協和」「王道楽土」「産業五ヵ年計画」等々、ゆるぎない国家誕生にみずからの生命を賭けた、天才戦略家の生涯と実像に迫る。

日本海海戦の証言 聯合艦隊将兵が見た日露艦隊決戦
戸髙一成編
体験した者だけが語りうる大海戦の実情。幹部士官から四等水兵まで、激闘の実相と明治人の気概を後世に伝える珠玉の証言集。